Lise

CHARMER,
S'ÉGARER ET MOURIR

CHRISTINE ORBAN

CHARMER, S'ÉGARER ET MOURIR

roman

ALBIN MICHEL

De C. à O.

« Pour longue et compliquée qu'elle soit, toute destinée comprend en réalité un seul moment, celui où l'homme sait à jamais qui il est. »

Jorge Luis BORGES,
Biographie de Tadeo Isidoro Cruz

Pourquoi Elle ?

Pourquoi Elle ? À peine je prononce son nom que des sourires entendus se dessinent, les regards suspects me dévisagent comme si soudain s'élevait sur ma tête une frégate d'argent posée entre les boucles et les plumes d'un chignon.

Tout le monde croit la connaître. C'est qu'elle appartient à l'Histoire. Comme la plupart d'entre nous, je l'ai mal jugée. De loin, on ne peut que céder à cette inclination. Mais de près la plus grande réticence précède la plus grande émotion.

Marie-Antoinette ! Antoine pour sa maman. Antoinette pour les intimes. Elle fut archiduchesse, dauphine, reine. Il est difficile de balayer l'éclat qui environne son existence.

Ce qui m'intéresse, c'est elle. L'autre Marie-Antoinette. Cette personne transformée en personnage par le poids de l'histoire et les colporteurs de préjugés.

Elle fut aimée puis abhorrée. Gâtée et punie comme personne. La plupart des auteurs qui abordent ce sujet éprouvent le besoin de se justifier, de s'excuser. Ils ont raison. Tant de dépouillements d'archives ! Tant de brillants ouvrages, qui eux-mêmes en ont fécondé d'autres, intimident. Et pire, se contredisent !

Qui peut être certain de ne pas se tromper dans l'interprétation d'une personne ou d'une situation ? Si je m'imaginais en psychanalyste – comme j'aurais aimé l'être –, je me heurterais à une difficulté, sans compter que l'analysée et son « misérable petit tas de secrets » ne sont plus là. Et elle semblait avoir pas mal de petits secrets... À commencer par cette étrange pièce à Trianon dont les fenêtres pouvaient être obstruées par des miroirs. Ceux-là « auraient bien fait de réfléchir avant de lui renvoyer son image... ». Cocteau par leur intermédiaire semble réprimander ses excès vestimentaires... Il y a la clef de la grotte dont personne ne possédait de double, le poêle « suédois » dans la petite chambre proche de la sienne à Versailles, cette écriture cryptée qu'elle maniait comme une espionne. L'histoire de Marie-Antoinette est celle d'une femme plus traquée que libertine, d'une femme apparemment légère mais d'une dignité très grande devant le malheur. Il faut donc chercher l'essence de cette contradiction, consulter sa correspondance, les mémoires, être attentive aux leurres, à la part d'interprétation inhérente à chacun. Louvoyer entre les fantasmes, fanfaronnades, calomnies, préjugés, délires amoureux ou haineux. L'intuition est une arme dont la connaissance ne peut se passer. J'ai suivi mon instinct dans le fatras des opinions, des témoignages, des versions contradictoires.

Zweig place l'intuition au-dessus de tout, même « des froids documents[1] ». Il appliquera les méthodes du professeur Freud qui n'en est pas dénué. Le professeur félicite l'écrivain pour son analyse de « l'Infortunée Reine ». À quoi Zweig répond, le 21 octobre 1932, qu'il doit tout à Freud, qu'il n'a fait qu'appliquer sa méthode, que tout ce qu'il écrit est marqué par son influence et que ce courage de dire la vérité, qui est probablement l'essentiel de ses livres, vient de lui. Ainsi se forme une sorte de chaîne à travers le temps, chacun s'appuie sur un travail précédent. Le passé ne peut être appréhendé sans la déformation du présent, sans la subjectivité des différents chercheurs de vérité.

Quelque chose de spécifique s'établit entre Marie-Antoinette et ceux qui l'approchent. Elle rebute ceux qui ne la connaissent pas. Et attire tel un irrépressible courant marin ceux qui se mettent dans son sillage.

La frêle archiduchesse destinée à régner fut emportée par le tourbillon d'une vie qu'elle n'avait pas choisie. Dès le début, le malheur et le bonheur se confondent, avec une perversité diabolique. La gloire n'a jamais autant été le « deuil éclatant du bonheur ». Et tout ce qui put apparaître comme un cadeau de la destinée se révélera très vite un poison.

---

1. Voir la bibliographie p. 291.

Le secret de la vie de M.A. se trouve dans le rythme de ses pas, empressés de vivre, puis empressés de mourir. D'un pas alerte, elle va au bal, d'un pas décidé, elle grimpe les marches de l'échafaud. Elle se jette dans les bras de Fersen comme sur la planche du supplice. Elle fonce. Elle aime la vie mais, le moment venu, elle accepte la mort.

La vie de Marie-Antoinette est une succession de romans, si vaste qu'il serait possible de la diviser en d'innombrables sous-genres : roman à l'eau de rose, roman d'apprentissage, roman pastoral, roman précieux, roman d'espionnage, roman psychologique, roman de mœurs, roman épistolaire, roman historique, roman d'amour, de passion. Roman noir. Tragédie. Un seul détail de sa vie pourrait alimenter trois cents pages. L'histoire d'un collier ou celle d'un soulier. Tous les genres s'en mêlent, écrivains biographes, historiens, romanciers, psychologues n'ont qu'à choisir.

Comment ne pas penser à tous ceux qui lui ont déclaré leur flamme ? Les frères Goncourt, Léon Bloy, Louis Massignon, Jean Cocteau, Roger Nimier ou, plus près de nous, Jean Chalon, Chantal Thomas et nombre d'historiens de premier plan. Barbey d'Aurevilly aimerait serrer toutes les mains qui montrent la reine dans son éclat de vérité.

Ses contemporains délirent. Lauzun, duc et néanmoins mufle, se vante dans ses *Mémoires* « de la chaleur » que la reine aurait montrée envers lui. Barnave, un des députés les plus radicaux au début de la Révolution qui devint conseiller de Marie-Antoinette, Mirabeau, l'orateur du peuple… ils sont nombreux à croire la souveraine sensible à leur charme. Besenval, malgré la bonté de la reine à son égard, son âge et ses cheveux gris, fantasme et tire de honteuses conclusions sur les aménagements de ses appartements privés. Tout porte à lui nuire. Ses paroles sont déformées, ses silences interprétés. Il est facile de critiquer Marie-Antoinette, ou au contraire d'être séduit. Plus compliqué de lui résister et de se méfier des apparences. Parce que si Marie-Antoinette soigne son apparence, elle se fiche de l'apparence, dans un monde où la moindre désinvolture est mal interprétée. Arriver au bras d'une amie, voir le soleil se lever… Scandale !

Extérieurement, la Dauphine mène une vie de divertissements. « Tête à vent », la surnomme son frère, Joseph II. À juste titre. Mais pour être acceptée dans cette nation éperdue d'élégance et de légèreté, ne fallait-il pas en épouser les coutumes ?

L'histoire de Marie-Antoinette n'est pas un conte de Perrault. Les éléments féeriques existent mais pour brouiller les cartes. Ils ne sont ni surnaturels ni miraculeux. À sa naissance, les fées semblent lui avoir offert toutes les chances. Mais l'impératrice Marie-Thérèse en voulant le meilleur pour sa fille – ou son pays – lui donnera le pire. Le monde dramatiquement clos de Versailles, un panier de crabes aux pinces bien aiguisées, l'inquiète.

Ses lettres ne manquaient jamais de mettre en garde

sa fille contre les conséquences de sa désinvolture. Lettres poignantes d'intuition prémonitoire. L'impératrice énonce clairement ce qu'il adviendra en France : « Ne perdez pas par vos frivolités le crédit que vous vous êtes acquis au commencement ; on sait le roi très modéré, ainsi la faute resterait seule sur vous. Je ne souhaite survivre à un tel changement. » Le changement aura lieu. Marie-Thérèse ne sera plus là, elle ne connaîtra ni la transformation ni le courage de sa fille qui n'a pas su vivre mais saura mourir, place de la Révolution, face à la guillotine.

Je l'appellerai « M.A. ». Abréviation bien sûr, mais pas seulement. J'ajoute assez volontiers un possessif devant les prénoms de mes proches. M.A. pour Marie-Antoinette, cela me va. Je n'ai pas à lui demander la permission, ni à appeler ses héritiers, elle est dans le domaine public.

Chaque fois que je m'empare d'un personnage, il m'engage entièrement, au point que le livre que je lui consacre devient aussi intime que si je parlais de moi. Le travail sur la vie d'un autre, comme la lecture, éclaire de façon édifiante sur soi-même.

Mais ce qui me rassure, c'est d'être en bonne compagnie. Léon Bloy demande sa canonisation, tout en s'excusant de choisir un sujet « infiniment raconté… ». Il s'y engage parce qu'il est catholique et qu'il croit à la survie de l'âme de Marie-Antoinette, « cette âme unique et abandonnée comme jamais, peut-être, une âme ne le fut, voilà ce qu'on voudrait voir, si quelqu'un pouvait le montrer».

Roger Nimier voit en cette femme «si belle, si impérieuse» la tragique victime d'un film : «… quand les spectateurs découvriront qu'ils ont sacrifié inutilement la vedette… ils regarderont autour d'eux sans savoir.». Cocteau : «Une âme étouffée par la pompe des cours.» «Une mère très simple et insultée qui se révolte avec les mots que l'orgueil ne déforme plus.» Barbey d'Aurevilly, «un génie de femme qu'ils n'ont pas vu, comme s'il était dans le destin de la divine malheureuse d'être méconnue par l'Histoire autant qu'elle avait été calomniée».

Pour Germaine de Staël, elle «possède tout ce qui peut toucher notre cœur». Et «le destin de l'homme est si déplorable que le spectacle d'une éclatante prospérité n'est plus guère qu'un présage funeste».

Burke s'en souvient comme d'une «vision céleste, une créature de rêve qui flotte au-dessus de la terre», Walpole comme d'une déesse de l'Antiquité, Chateaubriand lui donne une dimension surnaturelle, détachée des mortels.

Une rencontre est toujours due au hasard. Quelque chose m'est arrivé, que rien dans ma vie ne rendait nécessaire, ni probable. Un jour, j'ai ouvert un livre de Zweig et j'ai rencontré M.A. C'est lui qui a fait les présentations. Ce fut le commencement. Vingt ans après, je n'ai jamais oublié l'effet qu'elle produisit sur moi. Jusqu'à sa venue en France elle était une héroïne de conte, après celle d'une tragédie grecque. Avec le recul on s'aperçoit que tout paraît écrit d'avance. Une force diabolique plane au-dessus d'elle. Il est impossible de ne pas évoquer la fatalité.

Sans l'auguste écrivain autrichien, rien ne pouvait mettre Marie-Antoinette sur le chemin de ma curiosité. J'ai tardé à me déclarer. Ce ne fut pas un coup de foudre, juste un trouble demeuré intact pendant de longues années. Il m'a fallu du temps pour m'approcher d'elle, vaincre mes hésitations.

Les défauts de M.A. restent dans notre mémoire. Comment les gens pensent-ils à elle ? Comme à une reine volage, dépensière. Deux adjectifs suffisent à résumer une existence de trente-huit ans. Les idées toutes faites m'ont toujours révoltée, et pourtant je n'étais pas moins sensible que les autres à la rumeur de sa frivolité. On pardonne peu aux personnes gâtées. M.A. l'était, par la nature, sa naissance, son mariage, et comme le dit Montesquieu : « Nous croyons toujours les autres plus heureux qu'ils ne sont. » Marie-Antoinette aurait mieux fait d'afficher sa vérité pour être moins détestée. Les raisons de la plaindre ne manquaient pas : être mariée avec un roi faible, misanthrope, impuissant, incapable pendant sept ans de lui donner un enfant alors qu'elle avait été « négociée » pour cela. Séparée de son pays et de sa famille.

Personne ne lui reconnaîtra la moindre parcelle de grandeur. Sa pudeur, son éducation sont confondues avec de la « morgue ». Et la Cour entière crut à sa gaieté sans jamais imaginer qu'il pouvait s'agir d'éducation : elle était née pour plaire.

Marie-Antoinette est une « star ». La première d'une longue lignée. La première reine du glamour. La séduction est une qualité que l'on n'explique pas. Elle en sera la victime. On pense à Marilyn Monroe. Deux femmes sensibles, différentes de leur légende, subtiles, enfermées dans leur apparence.

L'une fait délirer les hommes, l'autre la France, mais les deux sont prises dans un piège. Piège de la fonction de reine ou d'actrice, et de leur charme. Elles sont acculées à jouer, sous le regard de la Fox ou de la Cour, un rôle qui les dépasse. Deux suicidées du spectacle, selon la formule de Michel Schneider pour Marilyn. L'obsession générale est enclenchée. Le mécanisme est en marche. La peur de l'hydre, de l'ogresse fantasmée, de l'espionne, de l'Autrichienne, de la tribade va soulever la foule haineuse. Obsession Marie-Antoinette. Obsession Marilyn. Ralph Greenson, le psy de Marilyn, ne parviendra pas à l'endurcir. Marie-Antoinette est moins fragile que Marilyn, elle n'écoute pas les rumeurs, elle ne lit pas les pamphlets, la calomnie glisse sur elle. Elle a cette force ou cette inconscience.

Voilà le danger du processus de « starification ». Pour écrire ce mot, je prends des gants comme Mme Étiquette pour réveiller la reine. Un mot trop moderne pour le XVIIIe siècle, mais M.A. était moderne, et ce mot explique bien ce qui s'est passé. Dès son arrivée, M.A. est célébrée.

Célébrée pour aucune de ses qualités propres : sa naissance, elle n'y est pour rien. Son mariage est arrangé. Le respect que l'on ne tient pas de son mérite s'évanouit en un coup de vent. En ce qui concerne M.A., rien de solide, d'acquis par elle-même, pas même la sympathie d'un peuple. Il acclame une future reine, pas *elle*, pas la petite Antoine.

Qu'est-ce qu'une romancière peut encore apporter à cette femme à la séduction troublante, dotée d'une telle réputation ? Approcher son âme, ni aussi noire ni aussi pure que certains l'imaginent. Pour laisser apparaître une figure insouciante, sans aucun sens politique, à la prise de conscience tardive, qui excite la médisance, comme une sorte de réflexe pavlovien. Les femmes sont victimes de la tragédie des apparences, plus que les hommes.

D'une certaine façon, M.A. serait une patiente idéale. Se pencher sur elle, c'est se poser la question de la transformation intérieure, de son déclenchement. Terrain familier pour moi après tant d'années passées sur le divan. Sa réputation lui colle à la peau. Pas de quartier. Apparence et réalité se mêlent. Le malentendu total, éternel. L'image traverse les siècles.

Malentendu, le bien nommé. Beaucoup d'entre nous en pâtissent. C'est ce qui m'a intéressée dans son destin. L'autre est sourd à ce que vous êtes. Indifférence, paresse, jalousie, malveillance qui poussent à véhiculer des idées toutes faites, négatives ou malheureuses. Mais ne soyons pas dupes : cette partie de nous qui appartient aux autres, nous en sommes tout de même responsables.

Chaque fois que je commence un livre, j'ai l'impression de m'atteler à un gigantesque canevas, une broderie sans fin. Comme ma grand-mère, M.A. connaissait le point de croix, son aiguille parcourait le même chemin que celle de mon aïeule : la placer en diagonale de gauche à droite, l'emmener au point un, soit le trou inférieur gauche du carré, au point deux, soit le trou en haut à droite… Et compléter la rangée, répéter la séquence jusqu'à ce que la zone à remplir soit terminée… Dans cette tâche, je me heurte à une difficulté singulière. Sa destinée est brodée d'avance sur une toile. Je ne pourrai rien y changer, comme sur les dessins imprimés. Mais il manque toujours des chapitres à l'histoire, des moments dérobés, sauvés du regard des autres.

Certains biographes justifient chaque détail et malgré tout, la subjectivité s'infiltre dans leur récit. La lecture des ouvrages historiques a été essentielle dans l'élaboration de mon travail. Mais à travers eux, c'est M.A. que je voulais écouter. L'écouter comme si j'avais été sa confidente. Le timbre de sa voix résonne dans sa correspondance, dans ses silences, dans les mots effacés et retrouvés adressés à Fersen, à son frère Joseph, à ses amies, à sa mère et dans son testament. Je l'ai entendue. Les lignes tracées de sa main sont comme des notes sur une partition de musique. Je perçois l'incertitude de sa mélodie, sa sensualité, je perçois des sons graves et légers comme l'eau d'une rivière, une rivière de larmes. Je la perçois avec ma sensibilité.

Oublier le calendrier, l'ordre, Marie-Antoinette en a assez souffert. Puisse mon intuition suivre les traces qu'elle a laissées pour aller à sa rencontre : jarretelles, cheveux blancs... M'interroger sur ce soulier perdu sur l'échafaud, sur ce gendarme qui trempa son mouchoir dans son sang, sur la rumeur, la folle et tueuse calomnie, sur cette psychose qu'elle déclenche par sa seule présence. Marie-Antoinette captive les foules. Qu'elle descende d'un carrosse ou d'une charrette, elle est submergée par des cris d'amour ou de haine.

Je vole ses bouts de vie inscrits sur des correspondances, des témoignages, des images, et je vois comment tout cela s'imbrique. C'est derrière la pyramide de chiffons qu'il faut regarder. Les chiffons servent aussi à sécher les larmes, à faire croire que tout va bien, que la vie est bleu ciel ou rose pâle, « cuisse de nymphe émue » comme les jupons de Rose Bertin, alors qu'elle est « bleu suie des cheminées de Londres ».

Il suffit de suivre les traces anciennes, de deviner le dessin maltraité par le temps, de reconstruire le puzzle et peut-être qu'une facette de M.A. apparaîtra telle qu'elle était.

Un détail, un jour, une nuit peuvent suffire à comprendre un personnage. J'ai lu et relu les biographies qui commencent avec son premier souffle et se terminent avec le dernier, pour en conclure qu'un seul moment compte « celui où l'homme comprend à jamais qui il est ». C'est à partir de ce moment-là qu'il faut juger M.A. Pas avant.

Se lever avec M.A.

Commençons par le lever de la reine.

À peine ouvre-t-elle un œil que le visage inamical de la comtesse de Noailles apparaît au-dessus de sa tête. Le cou tendu comme celui d'une tortue. Elle la fixe. Ses yeux sont noirs. Ses sourcils froncés.

Il est huit heures quarante-cinq. Les reproches planent. Marie-Antoinette se demande ce qu'elle a bien pu faire de mal. Dormir cinq minutes de plus, s'être couchée trop tard, avoir ri, avoir tenu le bras de la princesse de Lamballe ou de la Polignac… ? Anne de Noailles scrute le moindre désordre, le moindre rictus sur le visage de la jeune reine. Son coussin redressé – brodé à ses initiales, surmonté d'une couronne –, la journée commence. Une fois par mois, maman exige qu'à son réveil elle relise ses recommandations, qu'elle les apprenne, les récite : n'avoir point de curiosité, savoir refuser, le bonheur d'un ménage consiste en la confiance et la complaisance mutuelles… En écrivant le mot de « complaisance », l'impératrice devait plutôt penser aux dispositions d'une femme à se conformer aux exigences de son mari, pas le contraire.

Maman exige qu'elle fasse ses prières du matin à genoux et une petite lecture spirituelle, sans parler à personne. Maman dit que « tout dépend du bon commencement de la journée et de la façon dont on la commence ».

Maman exige un examen de conscience.

Comment examine-t-on sa conscience ? Elle ferme les yeux, mais les pensées l'envahissent. Comment faire le tri ? Comment éviter les interférences ? Une cinquantaine de personnes se pressent autour d'elle, comment se plaindre de tant d'attentions et en même temps comment éloigner les nuisances, celles qui polluent et empêchent de descendre en soi-même ? Comment oublier les commérages du comte d'Artois, la fausseté du comte de Provence, l'agacement que lui cause la femme d'un trésorier du roi – Mme Cahuet de Villers – qui en son nom a extorqué cent mille écus au trésorier du duc d'Orléans ? Et cette actrice, Louise Contat, que ses ennemis ont tenté de jeter dans les bras de son mari. Comment ne pas redouter cette nouvelle journée qui s'annonce, identique à celle de la veille, et qui elle-même sera identique à la suivante, mis à part les croche-pieds qui eux peuvent varier. « Vous vous recueillerez… le plus souvent que vous le pouvez… » Quand ? Pas un seul moment de solitude. Ce n'est pas Mme de Noailles qui va l'enrichir spirituellement… Sa mère ne connaît pas les redoutables personnages de Versailles. Le château n'est pas un lieu qui inspire la sagesse. Sa mère lui interdit « de lire un livre de son choix ». Il lui faut « l'approbation de son confesseur… ». J'exige de vous… La liste des exigences est longue, rébarbative mais significative du peu de confiance que cette mère a en sa fille. Sans oublier les instructions particulières : « Évitez toutes sortes de familiarités »… « Déchirez mes lettres », et ainsi de suite.

Il est neuf heures et demie. Fin de l'examen de conscience.

La femme de la garde-robe des atours dépose une corbeille contenant la lingerie du « grand négligé » de la matinée : charlotte, chemise de baignoire, la première chemise du jour, des jupons, un peignoir… La première femme de chambre entre, un livre à la main contenant un échantillon des douze grands habits, douze robes riches à paniers, douze petites robes de fantaisie pour l'hiver ou l'été, qu'elle remet à la reine parmi les cent cinquante nouvelles. La reine les porte une fois, puis les revend à condition qu'on ne les revête jamais devant elle, ni à la Cour, ni à l'Opéra. La reine pique d'une épingle le grand habit de la messe, la robe déshabillée de l'après-midi, la robe parée du jeu ou du souper des petits appartements et les vêtements du jour. Les robes ont des noms : « prune de Monsieur », « carmélite jaspée de soie »… Pour le bain, on la déshabille et la rhabille cette fois d'une robe longue boutonnée jusqu'au cou. Si la reine ne se déplace pas dans une des pièces d'eau aménagées au rez-de-chaussée, un sabot rempli à la bonne température est roulé dans sa chambre, plus chaude et plus ensoleillée. Un drap de bain blanc est toujours placé dans la baignoire pour éviter le contact de sa peau avec le cuivre. Les baigneuses y ajoutent du citron, des amandes, des plantes aromatiques, parfois un sachet de bain *de modestie*. Elles la savonnent à l'ambre ou à la bergamote. M.A. exige que l'on tienne devant elle un drap de bain assez élevé pour que ces dames ne la voient pas. Les baigneuses la sèchent, la frictionnent à l'eau souveraine aux vertus apaisantes, la parfument à la rose, la violette, au jasmin et au musc, beaucoup de musc censé revigorer. Un manteau de lit en taffetas blanc est placé sur ses épaules. La reine se recouche, le bain est censé tourner le sang et fatiguer. Elle prend un ouvrage de dame, une tapisserie, parfois appelle une lectrice. Dans un coffre du maître ébéniste Martin Carlin, décoré de plaques de porcelaine de la Manufacture royale de Sèvres, elle choisit les bijoux. Une tasse de chocolat ou de café lui est servie, avec le pain de son enfance – seul souvenir viennois autorisé – et du blanc de volaille. C'est son déjeuner. Puis arrivent son premier médecin, son premier chirurgien, son médecin ordinaire, son lecteur, son secrétaire de cabinet, les quatre premiers valets de chambre du roi, les premier médecin et premier chirurgien du roi. Comment la nuit s'est-elle passée ? (Sous-entendu entre le roi et Sa Majesté ?) Tous attendent la même réponse. Mais elle ne sait même plus si Louis s'est essayé une fois encore à quelque tentative nocturne infructueuse et désagréable, s'il a tenté d'accomplir son devoir d'État, comme il l'a promis à son grand-père. Elle est fatiguée de toutes ces questions indiscrètes, comme celles de sa mère qui exige qu'elle lui rende compte du moindre attouchement, du moindre retard de règles. C'en est assez ! Quelle *importunité* ! Que leur dire ? Que tôt ce matin Louis XVI est parti à la chasse ? Qu'en se levant, il l'a réveillée, mais qu'elle a fait semblant de dormir ? Dormir comme lui, quand elle rentre tard de sa partie de pharaon chez la princesse de Lamballe. En fait, ils se croisent, se dérangent, elle le gêne tard la nuit, et lui tôt le matin. C'est la raison pour laquelle ils préfèrent dormir chacun dans leurs appartements respectifs, n'en déplaise à la ribambelle de médecins.

Alors, visite nocturne ? Quelle *importunité* !

De toute façon, ses draps seront minutieusement inspectés, les femmes de chambre sont complices, à l'affût de la moindre tache, et ne manqueront pas d'en rendre compte si, par chance, les draps venaient à être souillés.

Il est dix heures.

Cette fois, il faut revêtir une robe ordinaire pour la prière du matin et les visites de la famille royale.

À midi, toilette de présentation.

Un meuble à cet effet, une imposante coiffeuse tapissée de dentelle blanche, couverte du fameux nécessaire de toilette en vermeil de Thomas Germain qui avait été celui de la mère de Louis XVI. Sèvres, sucriers en or, girandoles, flacons de cristal, boîte à poudre, pots à onguents bien remplis par Fargeon, le parfumeur. Le meuble est tiré au milieu de la chambre. La dame d'honneur présente le peignoir à la reine… Alors avec la coiffure commencent les grandes entrées, comme l'exigeait Louis XIV : après le perruquier la personne royale est l'acteur principal de ce théâtre burlesque, par leur présence les courtisans donnent l'illusion de leur soumission.

Ballet de figaros. Beau Julien officie en semaine – le grand Léonard responsable des chignons en folie, le dimanche. Voilà que Beau Julien, le dos cambré, tout à son affaire, pose une longue cape sur les épaules de la reine pour protéger le peignoir de la poudre blanche et parfumée, puis il souffle pour ne point trop gâter son costume. Des pliants sont avancés en cercle autour de la toilette de la reine. Surintendante, dames d'honneur et d'atour, gouvernante des enfants de France sont là. Puis entrent les frères du roi, les princes du sang, les capitaines des gardes, toutes les grandes charges de la couronne de France, pour faire leur cour à la reine. M.A. doit adresser sans se tromper un signe de tête, s'incliner ou encore faire une salutation plus gracieuse selon qu'il s'agit d'un prince du sang ou pas. Rien n'échappe à Mme de Noailles, elle surveille. Aux princes du sang seulement, M.A. doit indiquer le moment de se lever, en appuyant ses mains sur sa coiffeuse. Le rituel est compliqué, toute personne ayant « ses entrées » peut assister à la toilette de présentation. L'attraction est prisée. La question de savoir si le roi et la reine « y sont parvenus » se lit sur toutes les lèvres. La reine a-t-elle l'air « épanouie » ? Mais soyons sérieux, l'interrogation est aussi politique, puisque du succès de leur copulation dépend l'héritage à la Couronne. Et Marie-Antoinette n'est pas encore la mère de l'héritier du trône.

Vient l'habillement de corps. La dame d'honneur verse l'eau pour le lavement des mains. Docile, M.A. tend le bras, aussitôt enduit de pâte royale jusqu'au coude, puis le visage. L'eau de « cosmétique de pigeon » sert à nettoyer sa peau et l'« eau des charmes, faite avec les larmes de la vigne », à la tonifier. Après quoi l'« eau d'ange » pour blanchir son teint de porcelaine, si cela est possible. La touche finale consiste en deux énormes ronds écarlates sur ses joues. Plus la couleur est vive et les contours du cercle étendus, plus le rang occupé à Versailles est élevé. M.A. étant juchée tout en haut de l'échelle, les dames s'en donnent à cœur joie. Le maquillage n'a rien de séduisant, mis à part cet air d'être en proie à « une furie amoureuse » selon Casanova. Mais le rouge n'a pas suffi à éveiller les sens de Louis XVI, ni le précieux parfum au musc de Jean-Louis Fargeon. D'après sa mère, ce fard endiablé la faisait ressembler à une actrice et elle lui renvoya son portrait ainsi peinturluré. Le prince de Ligne et tous les hommes présents admirent « son tact qui en imposait autant que sa majesté », son sourire enchanteur, sa douce physionomie, et se demandent comment son indolent mari peut demeurer aussi engourdi à ses côtés.

Puis les hommes doivent se retirer, à regret, ils traînent le pas. Pas de resquillage possible. Seules les dames sont autorisées à rester. Noailles a l'œil. Valse de jupons, de colliers, de boucles d'oreilles en diamants, de souliers, de fichus, de bas, jarretières, corset, rubans, entre la dame d'atour, les princesses, les duchesses, les vêtements de la reine passent de main en main, comme un ballon mais dans un ordre orchestré selon le rang. Tendre un vêtement, ôter les gants est un privilège très disputé. Celui qui donne le ballon n'est pas le plus fort mais le plus titré de l'assemblée. Une lutte pour le pouvoir opposant les nobles entre eux. Le but du jeu ? Ils ne le connaissent pas, ils connaissent seulement les règles. Depuis Louis XIV, ils répètent les gestes de leurs parents. À moins que l'objectif soit que M.A. n'attrape jamais la balle ? Que M.A. ne prenne jamais rien de ses propres mains ? Exact. Quitte à rester nue et frigorifiée le temps d'identifier les joueuses. Le problème survient avec les retardataires illustres, là, leur jouet risque de s'enrhumer.

La cape est rendue au coiffeur, le peignoir aux dames du bain. M.A. est revêtue d'un simple linge, elle a froid, se cache les seins, attend impatiemment le premier habit. Il arrive, il est tout prêt, enfin, mais on gratte à la porte – on ne frappe pas à Versailles, on grattouille. Tout le monde se fige. C'est la duchesse d'Orléans. Le corset tant attendu est retiré des mains de la première dame d'honneur qui s'approche de M.A. pour repartir au fond et revenir vers la duchesse. Étiquette oblige. Maintenant il faut attendre que la duchesse enlève ses gants. Elle en a déjà enlevé un quand la comtesse de Provence apparaît. La comtesse a la préséance sur la duchesse. Et voilà le corset de M.A., qui approchait pourtant, qui repart et qui vole d'une main à une autre. M.A. claque des dents. La comtesse n'a pas encore enlevé ses gants. M.A. est toujours en chemise. Elle rit. Mais c'est un rire nerveux qui retentit dans la pièce. Tout cela est bien réel. Est-il donc possible que tous les jours de sa vie un tel cirque lui soit imposé ? Elle suit des yeux le corset. Malencontreusement, il tombe à terre. Il faut aller en chercher un autre. Alors à bout de patience, Marie-Antoinette s'exclame : « C'est odieux, quelle importunité ! » La cérémonie s'accélère, mais demeure toujours aussi pesante et rythmée selon un ordre incontournable. Noailles est le chef d'orchestre. Elle connaît mieux que personne la partition. Une duchesse joue avant une comtesse, qui joue avant une…

Midi trente sonne.

La reine est enfin vêtue. Poupée pomponnée d'un mètre soixante-dix, elle est placée au beau milieu de sa chambre. On se croirait dans le film de Sofia Coppola. La mise en scène est pastel, couleur bonbon acidulé. Il manque les pyramides de macarons. Qui s'est le plus amusé dans cette parodie ? Rose Bertin la couturière,

Böhmer le bijoutier ou le coiffeur ? Leurs poches sont remplies. La Cour est au défilé. M.A. est le mannequin.

Je me suis toujours demandé devant une femme aux cheveux lissés, aux ongles peints, combien de temps elle passe à exécuter ces gestes. Ces soins portés à soi-même ont pour avantage d'éclairer sur le genre de femme que l'on a choisi d'être. La sophistication imposée à M.A. annule toute lecture de sa personnalité. Son apparence ne lui appartient pas, elle ne peut qu'induire en erreur. Elle lui a déjà causé beaucoup de mal. Elle choisira plus tard, à Trianon, les fameuses robes de mousseline, sans paniers ni armatures, des robes simples dites à la Gaule, qui ne pèsent pas trente kilos et qui feront scandale parce que trop simples et pas assez coûteuses. Ainsi que son chapeau de paille.

La journée ne s'achève pas là.

Arrivent, suivies de toute leur maison, les dames d'honneur, les dames d'atour, les dames du palais, le chevalier d'honneur, le premier écuyer, le clergé, les princesses de la famille royale. La horde se rapproche. Il est l'heure de se rendre à la messe. Le roi rejoint M.A. S'il n'est pas disponible, Monsieur fera l'affaire. Il lui faut encore traverser la galerie des Glaces, exécuter son célèbre pas glissé, malgré la lourde et encombrante robe de cour, ses deux grands paniers et sa longue traîne. Elle caresse le sol, délicate et gracieuse, malgré le poids sur ses frêles épaules. Elle semble patiner, féerique.

M.A. n'a pas été seule une seconde depuis son réveil.

L'étiquette infatigable continue et se répète indéfiniment, tous les jours de sa vie. Vingt années passées à Versailles. Pas un moment où elle peut y échapper, où il lui est permis d'enfiler n'importe quoi et d'aller se promener dans le parc. Impossible. Autant exécuter un strip-tease, relever son jupon, envoyer valdinguer d'un coup de pied rageur ses bas et ses jarretelles au beau milieu du salon de la Guerre. Il faudra attendre que les émeutiers envahissent Versailles, les 5 et 6 octobre 1789, pour que M.A. s'habille presque seule, en quatrième vitesse, et fuie ses bas à la main.

Ses seuls moments de répit seront à Trianon, quand le roi le lui offrira et qu'elle parviendra à s'extraire de la Cour, qui en prendra ombrage, pour respirer un peu, sans Mme Étiquette. L'« encanaillement » de la reine avec la comtesse Jules de Polignac, une femme sans fortune et sans morale – elle a un amant – et un roi qui dispense ses frères de l'appeler *Votre Majesté*, quelle décadence ! C'est plus que la comtesse de Noailles n'en peut supporter. À la grande joie de Marie-Antoinette, le cerbère tire sa révérence. On imagine Lamballe, Polignac et Marie-Antoinette sauter de joie, entamer une ronde comme des gamines parvenues à virer la nurse. Mais avec la comtesse, c'est un monde qui disparaît, celui de Marie Leszczynska, la précédente reine : elle connaissait les usages et savait demeurer dans l'ombre du roi.

« La reine est servie ! »

Il est une heure un quart. Un maître d'hôtel, armé

d'un grand bâton de six pieds orné de fleurs de lys en couronne, lance son annonce de sa voix de centaure.

Une heure de l'après-midi, il s'agit bien du dîner. La journée commence avec le déjeuner, littéralement : « le sortir du jeûne » de la nuit. Nous sommes dans l'antichambre du grand couvert située dans l'enfilade des grands appartements de la reine. Le maître d'hôtel remet le menu à M. A. Tout le temps du dîner, il se tient derrière elle, il lui apporte dans une boîte d'orfèvrerie ses couverts, conservés dans la salle des gardes, ordonne de servir ou de desservir. Symphonie de Delalande, *Pour le souper du Roy* : un concert de trompettes, ballet de révérences, les courtisans, toujours les mêmes, ceux qui ont leurs entrées dans la chambre, s'inclinent devant le roi et la reine. M.A. et Louis XVI sont sur scène. Leur rôle consiste à se nourrir. La pièce dure quinze minutes. Potages, entrées, tourtes de volaille, de poisson, puis les viandes bouillies et légumes du potager, encore les rôtis de chapons gras, pigeons, entremets de gibier et enfin apothéose de fruits sous la forme de pâtes, de compotes… La reine, après avoir à peine goûté à chacun des plats, se lève enfin avec le roi.

Elle se rend chez Monsieur, revient chez elle, tricote pour le roi la manche d'une veste qui ne sera jamais achevée, écrit à sa mère, une fois par mois, sans rien omettre de sa vie, elle a promis. Elle aimerait bien s'y appliquer un peu tous les jours, pour ne rien oublier, mais l'impératrice lui interdit d'écrire à l'avance. Trop dangereux. Elle doit attendre le dernier moment afin que sa lettre ne soit pas découverte. M.A. craint d'oublier une indisposition, un concert, elle prend des notes en cachette. Petits mensonges, grandes soumissions succèdent à vraies descriptions. Entre ses bonheurs et ses malheurs, M.A. ne sait plus où elle en est, elle n'a pas le temps de s'interroger. L'étiquette l'oblige, la presse. Paraître, disparaître, s'habiller, se déshabiller, sortir, entrer, recevoir, apprendre… le manège est emballé. M.A. s'éloigne d'elle. Ses lettres commencent inlassablement par : « Madame ma très chère mère » et son filial devoir se finit par : « Permet-elle que je l'embrasse de toute la tendresse de mon âme ? » Lettres intimes, anodines parfois, étonnées par les usages de la Cour, se succèdent. Très peu de politique.

Que raconter à cette mère qui veut tout savoir ?

Qu'elle « met son rouge et se lave les mains devant tout le monde… ».

Vrai.

Qu'elle « est fort grandie, mais point maigre ».

Vrai.

Qu'elle « est au désespoir que Votre Majesté puisse croire que je lui aie manqué de parole pour la chasse à cheval ».

Faux.

Que « la duchesse de Chartres vient d'accoucher d'un enfant mort. Quoique cela soit terrible, je voudrais pourtant en être là… ».

Vrai.

Qu'elle a été au bal de l'Opéra, incognito.

Oubli.

Qu'elle s'est couchée à l'aube.

Oubli.

Etc. Un pot-pourri.

Rien d'anormal.

Quinze heures.

C'est l'heure de la visite aux tantes – Mesdames Adélaïde et Victoire, filles de Louis XV. Fausses amies. Vraies aigries. Le roi l'y retrouve.

Seize heures.

C'est le moment des mentors. Arrive l'abbé de Vermond, docteur en Sorbonne et bibliothécaire de la bibliothèque Mazarine. Envoyé à Vienne pour parfaire le français de la future reine, il demeure lecteur de celle-ci. Puis c'est le tour de Florimond de Mercy d'Argenteau, diplomate lorrain, grand admirateur de l'impératrice, il est ambassadeur du Saint Empire à Paris. Le roi les a autorisés à pénétrer dans ses appartements privés. Papotages, espionnage doivent eux aussi alimenter leur correspondance à Marie-Thérèse. M.A. se confie, elle ne se doute pas que deux espions sont en face d'elle, que chacun de ses mots, chacun de ses gestes sera rapporté à sa mère.

Seize heures.

Cours de clavecin ou de chant jusqu'à dix-huit heures. Gluck arrivera bientôt de Vienne rejoindre son ancienne élève.

Et ainsi de suite, tous les jours le même programme orchestré autour des séances d'habillage, de la messe, des tantes acariâtres, de la promenade, du souper dans les cabinets avec le roi, les ennuyeux et les prudes. Présentations, révérences, grands couverts et grandes loges. Et encore, et encore, un mouvement perpétuel qui la transforme en marionnette.

De quoi développer une crise d'urticaire et on soupire avec elle : *Quelle importunité !* Et avec elle, on a envie d'échapper à la Noailles, de galoper dans les bois et, à peine le gros roi endormi, d'aller se promener sur la terrasse au clair de lune, de flâner avec ses amies. L'impératrice ne pensait pas que sa fille aurait besoin de s'épancher comme n'importe quelle femme. Son titre de reine ne protège donc de rien ? « C'est à vous de donner le ton », recommande sa mère.

Comment pouvait-elle imaginer une telle pantomime quand Mercy lui parlait de protocole ? Première révolte : bannir l'étiquette, se réfugier à Trianon, on est encore loin de la prise de conscience. C'est un début. Le chemin vers soi ne se trouve pas sans brutalité ni changement de cap. Elle apprend à dire *non*. À faire des mécontents. À sortir des sentiers battus par les générations passées. À se délester du poids des traditions. Ce n'est pas une mince affaire. Derrière la moindre échappée entre les bosquets, l'enthousiasme le plus naïf « *que c'est beau !* »

prononcé en regardant l'aube se lever, et la Cour, les pamphlétaires se déchaînent, détenteurs de la preuve de son libertinage. Colère de Marie-Thérèse qui pour une fois défend sa petite Antoine : « C'est donc à cela qu'aboutissent toutes les adulations tant prodiguées ! C'est donc cela l'amour que l'on porte à ma fille ! Jamais rien de plus atroce m'a paru et qui met mon cœur dans le plus vil mépris pour cette nation sans religion, mœurs et sentiments. »

Son désir d'inviter comme « une particulière » ses amis à dîner, sans la famille royale et la lourde intendance des repas à Versailles, est un scandale. Les courtisans écartés des soupers et des représentations se vengent et l'accusent de recevoir ses amants.

Son rêve d'être aidée par une seule personne pour son habillage – Rose Bertin – est un nouveau drame. Que vont devenir toutes ces dames qui se pâment pour tendre une chemise ?

L'ordre établi par grand-père Roi-Soleil, dieu de la Guerre, ne se balaie pas sans qu'on en soit sévèrement puni. Outre l'apparat qu'il ne dédaignait point, l'étiquette avait son utilité : « Domestiquer la noblesse » en la corsetant dans des codes et des règles. Le corset qui lui serre la poitrine suffit comme ça. En imitant maladroitement un mode de vie sans façons, la reine n'est plus au-dessus du genre humain. Ce fut sa première erreur. La jeune reine de vingt ans s'oppose aux diktats du monarque absolu. Elle envoie balader l'enfer versaillais et exige de vivre à l'abri des regards, à Trianon. Véritable coup d'État. En coucou, en turgotine, ou à pied, elle s'éloigne de la prison dorée. Elle fuit les haies sculptées des jardins de Le Nôtre pour rejoindre un parc décoiffé, savamment désordonné, celui de la maison de ses rêves et de ses illusions.

Rencontre

Je suis chez des amis, à la campagne. Les murs de ma chambre sont couverts de bibliothèques. Je pioche au hasard et je tombe sur la biographie de Marie-Antoinette par Stefan Zweig.

J'ouvre ce livre sur un chapitre intitulé «La visite du frère». Joseph II mettait en garde sa sœur qui, selon lui, n'aurait bientôt plus l'excuse de l'enfance et ne devait pas tarder à devenir mère : «Sinon elle deviendrait une malheureuse femme et encore plus malheureuse princesse.»

J'avais vingt ans et ce rappel à l'ordre semblait s'adresser à moi. La maternité me terrorisait, je ne me sentais pas aboutie, mal dans ma peau, comment pourrais-je donner la vie ?

Pour M.A., c'était encore pire, elle avait moins de quinze ans, autant dire une enfant, quand elle s'est mariée. Était-il possible que *la grossesse* – j'ai toujours trouvé ce mot affreux – ne l'effrayât pas ? Consciente qu'il s'agissait d'une obligation d'État, mais réticente à livrer son corps, on comprend qu'elle ait eu envie de se dérober. À son âge, le désir de se continuer ne vous effleure pas. Ni d'ailleurs celui de ressembler à sa mère. Quel souvenir avait-elle de sa petite enfance ? Sa mère, elle ne la voyait pour ainsi dire jamais. L'impératrice dirigeait un pays.

Tandis que je tournais les pages, je m'en souviens comme si c'était hier, je m'insurgeais contre les mots employés par ce frère. J'aurais voulu la défendre, mais pas seulement elle, défendre toutes les femmes forcées pour quelque raison que ce soit à avoir un enfant. Mon corps n'aurait pu répondre à cette injonction. C'était ma résistance secrète. La médecine ne pouvait rien contre ma volonté. J'en étais bien heureuse…

M.A. n'avait pas connu ce type de blocage physique. On ne le sait que trop par les confidences écrites à sa mère, mais il est probable qu'elle en ait connu d'autres.

Une volonté différemment exprimée s'était emparée de M.A. Avait-elle contaminé Louis ? Était-ce sa faute, celle de son mari ?

Moi, je ne mettais en péril que ma modeste descendance. Mais une femme qui ne veut pas d'enfants demeure une femme à part, une anormale. Je me sentais solidaire. Un jour, je serais seule selon ma mère, elle serait répudiée selon la sienne…

Ce fut une nuit sans sommeil. Oubliant que le livre ne m'appartenait pas, je me le suis approprié, comme à mon habitude, en soulignant des phrases et en annotant les marges.

Était-ce une rencontre ? Rencontre, le mot semblait plutôt inventé pour un homme et une femme… Pouvais-je l'employer pour un personnage qui appartenait à l'Histoire ? Selon le dictionnaire, c'est le fait de croiser quelqu'un sur son chemin, de se trouver en sa présence sans l'avoir voulu. Il y avait de cela. J'avais croisé M.A. J'aurais pu ne pas aller chez mes amis, ne pas ouvrir le livre. Je n'ai jamais choisi mes sujets de roman, tous se sont imposés à moi. Parfois, ils se sont superposés, alors que j'arrivais à la fin d'un livre, un nouveau sujet prenait forme, ce qui m'évitait la sensation de vide qui m'avait envahie la première fois. Depuis, j'en ai écrit une vingtaine. Il m'est arrivé de me demander pourquoi j'avais choisi cette existence en dehors de la réalité, enfermée dans mon bureau. Mais je n'ai pas de réponse. Mis à part l'écriture qui est devenue une façon de vivre. Quelque chose de Virginia Woolf, de Courbet, de Joséphine, de Marie-Antoinette a croisé mon chemin au moment opportun. J'ai eu envie d'approcher l'insaisissable, de raconter la douleur, le chagrin, le désir, le malentendu. Si toute écriture de soi est un roman, l'inverse est aussi vrai.

Zweig avait estompé mes *a priori* sur Marie-Antoinette, mais il ne les avait pas gommés. Je me méfiais de l'empathie qui avait saisi l'écrivain autrichien. M.A. demeurait celle qui s'était emparée de la Couronne comme d'un jouet. Je comprenais la peur d'enfanter, pas l'infantilisme.

Le souvenir de M.A. est resté. Même absente de mes lectures, elle était présente. Je croyais l'avoir oubliée, à tort, son mystère m'avait suivie.

Seconde rencontre. Vingt ans se sont écoulés.

Je déambule dans la galerie des Glaces d'un pas décidé, je cherche quelque chose ou quelqu'un sans me l'avouer. Une dame apparaît, à son poignet se balance un trousseau de clefs. Nous entamons une conversation, après quelques secondes d'hésitation, elle me propose de visiter les appartements privés de M.A. La chance était au rendez-vous. La galerie des Glaces au pas de course, sans pouvoir m'empêcher d'admirer le génie de Mansart, de jeter un coup d'œil sur les peintures de Charles Le Brun, et sur les miroirs qui reflètent les parterres et les jardins. Nous atteignons la chambre de la reine. La dame m'invite à enjamber la balustrade et, à l'aide d'une de ses nombreuses clefs, ouvre une porte sur la gauche, à peine visible. Au faste de la chambre succède un couloir d'une simplicité étonnante. Une douzaine de pièces, petites, basses de plafond, sans lumière, donnent sur des cours intérieures, parfois à l'aplomb d'un toit ou d'un mur. Une salle à manger exiguë aux allures bourgeoises avec sa vaisselle exposée dans les encoignures. Cabinet de musique, salle de billard, cabinet doré, bibliothèque.

C'est le royaume de la reine. À l'époque, le feu crépitait dans les cheminées, des bouquets de fleurs odorants se mêlaient aux fragrances des pots-pourris, des chandelles, beaucoup de bougies pour y voir clair à la tombée du jour. Quand M.A. quitte une pièce, les bougies sont enlevées et remplacées par de nouvelles à peine réapparaît-elle. Dix mille chandelles sont ainsi utilisées par jour à Versailles. Une atmosphère confinée, tamisée qui appelle aux confidences. Selon ma bienfaitrice : « Marie Leszczynska disposait uniquement des cabinets du premier étage et aimait déjà s'y retirer. » Marie-Antoinette, encore plus désireuse d'échapper à la curiosité, imagina un couloir permettant au service de passer de la grande chambre vers les autres sans la déranger. Après ces explications, la dame aux clefs d'or demeure en retrait. Je me retrouve seule dans le cabinet de la Méridienne. La pièce était à l'évidence agencée selon le goût de M.A. L'inspiration de ce lieu ne venait pas de Schönbrunn. À Schönbrunn, étaient accrochés aux murs de sa chambre les portraits de ses huit sœurs. Marie-Christine, la préférée de sa mère, était la plus belle. Des rideaux d'étamine rouges, unis, sans fioritures garnissaient les fenêtres. À Versailles, les ouvertures sont ornées de cantonnières et de pentes. Les couleurs tendres, subtiles, bleu pâle ou vert d'eau semblent refléter les étoffes de ses robes. Les bronzes des commodes de Riesener et de Jacob reproduisent des draperies légères comme les rubans de ses cheveux. C'est là, dans ces tiroirs à secrets, qu'elle dissimulait les lettres de sa mère qu'elle était censée déchirer. M.A. avait besoin de les garder. Sans doute pour y relire en secret les rares traces d'affection quand la mélancolie la tourmentait. La maison de France est donc peuplée d'ennemis ? Même le roi ne devait pas les lire. Il n'a jamais imaginé que, derrière son dos, Mercy servait sa souveraine.

Sur les portes vitrées, un joyeux dauphin danse, il évoque son fils, tandis que les roses, l'aigle des Habsbourg et le paon, attribut de la déesse Junon, sont des allusions à sa personne. Son empreinte est partout, sur le lit de son chien, les murs, les chaises, les fauteuils sont recouverts de ses châles. Initiales, armes, symboles, jusqu'à cette rose dont elle se frictionnait, sont brodés sur le moindre coussin. Je ne veux pas exagérer les interprétations que ce lieu m'inspire. Il ne manque que sa silhouette dans le miroir. Mais je ne peux m'empêcher d'associer le narcissisme à la désexualisation et à la pulsion de mort. Cet appartement reflète l'univers d'une femme seule, une femme qui n'a personne à aimer, à part elle. Un sentiment de tristesse m'assaille, quand soudain je suis attirée par une porte singulière, tant elle est discrète, plate, sans moulures. Elle se confond avec les murs. Seule une poignée en cuivre patinée la signale. Alors que je n'y suis pas invitée, je tourne le loquet. Ma curiosité est trop forte pour résister à la politesse.

Regard furieux de la conservatrice. J'entre : devant moi deux pièces minuscules, aux murs délabrés, abandonnés. Le sol est couvert de tomettes.

Elle dit :

– Vous n'auriez pas dû.

– Qui habitait ces deux petites pièces ?

Sur le sol demeurent des traces, celle d'un lit, au fond une porte donne sur un escalier. Un poêle noirci par d'anciens feux est adossé contre le mur. Est-ce le poêle que Fersen dans un langage codé demande à la reine d'allumer avant son arrivée ? Fersen utilisait ce passage, cela me semble une évidence. Les murs sont imprégnés de leur histoire. Ceux-là transpirent la passion.

– Il y avait un petit lit de camp, là, dit la conservatrice en désignant du doigt un emplacement vide.

– L'escalier débouche sur l'extérieur ?

Elle finit par rompre la conspiration du silence sans prononcer *son* nom : « C'était *sa* chambre, quand il venait à Versailles. » J'avais ouvert la porte du passage secret d'Axel de Fersen. La visite s'acheva. Mon imagination s'emballa.

Quelques jours plus tard, je déjeune avec J. dans un café du Marais. Il fut un des plus jeunes professeurs en psychiatrie. J'aime parler avec lui et nous nous voyons régulièrement. Quand les confidences de ses patients pèsent trop lourd, j'en partage parfois la charge, comme cela se produit entre confrères. Je suis une éponge. J'attrape la mélancolie de mes amis comme d'autres la grippe. J. me demande pourquoi je n'ai pas exercé, après mon analyse didactique. Cinq ans qu'il ne m'avait pas posé la question. « Au fond, tu écris pour choisir tes patients, n'est-ce pas ? Qui est le nouveau ? »

Allais-je lui dévoiler mon secret ? Je sais par expérience qu'il n'est jamais bon de parler d'une chose qui est en train de prendre forme en soi.

Le bistrot se situe tout près de l'endroit où était l'ancienne forteresse du Temple, devenue célèbre parce que Louis XVI et Marie-Antoinette y furent emprisonnés. Les murs étaient épais de quatre mètres, la hauteur des tours atteignait cinquante mètres. Le bâtiment avait été construit par les Templiers. J. veut savoir pourquoi le Temple avait été détruit. Je lui raconte que Napoléon craignait qu'il ne devienne un lieu de pèlerinage des royalistes, qu'il aurait attribué le malheur de Louis XVI à « la condition des rois… », mais qu'il s'insurgeait contre le destin de Marie-Antoinette, qui avait eu les honneurs sans le pouvoir. Traîner du trône à l'échafaud cette « princesse étrangère, le plus sacré des otages », lui faire subir tous les outrages, était selon lui pire que le régicide.

J. me regarde, étonné, tandis que je lui indique d'un geste l'emplacement, là, sur le côté gauche de la mairie de la tour du Temple, rue Eugène-Spuller, où Marie-Antoinette fut emprisonnée.

– Ne me dis pas que tu écris sur Marie-Antoinette !

Encore la sensation de construction capillaire qui s'élève sur ma tête.

Je démens un peu trop vite pour paraître tout à fait

honnête. Il me dévisage avec un sourire bienveillant, dans lequel je crois lire de l'intérêt. Je ne sais pas encore où vont me mener mes investigations, si elles se transformeront en quelque chose de plus concret. Selon J., les artistes sont des névrosés qui se guérissent en travaillant. Si je ne pouvais plus rien pour elle, que pouvait-elle pour moi ? Quel intérêt personnel ou collectif se cachait derrière mon attirance pour Marie-Antoinette ?

Voulais-je la défendre parce qu'elle avait été honnie ? décapitée ? Une fois débarrassée de l'écrasante image de la reine, cette femme réunit à elle seule tous les maux que les psys passent leur vie à soulager.

Fine mouche, J. insiste :

– Tu as envie de « psychanalyser » Marie-Antoinette ?

Il emploie ce terme pour me faire réagir.

Marie-Antoinette avait pris place en moi. Je ne pouvais en parler à la légère, là, autour de la table d'un café. Elle était installée dans ma tête comme un fœtus dans le ventre de sa mère. L'exposer prématurément risquait de la tuer. Mon projet ne portait pas encore de nom, il n'était qu'accumulation de connaissances, quelques intuitions. Je couvais quelque chose. Quoi ? Un livre ? Une passion ? Une psychose ? Tous ces phénomènes me semblaient indissociables.

Je lui répondis que le clivage entre moi et mon héroïne était malaisé à établir.

– Je te demande quelle est ton intention première, je ne te demande pas vers quel chemin elle va te mener…

J. veut que je creuse, que je gratte, que je me cherche, que je m'implique, quitte à me mettre en danger. La vérité emprunte souvent des chemins détournés.

Je suis montée sur son scooter. Les mains serrées autour de son blouson, je lui ai glissé à l'oreille : « Toute biographie est une illusion. »

Le soulier de M.A.

Hier, j'ai feuilleté le catalogue des Beaux-Arts, conçu par Alain Tapié.

Il représente sous tous les angles le soulier que M.A. perdit sur l'échafaud. J'ai utilisé ma loupe, retourné les dessins comme un détective examine les photos d'un cadavre. Bout pointu, replié en son extrémité, nombreuses cassures, tissu effiloché. Le soulier semble moribond, comme celle qui le portait en ce jour funeste.

Je ne pouvais en rester là : une gravure à l'eau-forte. Je devais me déplacer. Le soulier est exposé à Caen. L'envie de le voir de près m'agita toute la nuit. À peine levée, je n'avais qu'une idée en tête, partir et me rendre au musée où la relique était exposée.

Je conduis mal, mais lentement. Je n'ai jamais dépassé personne, ni même emprunté une autoroute tant la vitesse me terrifie. Mais j'étais prête. Lorsque je n'écris pas, je plonge dans mes recherches avec volupté, consciente de cette dépossession de moi, de ce transport dans la vie de l'autre. Quitte à en oublier la mienne. Était-ce la raison ? Peut-être.

En m'intéressant à un autre destin, je m'éloigne de moi, certaine de ne pas me rencontrer sur ce chemin. Mais écrire la vie d'un autre, n'est-ce pas s'en approcher ? Plus que s'en approcher, l'aborder, l'investir au point de frôler le danger, la confession, la collision, comme lors d'un accident ? En se débarrassant d'une partie de soi ne risque-t-on pas, dans cet enchevêtrement de mots, de situations, d'états d'âme, de trouver un autre, inconnu à soi-même jusqu'alors ?

J'en avais déjà fait l'expérience avec d'autres personnages : Virginia Woolf, Courbet, Joséphine.

Leurs souffrances ont ravivé les miennes. On n'échappe ni à l'exigence de l'écriture, ni à son passé.

Et pourtant, avec M.A. je pensais ce danger écarté.

Paris-Caen, 242 kilomètres. Durée deux heures cinquante en moyenne. Pour moi un peu plus. Mais j'aurais traversé l'Océan, s'il l'avait fallu, pour voir le soulier.

M.A. n'écrivait pas, ne peignait pas, nos mondes étaient suffisamment éloignés pour que je me lance dans l'aventure, sans craindre de me confondre. Mais sa vie rencontra tant de résistances, de frustrations, de contradictions qu'il est impossible de ne pas reconnaître une résonance dans ce florilège de souffrances humaines. Comprendre l'autre, c'est s'en approcher aussi, lui pardonner, se pardonner. Lever son secret, c'est risquer de découvrir le sien, hagard comme le gibier pris dans un faisceau de lumière. Il faut admettre que l'on ne peut faire abstraction de soi, de son inconscient, de ses forces obscures en s'approchant d'un autre. Il y a toujours quelque chose qui m'y ramènera. Cela peut être un objet.

Un objet offre un éclairage différent de celui des documents. Accessible en un clin d'œil. Il faut dire que celui-là est bien particulier. Un soulier porté par une femme durant de longs mois d'incarcération, jusqu'à la mort, était forcément « chargé », comme disent les marchands d'arts premiers.

J'enfouis dans mon sac une bouteille d'eau, un paquet de gâteaux, des Mars, un guide, un dictionnaire de poche, mon carnet et mon crayon-gomme.

Une sorte de griserie s'empare de moi à peine installée dans la voiture. Je suis une gamine en fugue, une aventurière, une archéologue sur la piste d'un trésor. Pas de radio. Pas de téléphone. Je roule, le nez sur le volant malgré mes lunettes, l'esprit perdu dans mes pensées. Derrière chaque objet se cache celui qui l'a choisi. La mère de M.A. lui imposait ses goûts. Les miens m'appartiennent. Éclectique, un poil fétichiste, je n'aime que les objets qui racontent une histoire, la fiole de Napoléon qui contenait le cyanure, un bout de tissu qui couvrait les murs de la chambre de M.A. au Temple, un des cailloux qui remplissaient les poches de Virginia Woolf quand elle s'est jetée dans la rivière de l'Ouse. Mais plus que tout, j'aurais aimé collectionner les objets transitionnels de mes écrivains favoris, ces objets qu'utilisent les enfants pour représenter une présence rassurante.

Là, il s'agit d'un objet mineur, une chaussure, sans intérêt si on ne le replace pas dans son contexte historique... le mythe féminin du soulier, additionné à celui de Marie-Antoinette, provoque forcément l'émotion.

Déjà, en regardant les planches à dessin, il me semblait entendre les pas de celle qui traversait la galerie des Glaces avec tant de grâce. Sa vie est un grand-huit. Elle monte au plus haut pour descendre au plus bas. Le soulier porte en lui une antinomie. Quelque chose cloche. Comment un soulier brodé pour gravir l'escalier à double révolution de Lebrun pouvait-il trois ans plus tard se poser sur les marches sanguinolentes d'un échafaud ?

À peine le premier péage franchi, la pluie normande s'est mise à tomber. Les images des gravures de Pierre Courtois défilent sous mes yeux. Le soulier est présent sous trois angles.

Sous le premier angle, il est couché, tel un navire échoué. On aperçoit sur la semelle une étiquette portant des numéros : 67 – puis 5 et encore 88. Plus bas, sur une autre minuscule étiquette étaient inscrits les chiffres 800 et 111 tracés à l'encre noire. L'image du premier mort qu'il m'a été donné de voir m'est revenue à l'esprit. J'étais étudiante en droit. Un tour à la morgue nous fut proposé. Un pied étiqueté dépassait d'un tiroir réfrigéré. Sur l'étiquette, à l'encre noire, était tracé un chiffre comme sur la chaussure.

Sur le croquis numéro deux, le soulier se présentait de profil.

Cette fois le talon est visible, pigmenté de petites pointes argentées, probablement des clous. Il y a bien vingt ans, je me souviens avoir acheté des souliers aux talons semblables. Six centimètres, le maximum que je peux porter. Ceux de M.A. était hauts de deux pouces. Un pouce étant égal à 2,54 cm, nos souliers avaient la même hauteur et je m'y sentais suffisamment stable pour marcher. Si M.A. a perdu une chaussure sur l'échafaud, malgré sa royale maîtrise, c'est que la fatigue a eu raison de son corps. Seule la volonté la tenait encore droite.

Le 16 octobre 1793, alors que M.A. va au supplice, mains ligotées, assise sur une planche, les femmes s'intéressent encore à son habillement. Son charisme dépasse l'épouvante des circonstances. On a peine à croire que, là encore, sa pauvre tenue de condamnée inspire la mode comme au temps de Versailles. Et pourtant, l'année 1793 vit fleurir la *mise à la victime* : des fichus croisés comme celui passé sur la robe blanche du sacrifice. Les Françaises perdirent leurs paniers, leurs robes s'aplatirent pour imiter celle de la reine le jour de son exécution. Les coiffures s'affaissèrent, toutes les femmes semblaient être passées entre les mains de Sanson, puisque c'est à lui que revint l'honneur de couper les cheveux de la reine avant sa tête. Il le fit sans joie. Il eut pitié de Marie-Antoinette, lui, le bourreau qui s'enrichissait à chaque décapitation, ne voyait pas en quoi cette condamnation était une « fête » comme Fouquier-Tinville le souhaitait. Mais le travail devait être fait. Il l'exécuta sans broncher. C'était son job, chaque exécution lui rapportait de quoi s'offrir des costumes et économiser pour sa maison. Léon Bloy assure que le mécanisme inventé par le docteur Guillotin fut moins cruel envers la reine que l'étiquette à Versailles.

Troisième croquis : le soulier se présente de face, vu de haut. On peut apercevoir ainsi une semelle collée à l'intérieur. Il y est écrit : « Le soulier que portait M.A. le jour néfaste où elle monta sur l'échafaud, ce soulier fut ramassé par un individu au moment où la reine le perdit et acheté immédiatement par monsieur le comte de Guernon-Ranville. » Cette lugubre étiquette ne parvient pas à effacer la valeur symbolique de l'objet, ni les fantasmes qu'il éveille. Selon Eugène Pottet, « la reine montant à l'échafaud perdit bien un soulier. Il aurait été ramassé par un assistant du bourreau Sanson et vendu pour un louis ». L'assistant ne connaissait pas la valeur de la relique auprès des royalistes. Il est possible qu'il ait redouté d'être puni, qu'il l'ait cachée dans sa poche et l'ait négociée très vite pour s'en débarrasser.

Plus qu'une centaine de kilomètres me séparent du soulier de prunelle. Les dictionnaires de la fin du XVIIIe siècle définissent la prunelle comme « un tissu de soie ou de laine sergée fine, à côtes régulières ». Talon

« très haut selon l'assistant qui le ramassa et ayant beaucoup servi ».

Taille : 36 et demi.

Couleur : noir.

Une passementerie forme un froncé sur le devant, appelé « ruche ».

Bout pointu.

Inspiratrice du modèle : Anne-Antoinette-Cécile Clavel, dite Mme Saint-Huberty, qui lui laissa son nom. Actrice lyrique, interprète favorite de la reine, elle incarna Didon dans l'opéra de Purcell, dans les années 1780. Le souvenir de la complainte de l'héroïne de Virgile couvrait-elle les cris de la foule assoiffée de sang le long du parcours vers l'échafaud de Marie-Antoinette ?

Confirmation de la taille du soulier par l'assistant du bourreau. Mais cette fois, la couleur diffère. Le soulier noir est devenu « jaune vernis, bordé de soie verte ». Que connaissait l'assistant du bourreau en matière de couleur et de mode ? La description la plus crédible revient donc à Rosalie Lamorlière, la petite servante de la prison, qui entretenait le linge et les souliers de la reine. Sa description concorde avec le soulier récupéré et exposé à Caen. « Pour aller à la mort (...) elle conserva ses bas noirs et ses souliers de prunelle qu'elle n'avait point déformés, ni gâtés depuis soixante-seize jours qu'elle était avec nous. » Voilà le soulier retrouvé et décrit tel qu'il m'attend, posé sur une stèle, sous cloche. Seul le temps l'aurait abîmé.

Il existe un inventaire dressé après la mort de « la veuve Capet » par le concierge Bault. L'homme a fait le ménage après son « départ » dans la triste cellule vide. Il ramassa des fichus de linon, des bas de soie noire et autres serviettes et mouchoirs, et consigna « une paire de souliers neufs et deux paires de souliers vieux ». Le matin du supplice, elle aurait donc chaussé une quatrième paire, à moins qu'elle ait gardé les souliers avachis de son procès, une des raisons pour lesquelles son pied était sorti de la chaussure. Mais peu importe que la femme aux mille souliers n'en ait eu qu'une, ou trois paires en prison. Des privations tellement plus cruelles lui furent infligées.

Troisième péage, j'approche. M.A. monte les marches qui mènent à l'échafaud « avec légèreté et promptitude », selon les témoignages. Elle n'est pas soutenue, alors que ses mains sont liées dans le dos. Elle se retourne et constate que son soulier est tombé. Les fétichistes sont en émoi. Elle perd un peu l'équilibre, bouscule le pied du bourreau… s'excuse : « Monsieur, je vous demande excuse, je ne l'ai pas fait exprès… » Vrai ? Faux ? Réflexe d'éducation, tout à fait vraisemblable.

Rosalie était illettrée. Son témoignage fut retranscrit par Lafont d'Aussonne. À la Conciergerie, alors qu'elle brossait les souliers de la reine, sous la surveillance de l'officier de gendarmerie, celui-ci s'en empara avec délicatesse et, après l'avoir admiré, il aida Rosalie à nettoyer les semelles avec la pointe de son épée, pour enlever la rouille humide des sols. Les ecclésiastiques et les seigneurs, derrière les barreaux, supplièrent Rosalie de venir jusqu'à eux, « afin de les laisser eux aussi voir de près une chaussure ». L'officier de gendarmerie ne s'y opposa pas. Ils la saisirent aussitôt, et « couvrirent de baisers » le tissu qui avait enveloppé le petit pied de la reine. Regard envieux du garde républicain qui ne pouvait en faire autant. Monseigneur Salomon évoque une scène similaire quand la tâche revenait à Mme Richard, la femme du concierge. Tous demandaient, selon François Macé de Lépinay, conservateur au musée Carnavalet, la faveur de baiser les chaussures de l'infortunée princesse.

Rosalie, cette fille du peuple, apporta par sa bienveillance ses derniers moments de réconfort à M.A. Des années après, Marie-Thérèse, fille de M.A., surnommée Mousseline, sera la seule à échapper à la mort, cherchera Rosalie pour la remercier et la retrouvera dans un hospice, sans le sou. Rosalie lui parla de son attachement à la reine et lui avoua combien elle eut le cœur brisé, le 16 octobre 1793, peu après midi, quand la rumeur de la rue lui annonça que « la garce » avait été décapitée.

Rosalie avait toujours gardé près d'elle le petit morceau d'étoffe que M.A. lui avait offert en regrettant de n'avoir rien à donner d'autre. La reine lui aurait peut-être offert un de ses bijoux, si les geôliers ne les lui avaient confisqués, en promettant qu'ils les lui rendraient « après... ». Après quoi ? Ils emportèrent sa montre d'Allemagne, cadeau de ses parents, à laquelle

elle tenait tant, un anneau d'or, une bague avec une pierre, un talisman, plusieurs cachets en or dont un porte en légende « L'Amour et la Fidélité ». Tous ces objets étaient gravés de chiffres, de lettres et d'hiéroglyphes. Marie-Antoinette aurait bien voulu remercier ceux qui lui prodiguèrent quelques marques de respect ou d'affection. L'abbé Magnin qui lui donna la communion à la Conciergerie. L'aimable Mme Caron, prisonnière comme elle, qui lui donna à boire dans un petit broc – aujourd'hui exposé à la Conciergerie – avant qu'elle quitte la prison pour toujours. Le gendarme qui brisa sa pipe quand il apprit que l'odeur du tabac l'avait indisposée, Mlle Fouché qui lui déposait du pain de seigle tous les matins. M. Bault, le concierge, qui lui acheta un melon – offert par la marchande quand elle sut à qui il était destiné. Mais encore l'ancien concierge Richard et son épouse. Le couple était parvenu à lui procurer son eau de Ville-d'Avray, la seule qu'elle supportait. Tous les jours, ils lui assuraient de la volaille, des légumes et même parfois quelques fleurs.

Marie-Antoinette, si généreuse, dépossédée de tout, était réduite à offrir des bouts de tissu et ses mèches de cheveux en guise de marques de reconnaissance.

Une reine en bas de soie devant l'échafaud, ultime clin d'œil à l'Histoire. Alain Tapié va jusqu'à reconnaître « un geste à la Marie-Antoinette : perdre son soulier dans les moments dramatiques».

Le supplice ne suffit pas à étancher la haine. Les commentaires malveillants se succèdent, encore après que sa tête est tombée. Henri Wallon : «Il se pourrait qu'elle ait arrangé cette petite scène pour qu'on s'intéressât à sa mémoire.» Frantz Funck-Brentano : «La coquine a eu la fermeté d'aller à l'échafaud sans broncher...» Ses détracteurs ne cesseront jamais de l'accabler. M.A. aurait fait l'intéressante sur l'échafaud... M.A. aurait pensé à sa gloire posthume. M.A., dissipée, écervelée, distraite, futile... même avant de mourir ? Si M.A. avait manifesté une peur bien légitime qu'auraient-ils donc écrit ? Si elle avait supplié le bourreau comme on le prête à Mme Du Barry ? Deux siècles n'auraient pas suffi à calmer les moqueries.

Encore dix kilomètres et je verrai le soulier qui avait été gardé «religieusement», ramassé par l'assistant du bourreau et embrassé par les prisonniers.

Un des patients de J. obtenait la satisfaction sexuelle par le contact physique ou visuel des chaussures. Il hantait les étalages des boutiques. Le soulier de M.A. est en peau et en soie, deux matières douces, rêvées pour les fétichistes. Au nombre des matières qui suscitaient une érection chez son patient, il y avait le cuir, la soie, le velours. Dans son imaginaire, ces matières évoquaient la peau d'une femme. La chaussure, à cause de sa forme, symbolisait pour lui le sexe féminin.

M.A., consciemment ou inconsciemment, aurait abandonné une chaussure, exhibé un pied nu en signe de liberté ? Ultime défoulement ! Pied de nez à ses bourreaux. Avant d'être attachée, elle balance sa chaussure et se précipite sur la planche pour les devancer ? Le délire interprétatif atteint là des sommets.

Caen, enfin. Il est midi et quart, l'heure de la mort de M.A. Le soulier tombe juste avant sa tête. Mon guide Michelin recommande La Taverne du Château pour sa cuisine traditionnelle, ses poissons et fruits de mer. On verra, après la visite au musée. Des centaines de curieux sont amassés devant l'entrée pour voir le soulier. Minuscule pantoufle détenue dans un immense bâtiment de béton. On attend tous, agglutinés les uns contre les autres, en ayant froid, mal au dos, que sais-je, mais déterminés, fanatiques, sans même la certitude absolue – elle n'existe nulle part – que M.A. ait bien perdu son soulier, ni que ce soit bien celui-là.

Folie collective à laquelle je participe, en toute conscience.

M.A. se serait amusée de nous voir. Mercy d'Argenteau ne raconte-t-il pas à Marie-Thérèse, comment, par un pur « effet de gaieté et sans mauvaise intention », M.A. aimait à plaisanter sur des ridicules ; et la résonance de ses moqueries était d'autant plus dangereuse qu'elle savait « donner à ses observations tout l'esprit et le sel propres à les rendre piquantes». Je l'imagine, enjouée, sous les traits de Kirsten Dunst et l'éclat de leurs voix mêlées résonne dans ce hall du musée de Caen. Femme objet de curiosité depuis sa naissance.

Femme fatale. Pas celle qui séduit sans se donner, mais celle qui attire la fatalité. Femme épiée, à Versailles, à Trianon. Femme surveillée aux Tuileries. Femme gardée à vue au Temple, à la Conciergerie. Et ici encore, devant une pauvre relique, un bout de cuir avachi, les voyeurs se pressent. Les Goncourt possédaient une parcelle d'étoffe ayant appartenu à la reine. Ils devaient y puiser leurs émotions. Parions qu'elle était *cuisse de nymphe émue*, cette appellation inspirée traduit un simple ton chair tirant sur le mauve, ou *Suie des cheminées de Londres,* rendu avec tant de délicatesse par Mme Le Brun dans son célèbre portrait à la rose. Mme Bertin tailla aussi des robes dans des tissus aux couleurs toujours inventées pour elle, mais aux appellations moins poétiques : *caca dauphin*, vieille puce, ventre de puce, puce royale, tout cela parce qu'un jour Louis XVI s'était écrié en voyant sa femme habillée d'un ton verdâtre : «Mais c'est couleur de puce ! » Il aura droit à la couleur «œil du roi».

En quels termes les gens qui se déplacent pour son soulier pensent-ils à M.A. ? Est-elle l'aristocrate hautaine, à mille lieues des préoccupations du peuple, celle qui aurait lancé «s'ils n'ont pas de pain, qu'ils mangent de la brioche» ? M.A. n'était ni idiote ni cynique. Quelles que soient ses erreurs, il est peu probable qu'elle ait proféré une remarque aussi vile. Les années passent sur les mots et les déforment.

L'histoire de la brioche a été répétée tout au long du XVIIIe siècle, à propos d'une série de princesses. Cent ans avant l'arrivée de Marie-Antoinette, cette histoire fut déjà attribuée à l'épouse espagnole de Louis XIV. Un classique délétère. Le peuple imagine les princesses étrangères à leurs préoccupations, incapables de faire la différence entre le superflu et le nécessaire. M.A. ne méprisait personne. Mme Vigée-Lebrun arrive avec un jour de retard ? La reine pose pour elle, sans lui en faire le reproche. Celle-ci fait tomber ses pinceaux ? La reine les ramasse. Mme Vigée-Lebrun est enceinte, elle lui demande de ne pas se baisser. En prison, elle s'attire la sympathie de tout le personnel, elle est bonne et simple. Certes, elle snobait Rohan et Mme Du Barry, mais comment lui en vouloir ? M.A. est partie. Les mots sont restés. Les vrais et les faux. Indissociables avec les années.

Je franchis enfin le seuil du musée.

Je dois vider mes poches, ouvrir mon sac, passer sous un portique, j'ai l'impression d'être à Roissy, d'embarquer pour un pays lointain. L'œil inquisiteur du gardien ne me lâche pas.

Un psy en situation voit sans être vu de son patient, ce qui est le propre du voyeur. Je lui ressemble. Je suis une mateuse, une voleuse. Ils ne le savent pas ici. Je rase les murs. Mon cœur s'accélère comme si j'allais commettre un attentat à la pudeur. Je traverse deux grandes salles, j'approche... j'entends le commentateur dire : « Ce soulier fait pour le bonheur... » Ses souliers, en brocart, damas, taffetas, percale, étaient toujours assortis à l'étoffe de ses robes. Portés une fois, jamais deux... Sortes de ballerines faites pour effleurer les 73 mètres de parquet de la galerie des Glaces, pour s'esquiver dans les sentiers du Labyrinthe, pour se balancer au son d'une danse de Mozart, évoluer sur le marbre blanc des carrières du Languedoc et se perdre entre les fontaines et les statues de bronze ou de plomb. Son pas c'était le *Moonwalk* de Michael Jackson au Madison Square Garden, il faisait tourner les têtes. Petits souliers si vite détournés vers le chemin de la pierre humide et glaciale de sa cellule à la Conciergerie.

Souliers pour vivre, devenus souliers pour mourir.

Conçus pour charmer, certainement pas pour réchauffer les pieds transis par la peur, ni pour gravir les marches de l'échafaud.

J'avance vers le talisman... Les plus grands séducteurs ont attaché une importance capitale aux pieds des femmes. Casanova les considérait autant que les yeux comme « les organes déterminants de la beauté ».

Mon cœur bat, j'approche. J'ai toujours eu cette tendance à donner vie aux objets. Quel autre intérêt que cette charge émotionnelle devant un bout d'étoffe s'il n'avait pas recouvert les murs de la cellule de Marie-Antoinette ? Les objets absorbent leur histoire.

Ce soulier était à son pied le jour fatal. Il s'est dérobé face à la lame. Le voilà deux siècles après, présenté sur un drap blanc, posé au sol au fond d'une niche. Il trône, isolé, comme jadis celle qui le portait.

Personne n'ose poser un pied sur le lin. Un silence religieux est tombé. Même le guide s'est tu. Je lui en sais gré.

Je parviens à me faufiler entre ceux qui forment cette muraille humaine, la pantoufle apparaît à deux ou trois mètres de moi. Pourquoi soudain le mot me vient-il à l'esprit ? À cause de la pantoufle de vair de Cendrillon… ? Une pantoufle en petit-gris qui a inspiré un conte. Les deux sont délicates, conçues pour un petit pied. J'aimerais comme le gendarme de la Conciergerie, les prisonniers, la gardienne, la femme de ménage, la prendre entre mes mains. Ce contact me manque, comme s'il était important pour la compréhension des choses. Bruno Bettelheim explique l'attirance que « la pantoufle de verre », c'est ainsi qu'il l'écrit, peut susciter chez les hommes, par la forme du « petit réceptacle où une partie du corps peut se glisser… tenue serrée ». Le petit soulier représenterait le symbole du vagin : « Il est fait d'une matière fragile qui peut se briser si on la force, on pense aussitôt à l'hymen ; et un objet qui se perd facilement à la fin d'un bal (…) peut passer pour une image assez juste de la virginité… » Autour de moi, les regards sont rivés sur l'idéal féminin – une femme punie parce qu'elle voulut plaire aux hommes plus qu'à son peuple. Impossible de ne pas faire le parallèle avec ma dernière promenade à Versailles, mon face-à-face avec le *Dirty Corner* qu'Anish Kapoor a rebaptisé *Le Vagin de la reine*. L'artiste le décrit « semblable à un corps gisant sur le sol avec les jambes ouvertes… un vaste orifice intérieur, comme une oreille ou un vagin, on ne sait pas au juste ».

Tous obsédés ? Tous atteints de la psychose Marie-Antoinette ? Si se déchausser équivaut pour une femme à s'abandonner… M.A. abandonne son soulier au bourreau, le dernier homme qui l'approche. Elle quitte cette terre sur un acte manqué. Message de détresse d'une femme qui n'a pas « trouvé chaussure à son pied » ? Et Fersen ? Qui sait si dans ses bras elle n'était pas une autre ? Différente de « la froide vestale du Danube », frigide et pudibonde, selon certains. Je m'approche, je pose un pied sur le drap, j'enlève mes lunettes, étant très myope, je vois mieux sans elles de près. Sur le talon, incrustée dans le tissu, je devine une tache d'une couleur indéterminée. Une tache de sang ? Le sang de M.A. ? Impossible, elle a perdu sa chaussure avant d'être décapitée. Elle aurait donc marché dans le sang du précédent condamné, glissé, perdu la chaussure et pour cette raison-là se serait précipitée sur la planche, comme le confirment les témoignages de l'époque.

J'ai imaginé un instant être la première à découvrir la tache, comme si des centaines d'experts en tissus, en criminologie, des centaines d'historiens, de conservateurs, de chercheurs armés de leur scalpel et de leur laser n'avaient pas passé la royale relique sous leur microscope. Pourquoi l'ont-ils tue ? Expliquer l'origine de la tache était si malaisé ?

J'aurais pu me rendre à Saint-Denis sur sa tombe. Mais une dalle sur laquelle est gravé : MARIE-ANTOINETTE D'AUTRICHE, REINE DE FRANCE ET DE NAVARRE 1755-1793 ne suscite en moi aucune émotion. Même si sous ce marbre gît un cadavre mutilé, déshabillé, abandonné dans les jardins de la Madeleine, quinze jours sans sépulture, puis recouvert de chaux vive. Ses habits furent donnés à la Salpêtrière, où ils ont longtemps été conservés, puis ils ont disparu. Qui a déshabillé la dépouille de M.A. ? Quel sordide récupérateur s'est emparé des vêtements ? Une pauvre femme a dû porter sans le savoir les habits de la reine de France, son bonnet le jour de son exécution.

Lors de son exhumation à la Madeleine, les jarretières, faites d'un tissu élastique, collées sur les jambes de la reine furent identifiées. Restes d'épouvante.

Je jette un dernier regard, j'aurais aimé tenir le soulier entre mes mains. L'heure a sonné, le gardien nous oblige à quitter les lieux.

Vrai ou faux soulier porté par M.A. sur l'échafaud ? Rien ne freine l'imagination en marche et l'incertitude comme toujours participe à la développer.

Le sang de Marie-Antoinette

Je n'ai jamais pensé que je consacrerais un jour un chapitre au sang de M.A. Mais comment l'éviter ? Il ponctue la vie de la reine, du début à la fin. Fantasmatique encre du corps féminin.

Le sang de M.A., c'est sa destinée.

Le sang qui coule dans ses veines est lorrain du côté de son père, habsbourgeois du côté de sa mère. Elle est descendante des rois de France, de Henri IV et Louis XIII.

L'Autrichienne est la plus française des reines de France.

Dans l'épreuve, c'est son sang habsbourgeois qui l'éveille. La femme réfractaire aux efforts intellectuels est devenue une épistolière acharnée, impuissant stratège qui tente de sortir du piège dans lequel les Bourbons sont tombés. Celle qui ne voulait pas être transformée en dévote par l'abbé Vermond trouve refuge dans la prière. Dans le silence de son recueillement, les mises en garde de l'impératrice lui reviennent en mémoire. Mieux vaut que sa mère ne soit plus de ce monde pour constater sa dramatique situation. C'est pourtant le souvenir de cette mère qui lui donne la force de se battre pour que perdure la monarchie, pour que son fils, le Dauphin, devienne Louis XVII, roi de France, qu'il gouverne et se montre le « digne petit-fils de Marie-Thérèse ». Alors elle aura accompli sa mission sur terre. À travers lui, c'est la monarchie absolue qu'elle veut protéger. Ni son auguste mari ni elle n'ont compris que les temps avaient changé. Quand, en 1789, l'Assemblée nationale a décrété l'abolition des droits et privilèges féodaux et établi la *Déclaration des droits de l'homme*, ils n'ont pas su s'adapter. Comment passer du droit divin au droit du peuple ? Bien évidemment leur royale éducation ne leur a jamais suggéré que « Les hommes naissent et demeurent libres et égaux en droits ».

Le 10 août 1792 la Garde nationale laisse entrer au palais des Tuileries une foule d'enragés armés de haches, de piques, de potences. M.A. se reconnaît dans une marionnette tachée de sang pendue à un réverbère. Accroché à une potence, un pantin sur la tête duquel sont fixées des cornes, allusion au roi trompé. La certitude d'une reine adultère, d'héritiers à la Couronne illégitimes anime la foule. M.A. perd son calme. Les traite de « scélérats ». La même insulte jaillira de sa bouche quand son mari sera condamné à mort, et encore quand les gardes la sépareront du Dauphin. Avant l'exécution du roi, elle refusera toute tentative d'échange ou de libération sans ses enfants. Résistera aux conspirateurs qui voudront la sauver, à ceux qui arguent que la vie du Dauphin et de Madame Royale n'est pas en danger, qu'ils iront les chercher dans un second temps. Elle est mère avant tout. Mais Danton devine derrière l'amour maternel une ambition politique. Il abandonne tout projet de négociation avec François II, qui ne demande pas mieux.

Au chevalier de Jarjayes qui lui propose de l'aider à s'évader, elle dira que l'intérêt de son fils est le seul qui la guide « et, quelque bonheur que j'eusse éprouvé à être hors d'ici, je ne peux pas consentir à me séparer de lui… ». Les gendarmes s'en chargeront, malgré les cris de l'enfant agrippé aux jupes de sa mère et ses supplications. Elle préfère sa prison, plutôt que vivre en sécurité loin de ses enfants. Elle veut rester, guetter son fils, le caresser du regard quand il passe entre ses gardes, surveiller ses allées et venues derrière les barreaux de sa prison.

Quand Mercy, réfugié à Bruxelles, apprit la mort de M.A., sa première pensée fut pour « le sang de la grande Marie-Thérèse, répandu sur l'échafaud ». Comme si M.A. avait par sa condamnation à mort offensé sa mère et souillé le sang des Habsbourg. Un crime de lèse-majesté… ? M.A. avant de mourir s'en justifie auprès de sa belle-sœur, la honte de mourir comme une criminelle traverse son esprit. Et la culpabilité ? A-t-elle l'impression d'avoir déclenché la Révolution ? Devenir adulte lui a pris du temps. Pendant des années, elle a été absente d'elle-même. Il a fallu de bien tristes circonstances pour qu'elle se retrouve.

La Révolution l'a sortie du néant pour l'y replonger. Elle l'a sauvée d'elle-même pour la tuer en pleine conscience.

En France on n'exécutait pas les reines, on les envoyait au couvent, on les emprisonnait ou on les bannissait. La plupart des souveraines sont mortes de vieillesse ou de maladie dans leur lit douillet, comme sa mère, à soixante-trois ans, entourée de ses proches.

Antonia Fraser considère que «si Hébert réclama la tête de M.A. à la Convention, ce fut dans le but de sceller l'union des députés dans le sang». Le sang, encore. Hébert ne fut pas le seul. Après la mort de Louis XVI, Robespierre clame à la tribune que la punition d'un tyran ne peut être le seul hommage rendu à la liberté et l'égalité. Que M.A. «non moins coupable, non moins accusée par la Nation et que l'on a ménagée jusqu'ici [...] attende tranquillement ici le fruit de ses crimes». Le jeune président du Tribunal, Herman, un protégé de Robespierre, Fouquier-Tinville, Hébert, tous aspirent à voir couler le sang de Marie-Antoinette.

Le sang, rouge marqueur des étapes de la vie de Marie-Antoinette.

Rouge, le sang d'Antoinette réglée le 7 février 1770 au soir. Elle est ainsi prête à être donnée en mariage à Louis XVI, pour son malheur. Sa triste destinée débute avec ce premier sang. Une aménorrhée l'aurait sauvée. Si elle avait été inapte à la procréation, elle n'aurait pas été « donnée » à la France. Elle aurait vécu une vie paisible de princesse autrichienne, loin de la Cour et de l'obligation d'avoir un enfant d'un mari incompétent.

Rouge, ce sang « de la générale » dont elle doit avertir sa mère de l'arrivée chaque mois. M.A. s'acquitte par courrier de cette étrange obscénité.

Rouge de l'humiliation lorsqu'elle supplie le gendarme de se retourner pour se changer « au nom de l'honnêteté ». La sévérité de la surveillance a redoublé. Il a ordre de ne pas la quitter des yeux.

Rouge, le sang d'une serviette qu'elle cache, honteuse, derrière le papier décollé du mur de sa cellule. Elle n'est plus rien, elle ne mérite pas même qu'on respecte son intimité. Le gendarme regarde cette femme éduquée dans la pruderie de la cour de Vienne par-dessus le paravent. Rosalie, dans cette terrible complicité de femmes, tente de faire écran de son corps. Mais le gendarme se hisse sur la pointe des pieds. Sa tête dépasse du paravent, il voit.

M.A. est souffrante mais elle n'est pas hospitalisée comme son état le nécessiterait. Elle n'est plus qu'un corps semblable à tous les autres. Elle qui, même devant Mme Campan, « se baignait vêtue d'une longue robe de flanelle boutonnée jusqu'au col »... « elle qui exigeait que l'on tînt devant elle un drap assez élevé pour empêcher ses femmes de l'apercevoir ». Elle, à la toilette de laquelle seules les privilégiées, en grande pompe, avaient l'honneur d'assister. Elle, entourée de dentelles et d'onguents. Elle, dont personne n'était d'un rang assez élevé pour lui adresser la parole. Elle dont il fallait attendre qu'elle daignât s'intéresser pour répondre. Elle, dont neuf mots de sa bouche suffisaient à éviter qu'une affaire privée devienne affaire d'État. M.A., dauphine, courbe la tête, reine, elle ne la courbera jamais, sauf devant l'échafaud. Cette femme-là, pour qui l'eau coulait chaude dans son bain à Versailles, réduite à se laver à l'aide d'un petit broc d'eau froide sous l'œil inquisiteur du gardien. Pendant ce temps-là, les pamphlets de Soulavie racontant l'histoire de M.A. « qui se baignait nue et dans cet état avait reçu un ecclésiastique vénérable… » envahissent la France. Mortel mensonge. Mortel venin.

Rouge, ce poison diabolique de la calomnie qui, selon Zweig, « une fois entré dans le sang de l'opinion publique est capable de provoquer une fièvre devant laquelle les médecins les plus savants resteront impuissants ».

Rouge, le sang de la Terreur. Le sang hémorragique de la reine, c'est la mort qui s'installe au rythme de ses malheurs, des deuils, des privations, des séparations. Elle meurt ainsi, à petit feu, en se vidant de son sang et de ses larmes. « Je n'ai plus de larmes pour pleurer », écrit-elle à ses enfants. Elle tient à peine debout, vide, vidée, quand elle monte sur la charrette. Ainsi, ils ne la tueront point, elle est déjà morte.

Rouges, toujours, ces manifestations physiques

incontrôlées, réponse de nature féminine à une Révolution d'essence masculine.

Il y aurait donc un lien entre l'état traumatique et la perte de sang. Le mal-être physiologique sous la forme hémorragique peut être une forme de réponse au mal-être psychologique. Le sang caractérise les souffrances d'une femme prise dans la tourmente de la Révolution. Des gynécologues évoquent la possibilité « d'une séquence gynécologique de préménopause ». Elle a trente-huit ans, la succession d'épreuves infligées ont pu entraîner une ménopause précoce. D'autres optent pour un fibrome ou un cancer : un sang malade. Et là encore, le traumatisme peut en être responsable.

Rouge, le sang de Fersen, le sang du désir de « celui qui sent avec son cœur et ses sens, qui croit à la puissance du sang comme à une loi éternelle ». Même si Fersen n'a pas encore été l'amant de Marie-Antoinette, comment ne le serait-il pas devenu cette dernière nuit, une nuit « obtenue au prix du plus beau courage humain » ? Ainsi s'exprime Zweig quand il l'évoque. Et je le suis sur cette piste. Fersen, c'est le héros romantique par excellence. Seul un sang noble, passionné, peut justifier le comportement chevaleresque de Fersen qui brave tous les dangers pour rejoindre M.A. Se rendre en France équivalait pour lui à un suicide. S'il est reconnu, il sera massacré. Son héroïsme n'en est que plus émouvant. Il veut atteindre le lieu le plus inaccessible : les Tuileries, une forteresse gardée jour et nuit par douze cents gardes nationaux. L'homme amoureux n'est pas raisonnable, il se déguise en valet de son officier d'ordonnance qui l'accompagne pour une fausse mission diplomatique. Il est muni d'un faux passeport, et a imité l'indispensable signature du roi de Suède. Après trois jours de voyage en diligence, il arrive aux Tuileries à la nuit tombante. Il se dirige directement vers les appartements de M.A. dont il a gardé la clef de la porte secrète. Au château de Versailles aussi, on l'a vu, il possédait une entrée particulière… Que d'émotion quand elle dut l'apercevoir, après huit mois de séparation. Si elle a choisi de s'installer dans les appartements les plus éloignés de ceux du roi et des enfants, c'est en prévision de ce moment. Fersen taira ces heures de tête-à-tête, même à son *Journal*. Cette nuit leur appartient. Fersen l'a passée dans les appartements de la reine qui ne comptent qu'une chambre et qu'un seul lit. Dans les couloirs, les gardes nationaux patrouillent. Louis XVI, « abandonné par tout le monde », n'apparaîtra que le lendemain pour parler de politique et encore d'évasion après la fuite manquée à Varennes. Fersen passera trente heures aux Tuileries avant de repartir. Des pas inconnus s'approchent, leurs cœurs palpitent, Fersen, qui a revêtu son déguisement, risque sa vie pour un dernier baiser. Ils ne se reverront plus jamais.

Rouge sang est le cœur brisé de M.A.

Rouge, le sang qui injecte les yeux de M.A., assise sur la charrette au milieu des huées.

Rouges de sang les cheveux blonds de son amie, la

princesse de Lamballe, massacrée à ce titre le 3 septembre 1792. Le Temple est envahi par une horde d'assassins, de monstres, de brutes ivres portant la tête, le cœur et les entrailles de la princesse de Lamballe. Les magistrats de service, qui disposent d'une force armée, rangent les armes et haranguent l'immonde cortège, commissaires en tête qui défilent derrière la tête de la princesse. Le pouvoir capitule face à la menace du peuple. Et le laxisme qui avait perdu Louis XVI, par un étrange retour des choses, perdra ceux qui l'ont condamné. Mais trop tard pour sauver M.A.

Était-ce encore du sang sur le soulier de M.A. ? L'interrogation ne me lâche pas. C'est Grammont, l'horrible comédien, qui avait arrêté le convoi devant l'église Saint-Roch pour offrir M.A. aux insultes de la foule. Cela ne lui suffit pas. Il encourage Charles Henri Sanson à montrer la tête de la reine au peuple. Sanson refuse. Un de ses « assistants » se charge de présenter à bout de bras, les doigts agrippés aux cheveux, l'horrible trophée.

Morbide précision, livrée par Charles Henri Sanson dans ses *Mémoires* : « Ses paupières étaient encore agitées par un frison convulsif. » Il est midi un quart. Les cris habituels jaillissent : « Vive la République, vive la liberté ! »

Le sang coule goutte à goutte, entre les planches mal jointes de l'échafaud. Un gendarme attend, caché sous l'édifice, de tremper son mouchoir dans le sang de Marie-Antoinette. Il est là, au risque de sa vie, M. Maingot. Il sait qu'il sera condamné s'il est capturé. Il brave le danger. Son attirance est irrésistible. Il aurait voulu rencontrer la reine de son vivant. Elle hante son esprit. Il veut emporter quelque chose d'elle. Il est là, tapi sous son corps allongé, il l'a entendue prononcer avant que la lame tombe : « Mon Dieu, ayez pitié de moi. » S'il avait pu la sauver, il l'aurait fait. Il a vu entre les interstices sa tête se séparer de son corps et rouler dans le panier. Il est bouleversé. Il regrette. Il a déjà assisté à une exécution mais pas à celle d'une femme, et jamais de si près. Le sang se répand, coule au-dessus de sa tête. Quelques gouttes tombent sur son visage. Il en humidifie son mouchoir, le respire. Nous nageons en plein syndrome de Renfield. Synonyme de la fascination du sang et du plaisir de nature sexuelle de sa contemplation ou de son absorption. Maingot sera attrapé et traduit devant le Tribunal révolutionnaire.

Le sang de Louis XVI, c'est Christophe Potter, proche de la famille royale, qui réussit à l'obtenir sur un bout de tissu ainsi qu'une mèche de cheveux du roi contre un louis d'or. Au risque de sa vie. Puis, malgré les gardes qui le poursuivent, Potter parvint à disparaître en se fondant dans la foule. Potter dirigeait les manufactures de céramique et fournissait Versailles. Ces compromettantes reliques parviennent en Angleterre chez son frère George, qui confectionna une bague contenant les cheveux de Louis XVI pour l'offrir au monarque George III. Tous fous ? Maingot amoureux « fou »,

Potter, un affairiste. Tous deux envoûtés par la famille royale…

Charles Henri Sanson écrit dans ses *Mémoires* qu'il espérait, en attendant le roi sur l'échafaud, qu'il serait « arraché à son escorte et qu'il fui[rait] sous la sauvegarde d'amis dévoués… ». Mais à dix heures, la berline verte du maire de Paris, attelée de deux chevaux et entourée d'une double haie de cavaliers, débouche sur la place. Après son exécution, « un ci-devant grimpé sur l'estrade, se frotte les bras avec le sang de Louis XVI, puis en asperge le public par trois fois en un sinistre et ultime rituel ». Il aurait lancé à la foule : « Républicains, le sang d'un roi porte bonheur ! » Tandis que les aides-bourreaux auraient plongé leurs mains dans le sang et s'en seraient barbouillé mutuellement le visage.

Fétichisme du sang, fétichisme du soulier.

Charles Henri Sanson compte trois mille décapitations à son actif, dont celle de Louis XVI. C'est, semble-t-il, au tour de son fils Henri de se rendre célèbre, et d'exécuter Marie-Antoinette. Tant pis pour sa main tremblante, pour son cœur défendant. Il n'a qu'à attendre le signal de son père et tirer sur la corde. Il vient de recevoir de ses mains le manteau rouge sang, symbole de son passage au rang de maître exécuteur. Commencer avec la reine de France n'est pas facile. Le mécanisme du sacrifice est le même, mais fiston joue gros, fiston joue sa place dans l'histoire de la France. Papa bourreau se tient en bas de l'échafaud, la hache à la main, il surveille. Si fiston rate, il assénera le coup fatal, à l'ancienne, comme avant le docteur Guillotin.

Il sait faire. Seul son grand-père manqua celle de Thomas Arthur de Lally-Tollendal, qui fut achevé d'un coup supplémentaire de couteau par Charles Henri.

Le sang est indissociable de la vie de Marie-Antoinette. Sang bleu peut-être, mais celui qui s'écoule sur l'échafaud est bien rouge.

Est-ce cette preuve d'ultime égalité que le peuple est venu chercher ?

Il était une fois une princesse…

Marie-Antoinette, c'est la Belle au bois dormant, réveillée non pas par un prince charmant, mais par le malheur.

Les principaux thèmes des contes sont là : la rivalité fraternelle, le renoncement aux dépendances de l'enfance, l'affirmation de la personnalité, la prise de conscience de ses propres valeurs.

Je pourrais commencer ce livre à la manière d'un conte, celui de *Cendrillon* : « Il était une fois un gentilhomme qui épousa en secondes noces une femme, la plus hautaine et la plus fière… » Transposé cela donnerait : « Il était une fois une princesse qui vivait au château de Hofburg à Vienne et qui partit en carrosse doré, rejoindre le Dauphin pour devenir reine de France. Elle était la grâce et la beauté mêmes. Dès son arrivée sur le sol strasbourgeois, elle fut accueillie avec chaleur et émotion par le peuple français. » Nous sommes parfaitement dans l'esprit de Grimm ou de Perrault.

Blanche-Neige, par les couleurs qu'elle incarne, d'une

certaine façon, résume la vie de M.A. : le blanc, symbole de pureté de la jeune fille, le rouge, celui de la féminité mais qui se transformera en symbole de mort lente, le noir de son destin. Peu de contes dévoilent ainsi les problèmes auxquels les jeunes sont confrontés : la signification du bien et du mal, les phases du développement pubertaire chez les filles. L'enfant apprend qu'une petite quantité de sang est la condition première de la conception. M.A., Blanche-Neige font leur éducation de jeunes filles « sages », l'une auprès des Sept Nains, l'autre auprès des précepteurs et surtout des directeurs de conscience. L'une est délivrée du désir par un prince charmant, l'autre n'est délivrée d'aucun fantasme par un Dauphin. Pas de marâtre en la personne de Marie-Thérèse, mais le personnage de l'impératrice, comme celui de la méchante reine, rappelle que dans les étapes nécessaires à la construction de l'identité féminine, la mère doit céder la place à sa fille. Marie-Thérèse n'est pas en concurrence avec M.A. sur le terrain de la beauté, elle ne lui reproche pas son éclat, mais elle ne l'a pas éduquée politiquement. Quelle place reste-t-il à M.A. ?

M.A. a-t-elle lu *Cendrillon* ? Rien ne l'indique. Mais on le lui a sans doute raconté. Le conte fut publié pour la première fois en 1697 en France. Il y a toujours au moins trois personnages clefs dans les contes de fées : un roi, un héros et une fée. Le roi représente la force et le discernement. Le héros incarne l'action. La fée la part de magie en chacun de nous. Louis XVI est loin du héros et même du roi. Mais dans la magie, on se rapproche de M.A.

Quand la machine à détester se met en marche, la douce princesse devient une reine cruelle, catalyseur de la Révolution. Rien n'arrête le phénomène. La calomnie triomphe. La reine a la rage, elle est dangereuse, contagieuse, c'est une bête, une hydre, de son corps de serpent s'élèvent plusieurs têtes de monstres. Si la calomnie est tenue pour responsable d'un tel naufrage, alors les mots peuvent tuer comme un poison. Les mots mauvais répétés à satiété peuvent entraîner tout un peuple à se révolter. Son rire, son espièglerie, sa démarche, son port de tête ont fait le reste.

Marie-Antoinette fascine. Trop de regards pleins d'envie se portent sur elle. La jalousie pèse lourd et il ne suffit pas d'ignorer les caricatures, les textes qui les accompagnent pour s'en débarrasser. Protection, insouciance enfantine ? Elle n'est curieuse de rien, pas même des critiques qui la concernent. Confiante en sa naissance, sa fierté d'aristocrate ignore les libelles qui inondent la Cour. Elle a été faite reine de France par décret de droit divin, comment pourrait-on la renverser ? Si elle craint le peuple, c'est parce qu'elle ne le connaît pas. Elle ne l'a vu que de la fenêtre de son carrosse, pendant ses trois semaines de traversée entre Vienne et Versailles. Son mari était roi et il ne voyageait pas. Comment, alors qu'elle est tenue à l'écart des affaires du royaume, aurait-elle pu prendre la responsabilité de rendre visite aux Français sans porter ombrage au roi, sans dénoncer son apathie ?

Son monde s'arrête au château du Roi-Soleil. Ses plus grandes escapades sont à Paris, quand elle se rend à l'Opéra de nuit. Au Petit Trianon, à quelques minutes du château, au milieu de ses moutons bien peignés, elle a l'impression de se déplacer dans la campagne française. Si elle a peur des paysans, ils ont peur d'elle. Ils développent une obsession à son égard et chacun voit en l'autre l'assassin qui l'attend. Au-delà des barrières, ils épient ses moindres gestes, et encore la nuit dans les salons des Tuileries, en bas de son balcon, ils la guetteront. Elle se sent traquée, le peuple aussi, traqué par une seule femme, mais à qui il accorde tous les pouvoirs. Elle aurait pu suivre Joseph II, son frère, quand, en mai 1777, après un mois à Versailles, il entreprit un voyage en France. Elle aurait connu Brest, Nantes, La Rochelle, Bordeaux, Marseille, Toulon. Les Français auraient apprécié sa curiosité. Cette idée ne traversa pas l'esprit de son mari.

Marie-Antoinette est victime d'un système. Personne n'est mis à mort pour frivolité. Une détestation construite à coups de brosse de Léonard et d'aiguilles de Rose Bertin cache de plus graves et plus anciennes difficultés.

Détestation épidermique et pourtant sans fondement personnel. Une forme de racisme anti-autrichien, anti-aristocrates, anti-Marie-Antoinette. M.A. est trop habillée, trop coiffée, trop gâtée, trop brillante, trop célèbre, trop bien née, trop royale… descendante d'une trop longue lignée de rois et de reines. Les Français sont exsangues. Là encore, je retrouve le mot « sang », mais c'est de celui du peuple qu'il s'agit. Un peuple exsangue des abus précédents. Et c'est elle qui sera punie. M.A. sera la dernière reine de l'Ancien Régime.

Les chances « supposées » ont un revers : la jalousie et l'envie qu'elles inspirent. Les chances seront transformées en malchance par « les compatriotes, les humains », dont Freud déduira à la fin de sa vie qu'« ils ne valent pas grand-chose ».

Entre les Tuileries, le Temple et la Conciergerie, M.A. subit l'éventail de toutes les tortures psychologiques possibles. Les Tuileries sont, si on peut dire, un lieu mauvais. Après elle, Joséphine pressentira, en 1800, qu'elle ne « sera jamais heureuse ici… », entre ces murs encore tachés du sang des gardes suisses.

Fuyant Versailles, Marie-Antoinette, à peine arrivée, perçoit les ondes mauvaises. Il faut dire que l'accueil réservé à la famille royale n'aide pas à apprécier l'endroit. La tragédie commence là et se perpétue au Temple. Succèdent aux chants républicains les « À bas le roi cochon, à bas l'Autrichienne ! ». M.A. avait toujours détesté le Temple, composé de plusieurs tours. Elle avait même conseillé à son beau-frère, le comte d'Artois, d'abattre celle dont il était propriétaire. Prémonition, encore ? Au premier étage, il y avait une antichambre, une salle à manger et une tourelle remplie des quinze cents volumes qui avaient constitué les archives des chevaliers de Malte. Heureusement. Privé de sa chasse, Louis XVI lisait un livre par jour. Il s'imposa la lecture de Voltaire et de Rousseau qui, selon lui, avaient participé à « la ruine de la France ». La reine, pendant ce temps, tapissait, tricotait. Son chien, Mignon, revenu enfin des Tuileries, à ses pieds.

Napoléon fera détruire le Temple, en 1808. Les communards, en 1871, incendieront les Tuileries. Ces murs pleins de larmes disparaîtront dans les flammes.

Les bâtiments sont plus aisés à détruire que la calomnie. Un incendie suffit. La calomnie démarre dans l'entourage proche, la belle-famille. Les courtisans allument le bûcher qui les consumera et se propagera comme une épidémie. Étrange retour des choses, les calomniateurs seront inquiétés et subiront le même sort que la reine, comme les accusateurs publics.

Écrivains, poètes et dramaturge s'emparent du sujet. Ironie du sort ou étude des mœurs de Versailles ? Beaumarchais lance la critique de cette société de l'Ancien Régime avec *Le Barbier de Séville*. Écoutons Bazile : « La calomnie, Monsieur ?... Il n'y a pas de plate méchanceté, pas d'horreurs, pas de conte absurde, qu'on ne fasse adopter aux oisifs d'une grande ville, en s'y prenant bien : et nous avons ici des gens d'une adresse !... » Puis il s'applique à décrire la rumeur, comment son triste chant s'élève dans le monde : « D'abord un bruit léger, rasant le sol comme hirondelle avant l'orage, *pianissimo* murmure et file, et sème en courant le trait empoisonné.

Telle bouche le recueille, et *piano, piano* vous le glisse en l'oreille adroitement. Le mal est fait, il germe, il rampe, il chemine[1]... »

Le roi ne se trompe pas sur la portée de cette envolée. Beaumarchais s'exprime derrière Bazile. *Le Barbier de Séville* est interdit. M.A. attendra un peu et finira par passer outre. Une représentation en sera donnée au Petit Trianon, en son théâtre, aussi confortable et équipé qu'un vrai : décor, coulisses, loges, souffleur, acteurs. Marie-Antoinette n'y admet que ses proches. Les courtisans, rejetés, sont furieux. *Piano, pianissimo*, les papotages enflent. Le bruit léger devient cacophonie, les suppositions affirmations. Les informations voyagent de bouche en bouche. La rumeur grandit à vue d'œil, tourbillonne, s'élance, prend son envol, « arrache, entraîne, éclate et tonne et devient, grâce au Ciel, un cri général, un *crescendo* public, un *chorus* universel de haine et de proscription. – Qui diable y résisterait ? ». Rumeurs et calomnies sont indissociables. La chaîne des mauvaises langues les répand dans les eaux troubles de la société. *Piano. Pianissimo.* Rien n'a changé, la calomnie traverse les siècles, inaltérée.

Voltaire jure de la combattre jusqu'à sa mort ainsi que l'intolérance. Mais à peine un incendie est éteint que la rumeur se charge d'en allumer un autre. Voltaire aurait pu mettre la reine en garde, mais Versailles lui demeure interdit. Les penseurs, les philosophes du monde entier

1. Acte II, scène 8.

se rendent à Ferney. Louis XVI, agacé par la parution de *Candide* qui ridiculise les nobles, représentés comme des personnages grotesques, lui ferme ses portes. Voltaire dénonce l'esprit de caste avec « les soixante et onze quartiers » requis pour faire partie de ce « monde ».

On aimerait imaginer M.A. et Voltaire devisant. Si M.A. avait voulu, Voltaire lui aurait rendu visite – elle obtenait tout de Louis XVI : sorties, rallonges d'argent de poche, Fersen à Versailles, Fersen à Trianon puis aux Tuileries. Quel dommage… Mais elle n'avait pas le goût de la lecture, elle écoutait d'une oreille distraite ses lectrices et ne choisissait pas de femmes cultivées parmi ses amies. Ce goût lui viendra à la Conciergerie, où elle n'emporta pas pour autant *Candide*. Elle chercha le réconfort. Selon le concierge Bault, précieux agent de renseignements, M.A. demanda des livres pour occuper sa profonde solitude. Surtout pas de romans d'amour, rien qui évoque son passé. « Il n'est pire souffrance pour un détenu que de se rappeler les temps heureux » : Jean-Paul Kauffmann en a fait la triste expérience. Elle demanda des pièces de théâtre. Mais les souvenirs de sa salle de spectacle ressurgissent.

Les rapprochements imprévus ouvrent sa blessure, elle est contrainte d'abandonner, et réclame des livres d'aventures. Aventure, un mot magique qui espère-t-elle l'emmènera loin de sa prison. Mais quel roman peut l'arracher à celui de sa vie ? Quelle lecture est plus forte que sa vie ? La prison, la condamnation de son mari, l'arrachement à ses enfants... Elle cherche des aventures plus épouvantables que la sienne. Mais quel héros est plus malheureux qu'elle ? Elle obtient *Les Trois Voyages du capitaine Cook*. Là encore, j'ai du mal à croire que les batailles du célèbre explorateur britannique aient pu la détourner de la terreur. Choisir le compte rendu de voyage d'un navigateur, c'est rêver d'aventure mais aussi d'évasion. Cook a parcouru l'océan Pacifique, l'Antarctique jusqu'au détroit de Béring, les côtes de l'Amérique et du Japon. On lui doit la découverte de la Nouvelle-Zélande et des îles Sandwich à Hawaï. Dans cet ouvrage, il croise des Indiens, des Tahitiens, des oiseaux des îles, le chef Kaneena, le chef de l'île Karakakoo. M.A. ne pouvait situer aucun de ces continents sur une carte, et je me demande si, malgré son manque de distractions, elle n'a pas abandonné ce voyage en chemin. Page 8 : «J'ai franchi sept guichets, une porte de chêne s'est ouverte, puis une porte de fer...» La chambre de M.A. à la Conciergerie est divisée en quatre, la fenêtre grillagée est fermée par un soufflet, le jour ne franchit pas une succession de portes gardées qui la séparent du monde. Les mots de Cook l'arrachent-ils de son lit à sangles, des murs humides de sa prison ? De ce silence que seuls ponctuent le pas des gendarmes et les cloches de Notre-Dame ? Je suis prête à parier que non. Ses yeux passent sur les mots du navigateur, mais ils ne la transportent pas ailleurs. Comment partir en expédition chez les Aborigènes, les Maoris, quand les cris du Dauphin résonnent encore à ses oreilles ? À chaque ligne, son attention se dérobe. Les paysages de l'océan Austral, les îles Tubuai et la Nouvelle-Zélande, l'Antarctique… défilent sans qu'elle y fasse escale. Son esprit est obnubilé par ses enfants. Son courage est prêt. Ses muscles sont tendus. La moindre intrusion dans sa cellule la propulse hors de son lit. Page 10, le capitaine Cook écrit : « La curiosité semble être une des rares passions qui distingue l'homme de la brute… » Comment a-t-elle réagi à ces mots ? Elle qui n'avait pas eu la curiosité de connaître le pays dont elle était la reine ? Sa culpabilité s'est-elle encore accentuée ? Parmi toutes les critiques qui l'assaillent, comment a-t-elle perçu les mots de Cook ? Quand elle lit que l'un des domestiques de M. Banks, accusé à tort, « fit signe avec le couteau qu'il se rendait coupable de larcins […] [et] consentait à ce qu'on lui coupât la gorge… », je suppose qu'elle imagina la lame qui avait tranché la gorge de Louis, qui bientôt couperait la sienne et qu'elle interrompit là sa lecture.

Et Louis XVI ? Plus rien ne pouvait le distraire de sa douleur. Comment se réconfortait-il ? Étrangement en lisant une biographie de Charles Ier d'Angleterre. Ce roi « qui avait voulu lever l'impôt sans l'assentiment de ses sujets ».

Comme Louis, les dernières années de Charles furent marquées par la Première Révolution anglaise au cours de laquelle il affronta les forces parlementaires. Louis XVI, à l'opposé de Marie-Antoinette, recherche une histoire comparable à la sienne, le destin d'un homme, un roi, condamné à mort. Le parallèle avec Charles Ier commence au Temple, quand l'Assemblée constituante est remplacée par l'Assemblée législative. Là débutent les discussions sur le nombre de personnes autorisées à accompagner le roi en prison. Louis XVI objecta que l'on permit à Charles Ier – le modèle – d'être entouré de ses amis, jusqu'au jour où il monta sur l'échafaud. Le roi aurait eu une prémonition ? Mais il n'avait ni l'énergie, ni l'envie de prendre les devants. Louis XVI, si peu souverain. La première guerre civile aura raison de Charles Ier et de ses troupes. Il fuit pour l'île de Wight. Rattrapé, il est exécuté pour haute trahison. Peut-on imaginer destin plus similaire ? Louis XVI se renseigne, il veut savoir comment meurt un roi. Charles Ier s'adressa à son peuple avant le supplice. Louis XVI aussi. Leur discours ne fut entendu que par les hommes présents sur l'échafaud. Charles Ier posa sa tête sur le billot après avoir récité une prière et fit signe au bourreau qu'il était prêt. Louis XVI de même. La tête de Charles Ier tomba sous la lame d'une hache, celle de Louis XVI tombera quelques siècles après sous celle de la guillotine.

L'imagination de Marie-Antoinette ne s'évade pas sur le navire du capitaine Cook. Ni sur la blanche monture du prince charmant, Axel von Fersen. Elle s'interdit d'y penser. Le cheval qui la mènera à l'échafaud sera blanc lui aussi. Comme sa robe, comme son visage, comme cette lugubre journée d'octobre à Paris.

Comment en est-on arrivé là ?

M.A. ne quitte plus mes pensées. Ma mémoire est encombrée d'une multitude de détails. Ils remontent à la surface comme les morceaux d'une épave. Je note, j'annote, je découvre une anecdote. Je la transpose dans un carnet tel un trésor. Amants, culpabilités, ragots, je dresse des listes. Je lis, commande de nouveaux ouvrages. Je relis, j'efface. Je suis Pénélope, je fais et défais ma tapisserie. J'oublie mes rendez-vous… Je suis en voyage. M.A. est sortie « des froids documents » pour habiter mon imagination. J'ai lu qu'au Temple, elle rapiéçait elle-même sa robe et la veste du roi. J'ai lu que ses ciseaux de couture avaient été réquisitionnés et qu'elle coupait le fil avec ses dents. J'ai lu qu'elle avait permis à un pauvre bougre nommé Goret, gardien chargé de la surveiller, de respirer dans son flacon cette « odeur de majesté » : une note d'ambre et de musc. Jusqu'au jour où, derrière cette senteur, se cacha quelque chose d'accidenté, de féroce, comme l'annonce d'un malheur. La tubéreuse que Fargeon utilisait pourtant avec parcimonie écrasait toutes les autres fragrances. Et j'imagine M.A. abandonnée, sans soins, sans bains depuis des mois, entourée des relents putrides des paillasses de la Conciergerie, appliquer sur sa peau son parfum et s'apercevoir qu'il avait tourné, que lui aussi puait. Comme le reste, la vermine avait tout envahi.

L'accumulation des informations rend M.A. vivante dans mon esprit, au point de penser à elle comme à une personne proche. Étais-je en plein contre-transfert ? J'appelle J. Si vous êtes rompu à cet exercice, vous savez ce dont il s'agit. L'analysant répond émotionnellement aux affects qu'il provoque chez son patient. Les sentiments qui la traversaient m'inondaient.

La frustration est inévitable. Plus ou moins forte selon le degré d'implication. Mais on ne pénètre pas dans la vie de cette femme à moitié. On entre dedans ou pas. Si le destin est un acteur incontournable de la vie de Marie-Antoinette, plus j'avance dans mes recherches et plus je m'aperçois qu'elle n'a pas été qu'un pantin entre ses mains : son tempérament a aussi joué un rôle. Son caractère a déterminé sa destinée. Marie-Antoinette n'en fait qu'à sa tête. On ne peut imaginer M.A., comme les précédentes reines, à peine épousée, clouée au lit, enfantant des héritiers de la Couronne les uns après les autres. Une Marie-Antoinette de mauvaise humeur, acariâtre, subissant une cohabitation forcée avec les joyeuses et capricieuses favorites d'un mari. Imaginons les relations qu'elle aurait entretenues avec une Montespan ou une

Pompadour... Quand on sait avec quel royal mépris elle traitait la Du Barry, qui n'était que la dernière favorite de Louis XV, le grand-père de son mari.

Entre tous les destinées de souveraines, c'est encore la sienne qu'elle préfère, si seulement la Révolution n'avait pas existé.

Elle est la sœur de lady Di ou de Jacky Kennedy plutôt que de Marie Leszczynska. Pas de plongeon à l'arrière d'un yacht, de nudité sur une plage grecque, mais des attitudes équivalentes au XVIIIe siècle.

Extravagance, glamour, opéra, théâtre avec ou sans le roi. Elle est libre comme l'air dans un siècle où les reines ne le sont pas.

L'innovation n'est pas bienvenue à Versailles. L'existence d'une souveraine se conjugue mal avec la liberté. Et puis, un roi amoureux de sa femme, un roi qui n'a pas de favorites, cela ne se fait pas.

La Cour se chargera d'une tentative de présentation d'une éventuelle maîtresse pour Louis XVI pendant la rougeole de M.A. Mais le roi ne cède pas. Il s'en plaindra même à sa femme. Devait-elle remercier le ciel du manque de tempérament de Louis XVI ? Un Louis XVI cavaleur comme ses ancêtres aurait engrossé sa femme, vite fait, aurait installé une Montespan, une dure à cuire, ambitieuse, provocatrice, difficile, couverte de bijoux, d'enfants, de propriétés... de quoi ébrécher l'assurance de Marie-Antoinette et la transformer en Marie Leszczynska.

Les choses ne se passèrent pas ainsi.

Et cette chance de ne pas avoir un époux sur le modèle de ses aïeux devint aussi une malchance : celle d'une reine dont le mari n'a pas de maîtresse pour la protéger des mauvaises langues. Et elles piquent à Versailles.

Son physique, sa grâce, sa séduction jouent contre elle. M.A. n'a pas la tête de l'emploi. Est-ce sa faute ? Oui. On s'étonne. La Cour n'est pas habituée ; la précédente reine, l'austère Marie, était si différente. Aujourd'hui on a l'habitude de voir des princesses en goguette, ambassadrices de mode assidues aux collections. Il incombe même aux premières dames de lancer les tendances, de servir de modèle. Il y a peu encore, le journal *Elle* publiait un « Spécial Jackie O » : la mode selon le style Jacqueline Kennedy, vingt ans après sa mort. Lunettes, chemisettes, pantalon slim sont toujours d'actualité.

M.A. est une « une icône », dirait-on aujourd'hui. Elle inspire toujours. Les couleurs sucrées lui appartiennent, que cela soit dans la couture, la culture, la décoration et même en pâtisserie... Son élégance lui sera reprochée. Deux siècles plus tard, l'Amérique est toujours fière de celle qu'elle surnommait « Jackie », la plus élégante des premières dames américaines. Au XVIIIe siècle, ce rôle n'existait pas en France. Cela commence avec Joséphine. Joséphine qui délaissera l'ostentatoire style Empire pour le mobilier de M.A. La féminité d'une reine est-elle un drame ? C'est peut-être celui de la France de 1789. Marie-Antoinette a essuyé les plâtres.

L'attitude de son mari ne ressemble elle non plus à celle d'aucun autre roi. Louis XIV et Louis XV ne se sont privés ni de courtisanes ni de divertissements. Louis XVI ferme les yeux sur les batifolages de son épouse. En un certain sens, il est encore plus moderne qu'elle. Sauf qu'il ne s'agit même pas d'avoir l'esprit libre, mais d'insécurité, d'un état dépressif qui aboutit à une molle acceptation. Il ne se sent pas à la hauteur de cette princesse autrichienne, ni au lit ni en société, alors il lui permet de sortir, tout en l'aimant, fier d'être marié avec une femme si vive, si brillante. Les courtisans sont bousculés dans leurs habitudes. Le comportement de M.A. amoindrit le roi, et ce laxisme d'époux passe pour une faiblesse supplémentaire. Les calomniateurs sont à leur affaire.

Mme Campan, en observatrice appliquée, attribue le début de la rumeur au geste le plus anodin qu'il soit. Par un bel après-midi de printemps, la Dauphine s'assoit sur l'herbe dans le parc et se délecte d'un bol de lait et de quelques fraises en compagnie de ses cousines. Un bol, pas encore la fameuse tasse en forme de sein que son mari lui offrira. Quoi de plus naturel à quinze ans ? Scandale ! Si Louis XV s'en amuse, les railleurs s'en donnent à cœur joie. La Cour bien sûr, mais aussi l'abbé de Vermond, Mme de Noailles et la comtesse de Marsan, la gouvernante des sœurs de Louis XVI. Marsan, proche des tantes, profite de cette incorrection pour en ajouter d'autres : sa démarche de courtisane, ses cheveux flottants, le linon aérien de ses costumes, «sa rage de parler pour ne rien dire, son air de tout comprendre»... L'espiègle s'en balance et n'en reste pas là. On lui interdit de s'allonger sur le gazon, alors elle monte sur un âne ! Et se laisse tomber en riant et réclame Mme de Noailles, afin qu'elle lui dise ce qu'ordonne l'étiquette «lorsqu'une reine de France ne sait pas se tenir sur un âne ! ». Soulavie s'amuse à conter l'incident dans ses *Mémoires*.

Son frère, Joseph, parcourt des kilomètres pendant une vingtaine de jours pour lui rendre visite, M.A. l'invite à partager sa table, n'est-ce pas la moindre des choses ? Et un nouveau drame éclate ! Les frères du roi en feront toute une histoire. Ils sont lésés des privilèges destinés à honorer les membres de la famille royale. M.A. devient la cause des guerres intestines, alimentées par la jalousie des femmes et la convoitise des frères.

Sa volonté de simplifier les usages de Versailles lui fut plus nuisible qu'elle n'aurait pu l'imaginer. Marie-Antoinette bafoue l'étiquette à la française, elle est donc une ennemie à la solde de l'Autriche. Le bon équilibre entre la simplicité sympathique et la supériorité de son rang est difficile à trouver. Tout dépassement est critiqué dans un sens comme dans l'autre. La spontanéité est mal vue et par la sienne, M.A. se rapproche du commun des mortels, mais il est aussi mal vu de trop s'en éloigner. Où situer le juste milieu ? L'aiguille du baromètre est très réactive. Au moindre sursaut, elle monte tout en haut ou descend tout en bas. C'est à n'y rien comprendre pour la jeune fille arrivée d'Autriche. À la cour de Vienne, l'étiquette n'a rien à voir avec celle imposée à Versailles. Louis XIV et Louis XV écrasaient les courtisans de leur supériorité. L'étiquette a été établie pour cela : impressionner et asservir, maintenir la Cour à distance. M.A. n'entend pas ce langage. En se débarrassant de cette protection, M.A. devient accessible, donc moins respectée. Elle n'a pas appris à se défendre. Bien que la cour d'Autriche fût moins formelle que la cour de France, M.A., depuis sa naissance, jouit d'un statut particulier. Si elle n'apprécie pas cette position, elle n'en a jamais connu d'autre. Avec ses amies, elle instaure des relations de confiance. Elle n'a pas le verbe acerbe, on ne lui connaît pas de repartie cinglante, peut-être une fois à Mme de Noailles qui lui rappelait l'étiquette selon Marie Leszczynska. Fallait-il qu'elle soit agacée pour lui répliquer : « Ce n'est pas une comtesse polonaise qui va apprendre à une princesse autrichienne… » Puis, devant le Tribunal révolutionnaire, confrontée à tant d'ignobles accusations d'inceste, elle prononcera cette phrase qui restera dans toutes les mémoires : « J'en appelle à toutes les mères… »

Sa plus grande arme aura été le silence. Cette arme tranquille qu'elle impose à Rohan, à la Du Barry, elle la manie comme personne. Ceux qu'elle n'apprécie pas sont ignorés. Pire, ils semblent disparaître de sa vue.

Quand elle est attaquée, la blanche colombe laisse courir, inatteignable… Elle passe son chemin face à ses détracteurs, comme si elle avait lu Thomas Paine qui considère la calomnie comme un vice curieux : « Tenter de [la] tuer [la] fait vivre, [la] laisser tranquille [la] fait périr de mort naturelle. » Sauf qu'il se trompe, la calomnie ne mourra pas de mort naturelle, et quand M.A. tentera de la combattre – lasse de l'affaire du Collier –, ce sera encore pire. À la rumeur se mêlent les actes délictueux, la tromperie organisée. Qu'elle laisse dire ou qu'elle demande justice, le destin se retourne contre elle. Cette fois, il ne fallait pas riposter. Là, elle a commis une erreur. Justice ne lui sera pas rendue. Les rumeurs ont fait leur chemin. Rien ne sert de répéter « qu'elle ne veut pas de ce collier ». La légende de la reine scélérate et dépensière est installée. Malgré sa criante innocence, ce procès lui fera du mal. La machine infernale de la haine est enclenchée. La divulgation de cette affaire la poursuivra jusqu'au Tribunal révolutionnaire, on l'associera au somptueux collier, impuissante face à sa réputation, bien plus forte que toutes les preuves en évidence. M.A. a inspiré une des plus grandes arnaques de l'Histoire. Au point que Napoléon considéra l'affaire du Collier comme un des événements déclencheurs de la Révolution française. Quoi qu'elle fasse, son action est mauvaise. Son destin est tracé. Cagliostro, mystérieux personnage dans l'histoire, inspira à Goethe une pièce de théâtre, *Le Grand Cophte*. Goethe s'offusque : « Ces intrigues détruisirent la dignité royale. L'affaire du Collier forme la préface immédiate de la Révolution. Elle en est le fondement… » Quelle histoire ? Faut-il s'interroger ou s'exclamer ? Le comte de La Motte découvre par l'entremise de Cagliostro qu'une prostituée, Nicole Leguay, travaille avec succès au Palais-Royal grâce à sa ressemblance avec Marie-Antoinette. Mme de La Motte saute sur l'aubaine. Elle l'engage pour une somme de 15 000 livres à jouer le rôle de la reine la nuit dans les jardins, soi-disant dans le but de faire un tour à un ami : le cardinal de Rohan. La nuit du 11 août 1784, le cardinal a rendez-vous devant le bosquet de Vénus dans les jardins de Versailles à onze heures du soir avec la reine, en fait la prostituée. Rohan, tout en émoi, est assez naïf et cupide pour le croire. Il va enfin se réconcilier avec cette reine qui ne lui adresse pas la parole. Quelle aubaine ! Le rêve de sa vie, sa blessure bientôt cicatrisée, il n'en croit pas ses oreilles. La reine a besoin de lui ! Lui qu'elle ignore, lui qu'elle méprise, lui qu'elle traite de mondain empressé. Et plus elle le tenait à distance, plus le convoiteux tentait de s'approcher. Il court au bosquet de Vénus. Il gobe l'histoire du rendez-vous avec Marie-Antoinette. Jamais meilleur benêt n'aurait pu être trouvé. Il s'étonne à peine. Il avale les balivernes, tant il a faim de reconnaissance. Il est fou de joie. Pas méfiant pour un sou. Là, dans une robe de mousseline à pois, le visage enveloppé d'une gaze légère, la reine l'attend. C'est magnifique ! Il avance, son cœur bat. Il se frotte les yeux. M.A., alias Nicole Leguay, l'accueille une rose à la main et lui murmure, suave : « Vous savez ce que cela signifie. Vous pouvez compter que le passé sera oublié. » Le cardinal est bouleversé. La fille a mérité ses 15 000 livres. Mais avant que le cardinal ne puisse entamer une conversation, Mme de La Motte, prudente, apparaît avec Rétaux de Villette en livrée avertissant que les belles-sœurs de la reine sont en train d'approcher. Ce subterfuge abrège l'entretien. Point trop de risques… L'actrice n'est qu'une prostituée, elle peut déraper. Le lendemain, le cardinal reçoit une lettre de la « reine », signée Marie-Antoinette de France, une fois encore il ne s'étonne pas, il a oublié que les reines signent de leur prénom. Le pigeon est bien ferré. La Motte pourra lui extorquer le monumental prix du collier.

Böhmer était bien venu à Versailles remettre à la reine une lettre de son associé Bassenge, dans laquelle il est question d'une parure composée de 647 diamants d'un poids total de 2 840 carats, d'une valeur de 7 millions d'euros de nos jours.

Peu importe que M.A. ait renvoyé le dénommé Böhmer le 12 juillet 1785.

Peu importe qu'elle ait refusé de l'acheter.

Peu importe qu'elle n'ait jamais vu le collier.

Peu importe que M.A., excédée par cette demande et peut-être inquiète qu'on la lui attribue, ait brûlé la lettre.

Peu importe qu'elle ait dit à Mme Campan de transmettre à Böhmer : « Je n'aime pas les diamants, je n'en achèterai plus jamais de ma vie. »

Peu importe que Böhmer ait cru au montage de Mme de La Motte.

Peu importe qu'il en ait informé Mme Campan, croyant que la reine s'était donc finalement offert le collier par l'intermédiaire du cardinal de Rohan.

Peu importe que Mme Campan, qui connaissait l'aversion de la reine pour le cardinal, s'en soit étonnée et ait averti M.A. qui alors était tombée des nues !

Peu importe que le joaillier, immédiatement convoqué, lui aussi trompé, ait expliqué à la reine la transaction qu'il pensait avoir faite avec elle.

L'escroquerie du siècle est en marche… entièrement bâtie sur la réputation de M.A. et la naïveté du cardinal.

La reine, excédée par tant d'injustice, de manigances, porte l'affaire devant le Parlement en mai 1786. Contre toute attente, le cardinal est blanchi. Il est juste un arriviste. Mme de La Motte est arrêtée et jugée ainsi que ses complices. Elle sera marquée au fer rouge, du « V » de voleuse. Innocente, la reine fait figure de coupable. Le cœur du scandale, c'est elle. Elle qui ose se défendre contre un cardinal… Son impopularité est à son comble. Personne ne l'épargne, malgré son évidente innocence.

Oscar Wilde explique ainsi le phénomène de sa légende. Le mécanisme de la renommée est toujours le même : « Sachez que ce qu'il y a de vrai, dans la vie d'un homme, ce n'est pas ce qu'il fait, mais la légende qu'il se crée autour de lui. Je ne me suis jamais promené dans les rues de Londres avec un lys à la main [...]. Cette légende indique seulement l'effet que j'ai produit sur la foule et elle indique mieux que ce que j'ai fait les tendances de mon tempérament [...]. Il ne faut jamais détruire les légendes. Ce sont elles qui nous font entrevoir le vrai visage de l'homme. »

Oui, Marie-Antoinette aurait pu acquérir le plus beau, le plus cher collier du royaume. Oui, seule une reine ou une courtisane aurait pu se l'offrir. Voilà le problème. Son acquisition par M.A. est crédible, et peu importe qu'elle ait refusé de l'acheter. Le collier lui allait comme un gant.

Stefan Zweig est encore plus définitif que Wilde : pour lui « il suffit simplement qu'on ait cru à l'affaire du Collier, donc que l'on ait pu y croire pour qu'elle soit coupable ». Pour Zweig comme pour Wilde, nous sommes responsables de ce que nous donnons à penser. Oscar Wilde responsable de sa légende, le lys à la main, Marie-Antoinette responsable d'avoir inspiré la fable du collier qu'elle a par deux fois refusé. La vérité d'un être humain n'existe pas. La vérité de soi est moins réelle que la vérité de l'autre, moins réelle que sa « réputation... ». Si l'existence vraie est dans le regard de l'autre, M.A. devient son propre enfer.

Le processus va bien au-delà des rires de Marie-Antoinette face aux joues exagérément peintes des vieilles courtisanes et des critiques qui s'ensuivirent. Un geste gracieux, une élégance naturelle, et c'en est fait de sa légende. C'est un procédé de diabolisation. Les manœuvres frauduleuses dont elle est victime la poussent à se défendre devant les tribunaux. Et l'enferment dans l'image qu'ont d'elle le peuple et les juges. Et alors, en effet, elle est en enfer. Hurler à l'injustice ne sert à rien. Sa réputation s'est construite à coups de rumeurs, d'interprétations, de projections, de scénarios scabreux, de préjugés.

Et les préjugés ont une vie plus tenace que les vérités.

Le mal est fait.

Le bouc émissaire

J'avais secrètement espéré ne pas tomber sous le charme de M.A. comme la plupart de mes illustres prédécesseurs. Je me souvenais du conseil de Flaubert à Ernest Feydeau : « Quand on écrit une biographie d'un ami on doit le faire du point de vue de sa vengeance. » Pourtant, à mesure que j'avance, je ne peux que donner tort à Flaubert tant la punition infligée à la reine est disproportionnée comparée à ses fautes.

C'est la femme d'un roi que l'on décapite. Celle qui représente un régime abhorré. M.A. a commis des erreurs plutôt que des fautes. Elle les a dues à sa situation et à son temps. Ses crimes n'existent que dans l'imagination populaire. Elle est à la mauvaise place au mauvais moment de l'Histoire. Faute de pouvoir comprendre, elle finira par penser que *son sort est de porter malheur*. Les malheurs d'un peuple ont besoin d'un bouc émissaire, rituel archaïque si bien expliqué par René Girard. La république ne pouvait naître que du régicide : une reine étrangère et gracieuse, un roi faible et longtemps impuissant. Quelles meilleures victimes expiatoires ! Peu importent leur jeune âge, le passé politique dont ils héritent. Ils sont tout désignés pour endosser les erreurs de Louis XIV qui a ruiné le pays et de Louis XV qui, entre guerres et plaisirs, a terni l'éclat de la royauté. Louis XVI n'a ni le charisme ni l'autorité, pas même auprès de ses frères, pour s'imposer. Puis, il n'a pas su évoluer. Il continue de soutenir la monarchie absolue quand le temps est venu de passer à la monarchie constitutionnelle.

M.A., native d'un pays ennemi, est une proie facile, sans défense, sans protection, pas même celle de son mari. Le 15 décembre 1775, M.A. écrit simplement à sa mère : « Nous sommes dans une épidémie de chansons satiriques. On en fait sur toutes personnes de la Cour… La légèreté française s'est même étendue sur le roi. » Un bouc émissaire, pour remplir son rôle, doit être accablé de toutes les fautes. Et comme les fautes de M.A. ne pèsent pas lourd, la charge est augmentée des ragots qui circulent. Et ils sont innombrables, obscènes, imaginatifs. À la longue liste d'amants s'ajoutent les frères du roi. La détestation que M.A. inspire alimente pamphlets, chansons et dessins pornographiques. Là, sous mes yeux, une gravure représente Marie-Antoinette à genoux, la tête entre les jambes de la princesse de Lamballe, tandis que le comte de Provence, pantalon baissé, pénètre la reine par-derrière. Pur fantasme de son auteur. Un exemple parmi des centaines. Surtout lorsque l'on sait que Provence souffrait d'impuissance et entretenait une fausse concubine pour tromper les apparences.

Aucune épouse de roi n'a jamais été aussi calomniée que Marie-Antoinette. Comme on l'a vu, il n'y avait pas de favorites pour concentrer les critiques.

Les favorites servent d'exutoire aux reines. Plus extravagantes, séductrices, dépensières, aimées du roi, elles catalysent la haine. M.A. n'a pas de rivale pour la protéger. M.A., aussi belle et gâtée qu'une concubine, est en première ligne face à la méchanceté. Elle écope de la haine et la jalousie qui jadis leur étaient réservées. Elle les déteste et leur ressemble. Elle est excentrique, distrayante, dissipée, séduisante, ce que les reines ne se permettaient pas. Épouse d'un mari fidèle, elle est enviée. Elle n'a même pas à se plaindre. La solidarité féminine, assez forte dans ce type de situation, ne peut s'exercer. Comble de l'indécence, c'est M.A. qui aurait des favoris. Elle renverse les rôles. Déstabilise tout le monde. Ce qui aggrave son cas. La Cour lui prête pléthore d'aventures. Il suffit d'approcher le duc de Lauzun pour qu'il l'accuse de « montrer trop de chaleur », de s'entretenir avec une amie, pour être une tribade.

Chantal Thomas considère que « le mythe de la superpuissance érotique de M.A., associé au génie du mal » « défie toutes les capacités humaines » et « rencontra la sanction du réel ».

La fission est bien là. Une punition concrète pour une faute fictive. En l'absence de preuves de sa trahison politique et de son libertinage, elle sera jugée sur les fantasmes pornographiques de tout un peuple. Et les ragots, aussi faux et sordides soient-ils, ne condamnent pas celui qui les colporte mais celui qui les inspire. Le mal est cru. Donc le mal est fait.

M.A. ogresse sexuelle.

M.A. qui sauterait des lits de ses beaux-frères à ceux des gardes de la République, en passant par ceux de Lafayette, Barnave, Coigny, Bailly, Lauzun et même celui de son propre fils… Ses amies, les Lamballe et Polignac, seraient toutes des partenaires de débauche… Étrangement, c'est de Fersen, l'amant de cœur évident de la reine, que l'on parle le moins. À l'époque et encore aujourd'hui, cette question demeure pour certains un tabou de l'Histoire.

Les esprits s'échauffent, les libelles courent Versailles, Paris, la province. Des livres aux titres destinés à scandaliser et faire vendre sont même imprimés dès 1774 : des *Amours de Charlot et Toinette* (1779) aux *Fureurs utérines de Marie-Antoinette* (1791), cité, entre autres, par l'historienne Annie Duprat. On nage en plein porno. Tous ne demandent qu'à croire l'incroyable. Le premier « potin », même absurde, est colporté, enrichi de nouvelles turpitudes, sans que personne se demande si cela est plausible. Qui n'a été témoin de ces enchaînements, de ces déchaînements ? Une bouche malveillante déverse dans une oreille malveillante, qui déverse dans une autre oreille médisante et le feu est parti : le frère du roi son amant ? Voilà une bonne information pour animer les conversations, à peine lancée, la nouvelle frappe à toutes les portes.

Qu'importe si M.A. était une bonne mère, qu'importe si elle n'aimait pas le comte d'Artois. « S'il m'avait été donné le choix, entre les trois frères, j'aurais gardé mon mari », confia-t-elle à Mercy. Quant à Lafayette, Lafayette son amant ? Alors qu'en tant que général commandant de la Garde nationale, c'est lui qui décidera d'envoyer des hommes dans toute la France pour arrêter la famille royale lors de la fuite à Varennes. C'est encore lui qui sera chargé de la surveillance aux Tuileries quand Fersen tentera de déjouer la garde pour rejoindre la reine. Lafayette n'était pas en bons termes avec M.A… « Mieux vaut périr qu'être sauvée par l'homme qui nous a fait le plus de mal », dira-t-elle. Mme Campan raconte dans ses *Mémoires* comment Lafayette, à l'époque d'un Louis XVI tout-puissant, s'était traîné aux pieds de la reine. A-t-il oublié les applaudissements qu'elle avait sollicités pour honorer son courage en Amérique ? Ce noble, qui ne pensait qu'à sa popularité, s'est détourné au bon moment de la monarchie et dormait profondément le 6 octobre 1791 quand la famille royale faillit être massacrée, alors qu'il était chargé de la protéger.

Barnave ? M.A. correspondait avec ce député radical qui, face aux événements qu'il n'avait pas prévus, se dévoua pour la reine. Ils ne partageaient pas d'autres secrets. Rien de tendancieux, pas un seul mot suspect.

Les ragots les plus invraisemblables rencontrent le plus de succès. Les révolutionnaires, affamés de preuves contre la monarchie, avalent ces balivernes. Marie-Antoinette, fille de l'impératrice d'Autriche, élevée dans la religion catholique, devient symbole de dépravation sexuelle. Pourquoi elle et pas les autres reines ? Parce que son apparence attirante provoque l'esprit des détracteurs. M.A. était libre, mais pas libertine. Pamphlets et libelles envahiront jusqu'à « l'œil-de-bœuf », le salon de l'appartement du roi, et finiront par construire un personnage haïssable et crédible. C'est ce personnage qu'ils conduiront à l'échafaud. Les mauvaises langues tuent au XVIIIe siècle comme le poison au XVIIe. M.A. meurt de la médisance qu'elle voulait ignorer.

Personne ne peut lutter contre la médisance. Aujourd'hui encore, au théâtre des Amandiers à Nanterre, un metteur en scène célèbre insiste sur la morgue de M.A. plus que sur son chagrin d'avoir perdu un fils. Même si l'auteur ne vise pas la reconstitution et préfère créer une autre « temporalité », il s'éloigne de Marie-Antoinette et continue d'alimenter la légende.

M.A. sera jugée par le Tribunal révolutionnaire le 15 octobre 1793. Le public viendra nombreux assister au spectacle d'un procès sans surprise.

Elle sera convoquée devant le Tribunal bien après son arrivée à la Conciergerie. Soixante-seize jours exactement. Son dossier était vide. Pour la condamner, il fallait le remplir. Sont alors réunis à la hâte plusieurs comparses subalternes affublés de la qualité de témoins. M.A. ne les connaît pas, eux non plus, bien sûr. Faute de preuves, les ragots, encore eux, font l'affaire. La machine à tuer avec les mots continue son œuvre.

La haine alimente toutes les ruses. Les plus révoltantes résonneront dans le prétoire.

Fouquier-Tinville appelle François Simon, cordonnier, selon G. Lenôtre, marchand boucher, selon Eugène Pottet, peu importe sa profession puisque ce n'est ni en tant que boucher, sauf dans les manières, ni en tant que cordonnier qu'il sera envoyé auprès du Dauphin, mais pour l'éduquer. Fouquier-Tinville demande à l'« éducateur » de l'aider à remplir le dossier en arrachant au Dauphin une plainte contre sa mère, pour attouchements sexuels. Tous les moyens sont permis du moment qu'il obtient cet aveu. L'« éducateur », grossier, violent, alcoolique, n'a pas besoin de se forcer pour torturer l'enfant à coups de gnôle et d'intimidations. Hébert prête main-forte et promet à l'enfant apeuré de le faire « découper en tranches sur l'échafaud » s'il ne se livre pas. Les gifles succèdent aux rasades d'alcool, le Dauphin pleure et acquiesce à n'importe quoi : « Oui, sa mère encourageait ses séances de masturbation, oui, elle le mettait dans le lit entre elle et sa tante à cette occasion, oui elle le touchait, oui, oui, oui… » Daujon tient la plume en tant que greffier et « transcrit les réponses ». Puis, il doit signer le « procès de cette répugnante enquête », selon Lenôtre, qui cite un autre témoin du procès, Charles Goret, très explicite sur ce point : « Le jeune prince, assis sur un fauteuil, balançait ses petites jambes dont les pieds ne touchaient pas le sol. Simon annonça les griefs retenus contre M.A. et demanda à l'enfant si cela était vrai, le dauphin, tremblant, secoua la tête pour affirmer. » Madame Élisabeth qui était présente s'écria : « Oh ! Le monstre ! » L'enfant ne sait pas qu'il vient de condamner sa mère et sa tante à mort. Daujon ajoute : « je n'ai pu regarder cette réponse de l'enfant venant de lui-même, je n'ai pu regarder, ainsi que tout l'annonçait, dans son air inquiet et son maintien, que comme lui étant suggéré, et le résultat de la crainte des châtiments ou mauvais traitements, dont on avait pu le menacer, s'il ne la faisait pas ».

Voilà enfin de quoi remplir un procès-verbal. Hébert et Fouquier-Tinville sont satisfaits.

Le peuple avait besoin d'une victime, il l'a trouvée. La rumeur a fabriqué l'héroïne fantasmatique du mal. Marie-Antoinette est devenue une légende noire. Et Fouquier-Tinville prend tout : M.A. agent double, M.A. obsédée sexuelle, M.A. putain qui vide les caisses de l'État, M.A. tribade mariée à un « ivrogne ronflant la nuit comme un pourceau dans son fumier ».

« Il est si facile de flétrir toutes les femmes par ce genre de calomnie dont l'injustice même peut avilir presqu'autant que la vérité... » Mme de Staël s'indigne dans ses *Réflexions sur le procès de la reine* et elle a besoin de préciser dans son titre : *par une femme*. Parce que c'est bien du procès de la féminité qu'il s'agit.

Hébert demande à Marie-Antoinette de s'expliquer sur la question de l'inceste. M.A., folle de douleur, se retourne vers la salle et c'est là, malgré la fatigue et le découragement, dans une exclamation indignée qui restera dans toutes les mémoires, qu'elle en appelle « à toutes les mères ! ». Elle suscite dans l'assemblée un mouvement d'épouvante qui entraîne la suspension immédiate des débats par Fouquier-Tinville, furieux qu'Hébert ait, bien involontairement, provoqué cet émoi parmi les femmes, plus nombreuses dans cette assistance que les hommes. À cet instant, Marie-Antoinette pense forcément à son mari. C'est Louis XVI qui lui inspire sa plus belle réplique. Lors des états généraux de 1789, après la mort de son fils aîné le 4 juin – son cher enfant mort de tuberculose –, quand on lui refusera un répit pour vivre son deuil, le roi demandera, les yeux pleins de larmes, s'il « n'y a pas de pères dans cette assemblée ? ». Ce moment d'émotion, M.A. ne l'a pas oublié. Et, bien que les mots de Louis soient restés sans effet, M.A. les réitère avec le même résultat, malheureusement. Les souffrances de cette famille ne sont plus entendues.

Marie-Antoinette aurait pu dire à ses accusateurs qu'il n'y avait qu'un lit dans leur chambre, qu'il faisait froid et humide et que son petit garçon et elle dormaient dans les bras l'un de l'autre pour se réchauffer. Quoi de plus naturel ? Fouquier-Tinville, l'enragé, voit le mal là où il n'y a qu'une mère et son fils blottis contre le froid et la peur d'être séparés.

Pire, si c'est possible. Quand le Dauphin jouant à galoper à cheval sur un balai se blesse, Fouquier accusera M.A., dans sa fureur sexuelle, d'avoir meurtri les testicules de son fils. Que répondre à tant d'ignominie ? M.A. n'a plus envie de se justifier. L'horreur des accusations dépasse l'entendement. Il n'y a rien à faire. Aucune justification ne peut calmer la haine. Mieux vaut se taire.

Le président Hébert demande à la veuve Louis Capet, puisque c'est ainsi qu'on la nomme désormais : « Ne vous reste-t-il plus rien à ajouter pour votre défense ? » La reine lui répond qu'hier encore elle ne connaissait pas les témoins. « J'ignorais ce qu'ils allaient déposer. Eh bien, personne n'a articulé contre moi aucun fait positif. Je finis en observant que je n'étais que la femme de Louis XVI, et qu'il fallait bien que je me conformasse à ses volontés. » Là, elle approche la raison profonde de sa condamnation : sa situation de souveraine d'une royauté détestée par un peuple exsangue. Et à cela, en effet, elle ne peut rien. C'est sa destinée. Les avocats commis d'office, Chauveau-Lagarde et Tronson-Ducoudray, non plus. D'ailleurs, à peine commencent-ils à plaider qu'ils sont interrompus par Fouquier-Tinville. Le président porte alors l'estocade, par un discours qui est en fait un second réquisitoire. La délibération des jurés est de pure forme. La peine de mort est requise.

La veuve Capet a-t-elle quelque réclamation à faire sur l'application des lois invoquées par Fouquier-Tinville ? La reine secoue la tête en signe de négation. Non. Se disculper, protester, pourquoi ? Cela ne sert à rien, elle doit garder le peu de forces qui lui restent pour rédiger son testament et se tenir droite jusqu'à l'échafaud. Chauveau-Lagarde demeure muet. Tronson-Ducoudray confirme que son ministère à l'égard de la veuve Capet est terminé.

Le président condamne alors ladite Marie-Antoinette, Lorraine d'Autriche, veuve de Louis Capet, à la peine de mort. Après « le tyran », c'est au tour de sa femme de mourir.

Fouquier-Tinville a gagné. Un temps. Son heure viendra et il connaîtra le même sort que M.A. Il sera décapité. Décapité le dernier, après quinze autres condamnés. Il aura ainsi le temps de trembler face à l'horreur du supplice auquel il a condamné trois mille hommes et femmes, mais jamais il ne se repentira.

« Le présent jugement sera exécuté sur la place de la Révolution, imprimé et affiché dans toute l'étendue de la République. » Malgré la fausseté des accusations, personne ne proteste.

Marie-Antoinette se lève, toujours digne. Avec la sanction, la nuit est tombée sur son visage. Elle marche comme si elle avait des ailes, elle va s'élevant. Outrage et cruauté ne la touchent plus. Elle peut se répéter : « Rien à présent ne peut me faire du mal. » Plus de sourire, plus d'éclat, plus d'animation, plus de révolte. La lumière s'est éteinte. Son visage a la pâle figure des saintes.

Répéter l'enfance

M.A. doit subir le rite du passage de sa vie de jeune fille à sa vie de femme. Appelé « rite de remise de l'épouse ».

Il se déroule ainsi.

Nous sommes le 7 mai 1770.

Après trois semaines de voyage M.A. arrive à Kehl, elle a quatorze ans.

Un pavillon, ni français ni autrichien, a été construit à cet effet sur l'île aux Épis, au milieu du Rhin, une île inhabitée, donc, neutre. Le bâtiment est disposé de telle manière qu'elle entre du côté autrichien et en ressort en France. Là, elle rencontre Mme de Noailles. Première femme d'honneur ou d'horreur à son service. Austère, visage fermé, pénétrée du cérémonial français. Caractères opposés. Elles se détesteront assez vite. La Dauphine deviendra l'enfant terrible et Mme de Noailles, « Mme Étiquette ». Sont présentes : la duchesse de Villars, dame d'atour de la Dauphine, les comtesses de Mailly, de Tavannes, la duchesse de Picquigny, la marquise de Duras, les secondes dames d'honneur. Et encore, et encore…

Après les présentations, l'étiquette exige qu'elle quitte les biens, les vêtements venant de son pays d'origine pour se vêtir de ceux de son pays d'accueil. En d'autres mots : qu'elle se déshabille. Sa mère lui a recommandé de faire tout ce que l'on lui demanderait. Mais elle ne lui avait jamais parlé de cette mise à nu, et devant toutes ces dames qu'elle ne connaît pas.

Un coiffeur s'approche et enlève les rubans et les épingles de ses cheveux. Puis il disparaît. Ses cheveux d'un blond cendré tombent sur ses épaules.

Elle commence par enlever ses souliers, puis, dans un geste pudique, fait glisser ses bas le long de ses cuisses.

Les dames, dont elle a déjà oublié le nom, se précipitent pour recueillir les vestiges du passé. D'un signe de tête à peine esquissé, Mme de Noailles lui indique que cela ne suffit pas, qu'il faut poursuivre. Une poignée de femmes se précipitent pour dégrafer sa robe en gros de Tours blanc. Elle lève ses bras, on la lui ôte par la tête. Restent les jupons, sa chemise. Tombent les jupons. Tombe la chemise.

Antoine est nue. Et encore plus nue que nue, tant les regards la scrutent à la recherche du moindre défaut.

Le visage tout d'abord. Il est un peu long, son front est bombé, ses lèvres un peu fortes. En cela elle est très Habsbourg. Mais son teint a selon l'expression de Mme Vigée-Lebrun « l'éclat de nacre », son regard, bien que doux, laisse entrevoir l'espièglerie de son âge.

Le corps. Vierge évidemment. Sa taille est à peine

dessinée, elle n'a pas encore de poitrine, pas tout à fait sa taille adulte – un mètre soixante-dix. Elle est frêle, un peu crispée, mais gracile. Joliment proportionnée. Mains petites, parfaites de forme et pieds charmants.

Elle marche bien, elle a appris. Son port de tête est fort élevé, avec une majesté qui la différencie des autres, mais son regard demeure bienveillant.

Un demi-cercle s'est formé autour d'elle. M.A. est devenue objet de curiosité.

On apporte un corps à Versailles, plus qu'on ne l'amène.

Sa tenue de voyage, confectionnée par la couturière de sa mère, a disparu à peine enlevée, sa chemise aussi. Ses vêtements sont remplacés par « une chemise de soie française », des « jupons de Paris », des « bas de Lyon », des « souliers du cordonnier de la Cour », et une robe d'étoffe dorée. La voilà française de la tête aux pieds.

L'annonce du protocole suit. Protocole lourd, inquiétant pour une jeune archiduchesse à peine sortie de l'enfance. La succession des règlements l'affole. Il sera impossible de se réveiller sans Mme de Noailles dans sa chambre, impossible de s'habiller seule, de faire sa toilette seule. Elle n'aura donc plus jamais un moment de liberté. Plus jamais un instant de solitude. Tous ces gens la suivront à la trace. « Libellule dans un tourbillon » pour Léon Bloy, mais aussi « Chevalière de la mort »... Le cérémonial de la cour de France emprisonne la petite Antoine dès le premier jour. Le prince de Ligne avoue ne lui avoir « jamais vu une journée parfaitement heureuse ». Une journée sans reproches, sans être épiée, critiquée, obligée. M.A. ne s'est pas amusée, elle a cherché l'amusement. Elle l'a cherché avec un excès proportionnel à son désespoir. Peut-on trouver du plaisir à cette vie-là ? Sans même parler de bonheur. Il est possible que M.A. se soit sentie piégée. Qu'à peine arrivée, elle ait compris qu'aucune place ne serait accordée au bonheur et à la liberté dans sa vie. Comme si on l'avait oubliée, comme si Mercy et sa mère l'avaient trompée, qu'elle fût heureuse ou pas sur cette terre n'était pas important.

Marie-Antoinette, Josèphe Jeanne de Habsbourg-Lorraine, archiduchesse d'Autriche, princesse impériale, serait née sous une mauvaise étoile en ce 2 novembre 1755, jour des Morts et lendemain du tremblement de terre de Lisbonne.

Une vague l'emporte dès sa naissance. Toutes ses décisions et attitudes iront dans le sens de la marée. On ne lutte pas contre ce courant-là. Alors elle s'efforce de combattre, se débat, exagère le mouvement. Défie Mme de Noailles, sa mère, le destin. Se protège derrière des masques à plumes, tente de les ignorer comme l'autruche, la tête non pas dans le sable mais sous les boucles. Mais le destin la reconnaît et ne la lâchera plus. C'est lui qui claque la porte du carrosse qui l'enlève pour Versailles.

Dès son arrivée, la chance est absente. Turgot et Necker échouent à réduire les abus les plus criants, face à un roi incapable de comprendre les aspirations de la nation. Le comte d'Artois contribue à rendre encore plus difficile la situation de son frère. Le Parlement refuse d'enregistrer les édits royaux. Et plus tard, quand il faudra fuir à Varennes, toutes les erreurs seront commises. Carrosse trop somptueux, messager mal choisi... Les malentendus, les malchances, les incompréhensions se succèdent du début jusqu'à la fin.

Les fées penchées sur le berceau de cette princesse étaient des sorcières.

Pourtant, comme les marraines de la Belle au bois dormant, la beauté, « l'esprit comme un ange » lui avaient été offerts en cadeau de naissance. La grâce aussi : « une grâce admirable à tout ce qu'elle ferait ». Jean-Georges Noverre, professeur de danse et de maintien appelé à la rescousse par Marie-Thérèse s'en chargea, ses cours, fort onéreux, lui allouèrent « une démarche de déesse », « comme à l'écoute d'une musique par elle seule entendue... », comme le dit joliment Chantal Thomas. Elle chantera comme un rossignol, et elle jouera de toutes sortes d'instruments à la perfection grâce à Gluck qu'elle imposera à Versailles. La voix de M.A., sans souffrir la comparaison avec un rossignol, résonnait « fraîche et juste » sur la scène de son théâtre privé. La musique fait partie de son éducation, elle jouera donc de la harpe avec Gluck.

Mozart était venu donner un petit concert à Schönbrunn en 1762, il était tombé à ses pieds et l'avait demandée en mariage… Cette rencontre montre combien M.A. avait été éduquée – même si elle ne fut pas sensible à celui que Voltaire appelait « Mazart ».

Du talent de stratège politique de sa mère, elle n'héritera pas non plus. L'impératrice d'Autriche destine la petite Antoine au roi de France. Mais cette « bonne mère » envoie sa fille comme une pouliche. Sans lui donner d'éducation politique, comme si elle n'en avait pas les capacités. Son rôle se borne à donner des enfants à la Couronne. Cette mère débordée méconnaît le caractère de son quinzième enfant. Elle ne se renseigne pas non plus sur les aptitudes, ou plutôt inaptitudes au pouvoir du futur Louis XVI. Elle ne sait pas combien il sera défaillant à peu près en tout, mis à part à la chasse, la ferronnerie et la bienveillance, ce qui est beaucoup, mais pas forcément pour régner. Elle influence M.A., plus qu'elle ne l'éclaire. La seule chose qu'on lui a apprise, c'est que Choiseul a aidé sa mère dans son désir de conciliation avec la France suite au désastre de la guerre de Sept Ans, et qu'elle lui doit son mariage. M.A. est là pour servir les intérêts de l'Autriche. Le principe est simple, réducteur et dangereux. Très vite, à cause de la ligne tracée par sa mère, elle deviendra l'« Autrichienne ».

Son orgueilleuse nature s'élève contre les conseils de sa mère. Contre ses interdictions de sortir, de déserter son lit, de se coiffer comme une « actrice », de dépenser, de jouer aux cartes, à colin-maillard, au pharaon, au billard. D'ailleurs, elle n'est pas douée et il faudra plusieurs fois changer les vitres de la salle réservée à ce jeu au Petit Trianon. Maman lui demande de lire, prier, être aimable avec tout le monde… de « se montrer entreprenante au lit… » avec son mari, et dépasse les bornes.

C'est l'histoire d'une jeune femme qui se réfugie dans le jeu. M.A. ne veut pas grandir. Le monde de Versailles et ses complexités l'effraient et l'ennuient, alors elle retourne en arrière vers un monde qu'elle connaît, qu'elle a idéalisé, sûrement, mais qu'elle contrôle. M.A., déçue, quitte le monde des adultes pour rejoindre celui de l'enfance.

La prise de conscience est encore loin. Personne n'est là pour l'aider. M.A. n'a ni l'idée ni l'envie de consulter les philosophes de son temps. Auraient-ils pu l'aider ? Quoi qu'il arrive, elle se trompe en se confiant aux tantes aigries et manipulatrices. Elle n'a que quatorze ans et demi…

À peine arrivée, la voilà à quatre pattes dans le salon avec les sœurs du Dauphin, Clotilde et Élisabeth, oublieuse de son rang de future reine de France, des règles et des regards choqués des dames qui l'entourent. Elle répugne à se laver les dents, à porter un corset… se bat contre Mme Étiquette. Monte à cheval quand cela lui est déconseillé – on attend d'elle un héritier. Elle ne se sent ni prête à être mère, ni à être femme. Pour cela il faut un homme, et Louis-Auguste n'en est pas encore un.

Sortir, danser, glisser en luge, s'asseoir sur les pelouses, rire au nez des vieilles courtisanes, voilà ce qui l'amuse.

Dès que l'occasion se présente, elle se sauve pour courir visiter le jardin. Elle a appris à les aimer dans son Autriche natale.

Je l'imagine échappant à la surveillance, levant le devant de sa robe et courir, courir pour découvrir le monumental parc dessiné par Le Nôtre. Elle emprunte l'allée d'Eau. Stupeur face à ce royal jardin où le pouvoir et ses signes extérieurs ont pris l'avantage sur la nature. À gauche, le bosquet de l'arc de Triomphe, à droite, le bosquet des Trois-Fontaines, entre vanité et spiritualité, elle hésite. Au fond, le bassin du Dragon, c'est celui qu'elle choisit pour s'arrêter. Sur les eaux stagnantes et troubles, quatre enfants, couverts d'or comme elle, chevauchent des cygnes. Deux d'entre eux ont l'air effrayé, alors que les deux autres visent avec leurs petits arcs le dragon central. Leurs chances de l'abattre sont faibles. Il n'est pas sûr que Marie-Antoinette connaisse l'histoire d'Apollon qui reçut de son père un char attelé de cygnes pour se rendre à Delphes affronter Python. Le monstre à la gueule grande ouverte et menaçante surgit devant elle, tel un avertissement. Antoine a peur, elle recule et rebrousse chemin en courant. Fin de la fugue. Penaude, elle retourne au château pour se faire gronder.

Les guerres internes, les divisions entre le camp Du Barry et les autres, les tiraillements incessants dont elle est l'objet entre ceux qui veulent s'allier la future reine la désorientent. Qui dit vrai ? Qui dit faux ? Qui croire ? Qui l'aime vraiment ? La famille Bourbon est un piège. Mesdames Tantes jouent les gentilles, prennent M.A. sous leur aile, lui font croire à leurs bonnes intentions, mais c'est la future reine qu'elles gardent sous influence, retardant ainsi leur propre mise à l'écart. Mercy s'en aperçoit et avertit sa protégée contre ce danger. Marie-Antoinette ne sait plus à qui se vouer : sa mère, Mercy, les tantes ? La France, l'Autriche, la nouvelle famille ou l'ancienne ? Elle est née autrichienne mais n'est-elle pas française aujourd'hui ?

Le Dauphin ne peut l'éclairer, il manque de discernement. Il était adolescent quand la Du Barry fit irruption dans la vie de son grand-père et quand Madame Adélaïde – sa tante, sœur de Louis XV – l'engagea dans sa croisade contre elle. Le Dauphin en fut troublé, mais finit par se rallier à son grand-père et à participer aux soupers après la chasse où Mme Du Barry recevait en maîtresse de maison. Louis-Ferdinand, son père, haïssait Choiseul et l'Autriche. Louis se remémore-t-il la méfiance de son père ? Boude-t-il sa femme parce qu'elle est autrichienne ? Louis XV l'aurait marié à une ennemie ? Son père vivant, les choses se seraient-elles passées différemment ?

Voilà le climat qui règne à Versailles. Un mari faible, lui même jouet des affaires de l'État. Une cour sans cesse divisée pour des raisons politiques ou privées. Aucune raison que les querelles s'apaisent quand débarque la jeune M.A. Cette fois, le parti conservateur appuyé par la Du Barry menace le parti choiseuliste. M.A. ne connaît rien à ces oppositions. Elle sait juste que sa mère lui ordonne de protéger Choiseul, premier ministre de Louis XV – sans en avoir le titre officiel, véritable vice-roi de France. Si elle l'avait oublié, faisons confiance à Mercy d'Argenteau pour lui rappeler la maison des Habsbourg-Lorraine, au risque de faire détester M.A. par les Français. Telle est sa mission, telle est la volonté de l'impératrice.

« La petite » a désormais deux familles. Mais sa famille d'adoption devra passer derrière celle de sang. Inquisition en règle par l'abbé de Vermond et le comte de Mercy d'Argenteau. Les rapports sont acheminés par coursiers spéciaux vers Marie-Thérèse d'Autriche qui, grâce à leur espionnage, peut surveiller chaque mouvement de la Dauphine. Son imposante présence ne la quitte pas. Si Marie-Thérèse défend les intérêts de l'Autriche, Mesdames Tantes ne voient pas plus loin que le leur. Des deux côtés, on profite de la candeur de M.A., on l'instrumentalise.

Pourquoi ne pas en référer à son mari ? Louis XVI lit et sait beaucoup de choses, mais comme il ne s'exprime pas, personne ne s'en doute. Pas même sa femme. Provence, son frère cadet, est moins cultivé mais plus brillant. Plus sûr de lui, il s'exprime avec aisance en société. Louis XVI prend donc en grippe les mondanités et les belles phrases. La chasse et la serrurerie deviennent son refuge et l'occupent plus que les affaires. Louis se sent bien, enfermé dans sa forge entre deux enclumes, la chemise trempée de sueur, des outils de fer à la main. M.A. est perdue. Si le roi joue à construire des clefs et des cadenas pourquoi ne jouerait-elle pas elle aussi ? On a l'impression de deux enfants qui ne veulent pas grandir.

Tandis que Louis se cache au cinquième étage, au-dessus de sa bibliothèque, avec son maître de forge qui le traite en apprenti, M.A. s'adonne aux jeux de société comme au château de Schönbrunn avec ses frères, ses sœurs et ses parents.

Une fois encore le passé est dissimulé sous le masque du présent. Un présent inquiétant qui la renvoie dans un passé refuge idéalisé. Elle avance agrippée à son enfance à Hofburg, son havre de paix. Son univers demeure Viennois. Tant pis si la musique de Gluck, trop dramatique, ne correspond pas à ses goûts, si ses collections de laques japonaises et de bois pétrifié sont celles de sa mère.

La répétition produit sur elle un triple effet : la conservation de sa personne, son affirmation et son épanouissement, tout en revendiquant sa différence.

L'hypothèse de la répétition aide à comprendre M.A., à se débarrasser de sa réputation. Bonne ou mauvaise.

Quelque chose me gêne dans la vie de M.A. Il semble y avoir deux Marie-Antoinette. La première ne va pas avec la seconde. J'ai peine à croire que la Marie-Antoinette d'avant les Tuileries soit la même que celle d'après. Les deux s'opposent, comme le blanc et le noir, le bonheur et le malheur, la comédie et la tragédie. Fallait-il le malheur pour sortir du carcan de Versailles ? Sa vie aveugle s'achève aux Tuileries. Sa vraie commence dans ce même lieu, avec sa prise de conscience.

La femme courageuse, admirable, qu'elle est devenue prenait forcément ses racines quelque part. Une part de sa personnalité étouffait à Versailles. Elle ne s'y est jamais sentie heureuse pour cette raison aussi. Le plaisir qu'aurait pu lui procurer son nouveau statut de reine était en échec confronté au confort de l'ancien. Marie-Antoinette ne fait preuve d'aucune clairvoyance. Pas plus que Louis XVI. Imaginons un roi fabriquer des serrures... enfermé avec son maître de forge à transpirer et se faire insulter quand il rate sa clef ? Une clef « pour prendre la clef des champs ». S'échapper de la Cour, de cette fonction écrasante qu'il n'a jamais souhaitée. Elle revenait à Louis-Joseph Xavier, duc de Bourgogne, son frère aîné. Mort à neuf ans. C'est pour sa naissance que les cloches des églises de Paris avaient retenti.

Marie-Thérèse, occupée aux affaires de l'Empire, n'a eu d'autre choix que de déléguer l'éducation de ses enfants. Elle n'a pas hésité entre Antoinette et ses sœurs. C'est elle qui aura « la chance » d'épouser le futur roi de France. M.A. a connu le chagrin, à dix ans, quand son père adoré meurt à Innsbruck. Et pourtant, le giron familial et ses anciennes nurses sont préférables à Mme Étiquette, aux Tantes et aux vieux courtisans. M.A. devient cet être ambivalent, cette femme-enfant, cette reine immature.

Marie-Thérèse entretient cet infantilisme. Elle ne l'encourage pas à gérer ses problèmes en adulte, à « couper le cordon », comme on dit. M.A. agit dirigée par sa mère. L'enfant domine l'adulte au lieu de s'effacer. L'apaisement ne peut être que de courte durée. Il ne va pas dans le sens de l'évolution. Marie-Thérèse fait surveiller M.A., se mêle de sa vie intime. Il ne s'agit pas de curiosité malsaine, mais du peu de confiance qu'elle accorde à sa fille. Devenue reine, M.A. demeure pour sa mère une enfant incapable. D'un côté, elle lui reproche de ne pas se comporter en souveraine et de l'autre, elle continue à la traiter en petite fille. La considération d'une mère laisse une trace profonde et indélébile dans l'esprit d'un enfant. On ne peut pas dire que la liste des conseils de Marie-Thérèse reflète un quelconque crédit accordé à sa fille. Ce manque de confiance annihile l'assurance de Marie-Antoinette.

Sa mère la traite en enfant, elle se comporte en enfant.

Freud lui-même écrit que l'orgueil qu'il inspirait à sa mère lui a permis de s'approcher de ses rêves et de devenir « quelqu'un ». M.A. n'a pas été l'enfant de prédilection de sa mère. L'intérêt de l'Autriche passait avant le bonheur de sa fille.

M.A. est l'obligée de sa mère. Sa mère l'a placée là, elle lui doit tout et M.A. a le sentiment de devoir se soumettre.

La panne conjugale du couple royal est un autre sujet d'inquiétude, et pas des moindres, pour l'impératrice. Si sa fille ne donne pas d'héritiers à la Couronne, elle peut être répudiée et les relations entre l'Autriche et la France en seraient compromises. L'impératrice s'agace, se transforme en mère maquerelle et sous ses recommandations on entend : pourquoi cette bourrique de fille ne parvient-elle pas à exciter son mari ?

L'inquisition maternelle frôle l'indécence au point que certaines des lettres de Marie-Thérèse seront censurées au XIXe siècle. L'impératrice ne se gêne pas pour évoquer les avantages à partager le même lit que son mari et lui propose des petits conseils coquins pour favoriser l'acte sexuel. On comprend pourquoi elle demande à sa fille de détruire ses lettres… Ses questions appellent des réponses précises et la fille doit faire le récit de la moindre tentative du roi… Le blocage prend racine.

Le roi dort, la reine sort.

Rien de grave : petites promenades nocturnes sur la terrasse de Versailles. Mais elles inquiètent Louis XVI qui s'en ouvre à Maurepas. Il l'a rappelé aux affaires alors que son grand-père l'avait écarté – il avait pris position contre la Pompadour. Le vieux mentor se montre rassurant : « Tant mieux si la reine prend du caractère de légèreté : car ses amis ont de l'ambition et désirent la voir se mêler des affaires. » Tout est dit. L'infantilisme de la reine arrange ministres et conseils. Louis XVI s'accommode de la conduite de sa femme, son impuissance ne lui donne pas le droit de la réprimander. De toute façon, on peut imaginer qu'il n'aurait pas apprécié que M.A. ressemble à sa belle-mère l'impératrice et devienne une femme écrasante d'autorité. Marie-Thérèse, entre autres conseils, lui recommande « de faire tout ce que lui demande son mari », mais son mari ne lui demande rien, et ne se plaint ni de ses dépenses ni de ses sorties.

Louis XVI est aimable, mais il n'est pas séduisant. Le prince charmant s'est évanoui dans la forêt de Compiègne quand la jeune princesse autrichienne a rencontré pour la première fois le Dauphin. M.A. s'offre des compensations. L'ennui conjugal trouve ainsi réparation. Elle « se dédommage » comme elle peut. Sa mère la critique mais elle a eu plus de chance avec son mari. Les parents de M.A. lui ont offert l'exemple d'un couple amoureux. Son père était un bel homme qui donna seize enfants à sa femme, et ils dormaient ensemble dans ce vaste lit où elle mit au monde sa progéniture. La référence masculine de M.A. est un père mince, élégant, raffiné. Quel choc quand la frêle jeune fille aperçut le Dauphin ! Un colosse empâté de presque deux mètres, mal à l'aise, le nez rougi par le rhume. Il est venu l'accueillir sur le pont de Bernes avec son grand-père et sa maison au son des tambours, hautbois et trompettes. Si M.A., très maîtresse d'elle-même, s'agenouille aux pieds d'un Louis XV enchanté, lui baise la main et l'appelle papa, le Dauphin est bien embarrassé quand il doit effleurer la joue de la demoiselle. La Dauphine sera fêtée pendant deux mois. Seul le mariage de Louis XIV avec l'infante d'Espagne un siècle auparavant eut semblable retentissement. La griserie d'être reine n'aura qu'un temps… La désobéissance à sa mère, c'est sa façon de riposter. Marie-Antoinette se libère et se venge. Mais avant de punir sa mère, elle se punit elle-même. La rage la guide autant que le désespoir.

Le lit, affaire d'État

C'est dans la chambre de la reine que les choses se passent. C'est le roi qui rend visite à sa femme, et pas le contraire. La chambre, à quelques modifications près, est telle qu'on la visite aujourd'hui à Versailles.

Vue : le parterre du midi.

Décoration : moulures, dorures, tapisseries de fleurs, peintures en grisaille par Boucher, réalisées pour Marie Leszczynska.

Lit : monumental, couvert d'un dessus lourd, brillant, glacé.

C'est Auguis et Treilhard, représentants du peuple, qui seront chargés de l'inventaire de la chambre royale, après 1793.

Description clinique : « C'est un lit à la duchesse et impériale en voussure avec son couronnement sculpté et peint en blanc, composé de trois grandes et trois petites pentes, couronnement de cartisanes… S'ensuivent soubassements, bonnes grâces et grands rideaux, bordure et crêtes, franges de soie nuée doublée de gros de

Tours bleu, garniture de plumes, les tringles tournantes, voussures… »

Entre les cantonnières et les franges, les tapissiers n'ont pas dû chômer.

Pour gravir la couche royale, « un marchepied à deux marches ». Le matelas est perché… Une marche « normale » mesure entre onze et quatorze centimètres, j'ai mesuré celles de mon immeuble, sous l'œil étonné de la concierge. Le lit est haut d'un mètre. Les marches doivent donc mesurer vingt ou trente centimètres. Rien n'est de taille normale ici. L'échafaud sera encore plus haut. Onze marches. M.A. commence et finit sa vie en montant des marches. Deux, puis onze. Les unes sont sculptées dans un bois précieux couvert de tapisserie, les autres sont glissantes et en lambris de pin. Les unes et les autres furent gravies par la reine de France, puis par la veuve Capet.

Les meubles et objets sont connus des visiteurs habitués : éléments de cheminée – livrés neufs pour M.A. –, serre-bijoux de Schwerdfeger, bras-de-fer à quatre branches, tables à écrire de marqueterie, une chiffonnière en mosaïque, un canapé de gros de Tours broché, médaillons, guirlandes, etc., des sièges en partie livrés pour la visite du roi de Suède, Gustave III, portières, tapisseries, rideaux, des kilomètres de tissus soyeux brodés à la main…

Voilà le nid d'amour du roi et de la reine. Nid public puisqu'elle devra accoucher au milieu des courtisans agglutinés. Résultat, elle s'évanouira lors du premier enfantement, tant leur présence dégageait gêne et chaleur. C'est dans ce lit, dans cette atmosphère écrasante, dans cette chambre à quatre portes, six battants, qu'une quinzaine d'enfants de France ont vu le jour.

Les doubles portes se font face, tandis que les deux autres à un seul battant entourent le lit et mènent aux appartements privés. Ce n'est pas une pièce tranquille, c'est un passage en plein milieu d'une enfilade. Le lieu est gardé par des hommes armés, quatre au moins, nuit et jour. L'acte d'amour doit s'accomplir là, dès le soir du mariage.

Le repas terminé, les jeunes mariés sont conduits dans la chambre nuptiale, celle de Marie-Antoinette. Les courtisans suivent à pas mesurés, traversent salles et galeries. Là attend l'archevêque de Reims qui dit quelques prières, bénit les draps et le dessus-de-lit brodés. Le Dauphin et la Dauphine sont presque nus. Il fait froid ce 16 mai 1770 à Versailles, la pluie et l'orage ont empêché le feu d'artifice et précipité l'heure du coucher.

M.A. est déshabillée par ses dames. Avec ses mains, elle tente de dissimuler ses seins. Le roi passe sa chemise de nuit au Dauphin, la duchesse de Chartres à la Dauphine. Mari et femme grimpent dans leur lit en présence de toute la Cour, afin de montrer qu'ils partagent bien la même couche. Mais il ne suffit pas de dormir ensemble. Louis XVI, élevé par des éducateurs dévots, a le sang bleu mais pas chaud.

Avant de fermer les rideaux, Louis XV se penche sur son petit-fils pour l'échauffer, murmure à son oreille des plaisanteries gaillardes qui ne le font pas sourire, mais bien au contraire augmentent son angoisse. Il regarde son grand-père qui doit mettre en pratique ses conseils avec la Du Barry et cela contribue à lui glacer le sang plutôt qu'à l'exciter. Marie-Antoinette a quinze ans. Hier encore, elle se roulait par terre avec son chien. Elle est pétrifiée et aussi inexpérimentée que son mari. Personne n'est là pour la réconforter. Au-dessus des deux adolescents, le visage ascétique de l'archevêque, celui, grivois, de Louis XV et la grimace de l'austère duchesse de Chartres. Telle est l'ambiance qui entoure le jeune couple.

Il est tard. Les rideaux du lit sont tirés. Ils sont plongés dans la pénombre. Les masques disparaissent, l'assistance s'éclipse à reculons, la porte se referme. Ils sont seuls, ils sont intimidés, c'est la première fois pour l'un et pour l'autre. Ils se demandent si tous sont partis, si un courtisan, un domestique ne traîne pas quelque part pour les épier.

La nuit ne leur appartient pas. La nuit appartient à la royauté.

Louis-Auguste s'est empiffré, il a le ventre lourd, il n'aspire qu'à dormir. Durant le festin, Papi lui a pourtant conseillé « de ne pas trop charger l'estomac pour cette nuit ». « Pourquoi donc ? » a répondu le Dauphin sans malice, « je dors toujours mieux quand j'ai bien soupé ! ».

Papi se désespère. Petit Louis n'ose même pas embrasser sa femme, de peur qu'elle ne s'attende à une suite. Il se retourne et pense au consommé aux xérès garni de quenelles, à la bisque d'écrevisses à la Nantua, aux paupiettes de saumon aux huîtres, à la tourte de ris-de-veau Montglas, aux beignets de béatilles du couvent – gratiné de ratafia – escalopes de dinde à la Rameau – foie d'oie frais aux raisins des serres de Versailles. Le foie est dressé sur des croûtons frits beurrés et nappés avec de la sauce, le pâté d'anguilles est servi en brioche. Les anguilles remontent un peu, elles ne lui réussissent pas bien, il rote. Devant ses yeux défilent encore la salade de laitue aux truffes, les soufflés aux fromages des marchés de Savoie – gougères au Saint-Germain, si goûteux, si onctueux –, la bombe glacée royale, pour se rafraîchir avant les croquembouches aux fruits confits… C'était bon… tout cela arrosé de tokay, ce vin de Hongrie, son favori. Arrière-grand-papa Soleil l'appelait « le roi des vins et le vin des rois ». Il est repu, un peu ivre. Les plats se succèdent sous ses paupières mi-closes. Il en a oublié la Dauphine.

M.A. ne boit pas. Louis XV a tenté de lui faire goûter du champagne « tranquille » mais comme elle savait que la Pompadour adorait « ce nectar qui, selon elle, laissait les femmes belles », elle s'est contentée de son eau de Ville-d'Avray. Pour dormir, si son mari compte les fromages, il ne lui reste plus qu'à égrener les moutons. En allemand. Soudain, elle ne sait plus compter en français.

La magie de la langue la transporte dans sa chambre auprès de sa sœur Marie-Christine. Leur gouvernante leur avait appris à compter les *Schafe*, moutons, pour s'endormir : *Eins, zwei, drei… Prozent.* Au centième mouton, Antoinette ne dort toujours pas.

Dans la pénombre, elle jette un regard sur le dos de son mari. Une montagne. Le tonnerre gronde, les ronflements déchirent l'atmosphère et la maintiennent en éveil. Où est-elle ? Encore dans le carrosse capitonné qui l'emmenait à Paris. Non, elle aurait fait demi-tour. Elle aurait supplié si elle avait su. Elle se souvient intriguée du portrait du Dauphin. Elle le tenait contre son cœur, prête à l'aimer. La peinture laissait supposer une certaine délicatesse de forme et d'esprit, ses rêves de jeune fille s'en étaient emparés. Quand elle l'aperçut, lourd, grand comme un géant, la mine rougie par le rhume et le grand air – il avait pris froid à la chasse –, ses espoirs s'évanouirent. Le peintre avait embelli son royal modèle. La réalité était différente. L'homme en face d'elle était celui que lui imposaient sa mère, son pays, sa condition d'archiduchesse d'Autriche.

La voilà dans son lit. Reine bientôt. En attendant, il ronfle. Elle se tient si éloignée de Louis qu'elle manque tomber du lit. Jamais elle n'a pensé qu'un homme pouvait respirer si fort avec le nez. Sa mère aurait dû l'avertir. Comment raconter sa nuit ! Le pressentiment qu'elle ne reverra plus jamais sa famille, ni le pays de son enfance, la traverse. Et soudain, elle pleure doucement, aucun des siens ne sera plus là pour la consoler. Elle ne s'est jamais sentie aussi seule que derrière ces rideaux, dans ce lit, avec cet homme qui dort. Elle voudrait dormir, elle aussi, mais les ronflements du sire l'en empêchent. Espérait-elle trop de cette rencontre ? Que sait-elle de la vie de couple, mis à part celle de ses parents, si heureux dans leur intimité ? Il ne suffit donc pas d'être marié pour que le bonheur s'installe. Rien de magique. Il ne suffit pas d'embrasser pour ressentir l'extase. Louis l'a déjà embrassée, mais sur les joues et devant beaucoup de monde. Jamais seuls dans une pièce. Tant mieux. Elle n'a pas envie de ses étreintes. Après tout, lui aussi a peut-être été déçu. Le pastel réalisé par Joseph Ducreux était-il trop avantageux ? Elle a treize ans, le regard bleu pâle, elle porte une robe cendre comme ses cheveux, elle esquisse un sourire, bouche fermée, pour cacher ses dents « mal rangées » – comme sa mère le déplorait. Elle est maigre, son corps n'a pas les appétissantes rondeurs d'une Du Barry, son aînée de douze ans. Comment se montrer enthousiaste face au choix imposé ? Elle se souvient de sa terreur à mesure que le carrosse approchait de la forêt de Compiègne : elle allait découvrir celui avec qui il lui faudrait vivre.

Où sont les yeux rêveurs du médaillon de Hall ? Au premier regard, elle a compris. Il sera roi, mais jamais prince charmant.

Elle se retourne encore. *Eins, zwei, drei*... ça ne marche pas.

Elle se demande, affolée, si tous les soirs ils auront droit au même cérémonial. L'archevêque, la prière, le froid, la nudité, la duchesse de Chartres, le roi… ? Mercy lui avait récemment expliqué l'étiquette stricte de la cour de France et sa nécessité selon le Roi-Soleil, qui considérait que le peuple sur lequel il régnait ne pouvait pénétrer le fond des choses. Que le peuple règle donc son jugement sur ce qu'il voit. « Et c'est le plus souvent sur les préséances et les rangs qu'ils mesurent leur respect et leur obéissance. » Louis XIV, plus d'un demi-siècle après sa mort, dicte encore les règles.

Eins, zwei, drei… Le roi ne s'occupe pas d'elle. Avant son départ, elle a dormi pendant deux mois dans la chambre de sa mère qui ne lui a pas dit en quoi consistait le mariage. Elle la tenait serrée dans ses bras en silence, parce qu'elle savait, cette mère, qu'elle ne reverrait jamais plus sa fille.

Comment s'est passée la nuit de noces du Dauphin et de la Dauphine ?

La Cour s'inquiète. Les espions rôdent. Le Dauphin inscrit dans son journal à la date du 17 mai 1770 :

« Rien. » Selon un mot, bientôt historique : Rien.

Rien, la nuit de ses noces, rien le jour de la prise de la Bastille…

Le journal de Louis XVI est un compte rendu de ses chasses et des événements. Ni son mariage ni la

Révolution ne sont pour lui des événements. Détachement ? Manière de balayer l'angoisse quand la pression est trop forte ? Cela ressemble déjà à un état dépressif.

J. évoquerait dans son jargon de médecin « un dysfonctionnement érectile, une incapacité à maintenir une érection suffisamment ferme pour l'accomplissement de l'acte sexuel », « la perte de confiance en soi qui peut entraîner des troubles du désir, une atteinte à la virilité, un frein à l'épanouissement sexuel et personnel ». Je l'entends comme s'il était à mes côtés. Sans doute le grand-père séducteur et libertin a-t-il aggravé la situation avec ses conseils graveleux.

Si le sommeil est une fuite, le futur roi est le champion du monde de l'esquive. Il « a bien dormi », selon ses mots. Il dormira bien, aussi, la nuit qui précède son exécution. Il quitte la couche conjugale de fort bonne heure pour se rendre à la chasse, comme si de « rien » n'était. Comme si « rien » de particulier n'avait changé, comme si une femme, la sienne, n'avait pas partagé sa couche ; il ne renonce à rien de sa vie de garçon.

La noce terminée, il retourne dormir dans son appartement. Si cette première nuit appartient à l'étiquette, la deuxième et les suivantes lui incombent.

Il retarde le moment de réapparaître devant la Dauphine. Cette attitude que tout le monde prend pour une faiblesse fait sa force. Il résiste. Il décide. Louis XV lui a imposé une reine. Louis XVI attend de l'aimer pour en faire une femme. La sienne.

Mariage imposé, soit, mais ni M.A. ni Louis ne semblent disposés à se laisser manipuler jusqu'au bout.

La Cour s'interroge. Voyeurisme insupportable. La vie privée du jeune couple appartient à la politique. Le destin de tout un pays dépend de la naissance d'un héritier. Tout se sait à Versailles, les confidences font le tour du palais, les correspondances sont ouvertes, le journal du roi est lu à son insu. Très vite, on se demande si le roi n'est pas impuissant. La mésaventure privée devient affaire d'État. Le comte de Fuentes, ambassadeur d'Espagne, le comte de Mercy-Argenteau, ambassadeur d'Autriche, le duc de Choiseul, ministre des Affaires étrangères, supposent une sorte de frigidité morale du roi. Mesdames Tantes, Adélaïde, Victoire et Sophie, bien que vieilles filles, définitivement écartées des galanteries par la petite vérole, s'en mêlent comme des expertes. Elles conseillent à Marie-Antoinette de provoquer son époux. M.A. promet de coopérer à ce qu'elle nomme les « agaceries » du roi.

L'impératrice d'Autriche, alarmée par la nouvelle de la non-consommation du mariage, consulte van Swieten, l'archiatre, médecin du monarque à la cour de Vienne pour lui exposer le cas de son beau-fils. N'existerait-il pas quelque drogue pour le revigorer ? Il faut à tout prix sauver cette alliance. L'archiatre établit une ordonnance. Marie-Thérèse prodigue des conseils pour éveiller le corps du roi : « Caresses et cajolis. » Mais là encore un bon dosage est nécessaire. Attention, prévient la mère

« trop d'empressement gâterait tout ». Qu'elle se rassure sur ce point. Antoinette n'a pas envie de passer à l'action. Quel intérêt de partager sa couche avec un homme qui prend de la place, ronfle, la réveille en partant à la chasse ? Quand il tente d'accomplir son devoir d'État, le moment s'avère non seulement infructueux, mais déplaisant.

Face à l'affolement général, M.A. tente d'obtenir des confidences de son mari. Que se passe-t-il ? Louis, bien que gêné, ne se dérobe point aux questions que lui pose son épouse. Pour ne pas perdre la face, il avance « s'être fixé une règle de conduite et que le terme qu'il s'était fixé arrivait et qu'il vivrait à Compiègne avec elle dans la plus grande intimité ».

Rien ne se passa à Compiègne, pas plus qu'à Versailles.

Selon Georges Androutsos, Louis aurait confié à sa femme « qu'il s'était senti un penchant inconnu jusqu'alors, que le soir de leurs noces il s'était proposé de consommer leur mariage, mais qu'un mouvement de crainte l'avait retenu… et qu'il s'apercevait cependant que l'amitié et la confiance prenaient le dessus et qu'il était résolu à se procurer le bonheur de l'intimité parfaite avec elle ».

Louis-Auguste cerne avec justesse son empêchement. « Un mouvement de crainte… » Cette peur-là n'est pas facile à avouer.

Le roi Louis XV attend deux ans (le 28 octobre 1772) pour convoquer les jeunes époux dans son cabinet. Une fois que les deux tourtereaux sont assis en face de lui, il exige une confession exacte sur leur degré d'intimité conjugale. On peut imaginer leur embarras, confrontés au grand-père libertin qui n'a pas peur de nommer les choses par leur nom. Louis, penaud comme un petit garçon, jure devant son épouse « qu'il a bien fait des tentatives pour consommer son mariage, mais qu'il s'est toujours trouvé arrêté par des sensations douloureuses, qu'il ignorait si cela tenait à un défaut de conformation ou à d'autres causes ». Louis XV regarde la Dauphine, il a du mal à comprendre les empêchements de son petit-fils. Marie-Antoinette rougit. Le roi se frotte le menton, cherche à comprendre. Selon Mercy, deux jours après l'entrevue, Louis XV aurait examiné lui-même son petit-fils. La scène aurait été du plus haut comique si elle n'avait été aussi pathétique. Louis baisse sa culotte, le grand-père approche le royal pénis.

Le vieux roi ausculte lui-même son petit Louis pour en avoir le cœur net. Il regarde, soupèse et découvre « que le très petit obstacle qui subsiste n'est qu'un accident fort commun aux adolescents et qui n'exige même pas d'opération ». Il lui explique à nouveau la marche à suivre, l'insistance nécessaire en cas de résistance, et le Dauphin promet de remplir « les devoirs de son état ».

Le vieux roi est mort le 10 mai 1774, avant que son petit-fils parvienne à « faire son devoir », sans savoir qu'il faudra encore attendre trois ans avant qu'il surmonte ses frayeurs.

Les déboires conjugaux de M.A. et Louis XVI passent les frontières. Les cours de toute l'Europe s'en amusent. Il fallut attendre 1777 pour que Joseph II vînt en aide à son beau-frère. Si sa sœur était « la femme qu'il préférait au monde », un mariage sans enfants mettait en péril sa situation et compliquait les relations de l'Autriche, de la Hongrie et de la Bohême avec la France. Personne ne devait oser s'adresser au roi de façon familière, à part le maître forgeron qui le traitait en apprenti. Louis XVI avait besoin de se confier. Son grand-père était mort et ses conseils s'étaient révélés inefficaces. Son beau-frère arrivait à point. Les deux hommes pouvaient se parler en confiance. Après deux heures de tête-à-tête dans le bureau du roi, Louis XVI parvint à se libérer. Si l'on en juge par la lettre que Joseph écrivit au grand duc de Toscane, le roi s'épancha sans gêne. Telle est la retranscription de Joseph : « Il a des érections fort bien conditionnées, il introduit le membre, reste là sans se remuer deux minutes peut-être, se retire sans jamais décharger, toujours bandant, et souhaite le bonsoir. » Joseph avait du mal à comprendre… car le roi évoque par ailleurs « des pollutions nocturnes, mais en place ni en faisant l'œuvre jamais. Et il est content, disant tout bonnement qu'il ne faisait cela que par devoir et qu'il n'y avait aucun goût ». Joseph s'agace. Il conte dans le détail cet entretien, aussi intime et violent soit-il, au grand-duc et lui avoue qu'il aurait aimé être présent, au moins une fois, pour « l'haranguer ! ». « Il faudrait le fouetter pour le faire décharger de colère comme les ânes. Ma sœur avec cela a peu de tempérament et ils font deux francs maladroits ensemble. » Joseph en conclut que Louis XVI ne serait pas « impuissant ni de corps, ni d'esprit, mais le *fiat lux* n'est pas encore venu, la manière est encore en globe... ». Tel est le rapport du grand frère venu prêter main-forte... Je frémis devant tant d'impudeur, de secrets d'alcôve trahis.

Son devoir de conseiller matrimonial serait incomplet s'il ne s'était aussi entretenu sur le sujet avec sa sœur, comme il l'avait promis à l'impératrice, leur mère. Il commença par l'effrayer en parlant de répudiation : la naissance d'un héritier mâle était nécessaire pour l'alliance comme pour l'équilibre de l'Europe. Ce dont parlent moins les biographes de la reine, c'est de son problème à elle. On l'évoque plutôt chez les biographes de Louis XVI.

M.A. souffrirait « d'une étroitesse du chemin ». Un vagin trop étroit en termes plus triviaux. Un homme décidé aurait pu tracer sa route. Certains préfèrent la rendre responsable de ne pas avoir accepté « une simple incision de l'hymen... » « qui aurait permis de débrider l'obstacle jusqu'alors infranchissable à cause de la douleur occasionnée sur le prépuce du roi, et de lui laisser ainsi libre cours ».

Qui est coupable ? Le barrage de la reine ou le phimosis du roi ?

Louis était inhibé, Marie-Antoinette immature. Ni

circoncision ni hyménotomie n'eurent lieu à Versailles. Le grand frère, après avoir conseillé le roi – et cela aurait suffi –, réprimande la petite sœur : « Plus de gloriole, de froideur, plus de lit à part, de parties nocturnes, de jeux, de frivolités, de "saloperies" lues dans les romans sentimentaux. » Il gronde en ces termes M.A. et cette fois M.A. semble entendre. Quelques jours après son départ, le couple devient un couple à part entière... Marie-Antoinette tombe enceinte. La voilà femme. Faut-il remercier Joseph ?

L'humiliante situation avait duré sept années. Elle a affaibli le roi. Mais la reine n'a pas perdu son goût pour les sorties pour autant. Trop longtemps elle a préféré passer pour une femme volage plutôt que pour une épouse délaissée. Le pli est pris.

La question de savoir si le roi a rendu une visite nocturne à la reine passionne toujours la Cour, au-delà de l'importance politique du sujet. Mercy d'Argenteau tient une comptabilité des menstruations de la reine. Les femmes de chambre continuent de surveiller les draps. Les courtisans épient, commentent. À quel moment ont lieu leurs supposées étreintes ? La nuit, il dort chez lui. Il est un homme du matin... Elle ne trouve pas le sommeil et s'organise une seconde vie après onze heures, l'heure à laquelle il souffle sa chandelle. Que peut-il faire d'autre ? La danse ? Il est incapable de se mouvoir en cadence. Le jeu ? Il possède un royaume, comment gagner quelques écus pourrait-il l'exciter ? Comment empêcher M.A. de sortir, alors qu'il est coupable de ne pas l'avoir satisfaite pendant tant d'années ?

Pourquoi Louis XVI a-t-il si longtemps boudé le lit de Marie-Antoinette, « la grâce en personne » ?

Elle lui faisait peur. Comment une petite fille de quinze ans, intimidée par Versailles, pouvait-elle l'effrayer ? Il est à peine plus âgé qu'elle. Sa peur est plus ancienne, plus profonde... Ses tantes et sa grand-mère détestaient les Autrichiens, elles les considéraient comme des ennemis. Il est probable que si Marie Leszczynska avait vécu, elle aurait été contre l'union de son petit-fils avec la fille de l'impératrice d'Autriche, pour des raisons politiques, mais aussi parce que Mme de Pompadour, maîtresse de son mari, avait œuvré pour un rapprochement avec l'Autriche et une alliance entre les enfants des deux pays. Louis-Auguste, qui n'est pas un libertin, a pris le parti de sa grand-mère. Moins politique et plus sentimental que son grand-père, il aurait inconsciemment résisté au choix qui lui était imposé. Rébellion d'autant plus facile à respecter qu'il n'est pas porté sur le sexe. Il ne peut considérer la reine comme un ventre et ne cherche pas la consolation en dehors du mariage.

M.A. aime les bals, bals masqués pour l'anonymat, pour devenir une autre le temps d'une soirée et le semblant de liberté que cette sensation lui procure. Elle aime le jeu comme d'autres l'alcool. Et plus elle perd, plus elle vibre. Plus la sensation est forte. Elle compense avec les cartes la jouissance qui manque à sa vie. Elle, si gâtée, ne peut frémir qu'en perdant beaucoup, beaucoup d'argent. Ce qu'elle ne manque pas de faire ; en toute ignorance de ce qui se trame au-delà des grilles du palais. Elle joue sa réputation, ce qui lui coûtera plus cher que les millions qu'elle perd. Elle cherche le précipice. L'extase dans la chute. Comme elle ne la trouve pas, elle insiste, elle mise et remise au pharaon, il faut perdre beaucoup pour frissonner. Elle commande des robes, des bijoux, des accessoires, dépasse son budget, devient la reine la plus dépensière de l'Histoire.

Mais qu'importe, il faut choquer, frapper fort, monter son chignon haut, jamais assez haut, qu'il atteigne des sommets comme l'extase. Que Léonard se débrouille, qu'il fasse tenir postiches, plumes et diamants, beaucoup de diamants, il faut stupéfier, provoquer, compenser.

Montrer aux yeux de tous que l'essentiel lui manque. Sa mère lui renverra son portrait : elle y a reconnu une actrice, pas une reine.

Pourquoi se comporterait-elle comme une reine ? Que lui donne-t-on en échange ? Les contraintes, l'étiquette : habillage, déshabillage, messe, lecture, courrier, visites aux tantes… Sans ses amis, elle ne survivrait pas. Louis XVI laisse faire, il a trop peur qu'à la moindre remarque, elle lui oppose son manque de virilité.

Il se doute qu'il l'a déçue, qu'il l'a frustrée.

Il se doute qu'elle ne supporte pas les moqueries, dont elle se plaint auprès de sa mère. Il ne sait pas qu'elle le traite de « pauvre homme » quand trop de vaines et humiliantes tentatives se succèdent qui la laissent désespérément triste.

Et puisqu'il n'est pas roi dans le lit, pourquoi seraitelle reine ?

N'est-ce pas là, dans la couche, que le couronnement d'une femme s'accomplit ? Pourquoi se plier à l'étiquette, aux contraintes d'une souveraine, alors qu'elle ne l'est pas vraiment ? Pourquoi donner si elle n'a rien reçu ? Alors, elle jouit en jouant avec ses nouveaux camarades. Elle retourne dans le monde de l'enfance, puisque celui des adultes lui est inaccessible.

Le lit, affaire des médecins

La cour de Versailles ne ressemble pas à celle d'Autriche. Pas de chambre commune, pas de lit « propice aux caresses et aux confidences… », comme celui de l'impératrice d'Autriche. Mais deux chambres d'apparat symétriques.

Quand M.A. était dauphine, les allées et venues de Louis étaient aisées à dissimuler. M.A. était logée au rez-de-chaussée. Il suffisait au Dauphin de franchir un escalier intérieur, un petit bout de couloir à l'abri des regards pour rejoindre sa femme. Il n'abusa point de cette facilité.

M.A. prit dès 1771 possession des appartements de la reine, au premier étage.

Son mari devenu roi, les choses se compliquent. Louis XVI loge désormais à l'autre bout du bâtiment central. Pour rendre visite à sa femme, il faudra traverser les salons, le fameux œil-de-bœuf où les courtisans s'agglutinent curieux du mystère de la couche royale. Mercy, le mentor, l'ange gardien, qui avait intérêt à favoriser la naissance d'un héritier, propose de construire un couloir intérieur afin de relier les chambres des époux. Le couple, désireux avant tout d'échapper à la surveillance des curieux, accepte cette initiative.

Mais les aménagements ne changent rien. Louis XVI et M.A. vont passer leur temps à se croiser.

Au début, M.A. attend le roi. Mais le roi ne vient pas. Elle s'ennuie. Il reste dans son lit. Quand le chat dort, la souris danse.

Quand le roi se hasarde à venir, elle n'est plus là et c'est lui qui l'attend.

Il s'endort, elle le réveille.

Alors, il émigre à nouveau dans ses appartements. C'est un chassé-croisé, tels deux patineurs, ils l'exécutent à la perfection sans jamais se toucher.

M.A. aurait pu suivre les conseils de sa mère, se coucher aux mêmes heures que son mari. Dormir ou attendre de dormir. Mais les tentatives sexuelles avortées l'ont déçue. Il est probable qu'elle les redoute. Elle préfère jouer aux cartes, danser, aller à l'Opéra, oublier.

Elle s'est constitué un groupe d'amis. La princesse de Lamballe est la première, elle la remarque dès 1770. L'amitié, l'amusement ont fini par l'aider à accepter sa mauvaise fortune, et même à y trouver des avantages. La maternité pourrait la réduire au rôle peu enviable des reines de France. M.A. continue de mener sa vie. La crainte d'être répudiée brandie par sa mère ne la touche pas. Le roi n'a pas de tempérament. Et elle sent bien la fascination grandissante qu'elle exerce sur lui.

Ainsi va leur vie.

À onze heures, le grand maître de la garde-robe et les valets de chambre ont déjà préparé le roi pour la nuit, l'aumônier lui a dit la prière du soir, l'assistance peut se retirer.

À onze heures les milliers de chandelles de cire blanche s'allument : la reine pénètre, en tenue d'apparat, coiffée par Léonard, habillée par Rose Bertin, dans la galerie du château de Versailles. L'assistance est subjuguée.

Il est moins embarrassant d'accuser l'insouciance féminine plutôt que l'impuissance masculine. Les médecins préfèrent évoquer un phimosis, c'est-à-dire une malformation génitale, plutôt qu'un blocage psychologique. La psychanalyse n'existe pas encore. Descartes en a pressenti les bases, mais la méthode est loin d'être établie. Le lien entre le corps et l'esprit commence à faire son chemin, mais pas de façon percutante. Louis XV déjà se posait des questions de cet ordre au sujet de son petit-fils à peine adolescent.

Alors qu'un rhume empêche le Dauphin de suivre son grand-père à la chasse, le roi en profite pour le faire examiner par La Martinière, son chirurgien. Ce brillant anatomiste devait s'assurer qu'il n'existait pas chez Louis « quelque défaut naturel » qui s'opposerait à la consommation du mariage comme chez son autre petit-fils, Ferdinand, l'infant de Parme. Cette idée n'est donc pas nouvelle. Louis XV l'appréhendait déjà avant la venue de l'archiduchesse... Mais de quoi souffre au juste Louis-Auguste ? D'une puberté retardée ? Frigidité psychique, blocage névrotique, peur des femmes... ? Sa mère, Marie-Josèphe de Saxe, était une femme douce, elle formait avec son père, Louis-Ferdinand de France, un des couples les plus solides de l'histoire de France. Ils ont eu sept enfants. Mais l'un et l'autre ont disparu jeunes. Ils n'ont pas vu leur enfant grandir. En moins de six ans, Louis XVI perdra son père, sa mère et son frère aîné. Il est élevé par des précepteurs. Ce qui explique peut-être son caractère peu enjoué. Pas le reste. Il est à noter que les époux sont issus de familles unies, ce qui est rare à l'époque.

Louis XV rassure son petit-fils et lui explique les raisons de cette auscultation : il veut simplement s'assurer « qu'il n'a pas besoin d'une petite opération... dont votre cousin aurait peut-être aussi besoin et qui est assez commune... ». Les chirurgiens de l'époque sont plus avancés que les médecins. Ils tuent aussi, mais beaucoup moins. Mais La Martinière ne remarque rien d'anormal : le sexe royal est, selon lui, en parfait état de marche. Alors faut-il parler d'impuissance ?

En 1771, Marie-Thérèse envoie un médecin hollandais, Ingenhaus, pour en savoir plus. Mais le médecin n'est pas autorisé à examiner Louis. À première vue,

Louis XVI lui apparaît en bonne forme, sous-entendu «apte à procréer...». Marie-Thérèse n'en reste pas là. Elle demande l'avis de son médecin personnel. Selon lui, le problème viendrait plutôt de la jeune épouse qui ne parvient pas à éveiller le désir du roi. L'impératrice d'Autriche réfléchit, sa fille mettrait de la mauvaise volonté à l'ouvrage ? À moins que Louis XV l'ait trompée «sur la marchandise» ? L'impératrice a envoyé une princesse vierge, réglée, apte à la procréation, en échange de quoi Louis XV lui offre un dauphin, puceau engourdi, mélancolique préférant l'horlogerie, la chasse et les victuailles aux hommages qu'il doit à son épouse !

L'impératrice s'agace, et Louis XV en est plus ou moins averti. Alors, de son propre chef, il fait venir le docteur Lassone. Et il faut encore que le pauvre Louis XVI raconte l'histoire ridicule de l'homme qui veut sauter sa femme mais ne peut pas. Et encore subir l'interrogatoire, supporter l'indiscrétion des questions : dure ou pas dure ? Dure jusqu'au bout ou en perte de vitesse au milieu du parcours ? Et la reine est-elle trop serrée ? Trop sèche... ? Met-elle de l'ardeur à l'ouvrage ?

On peut imaginer la difficulté pour ce roi de dévoiler sa vie intime. D'ailleurs, il n'en parle à personne. Mis à part à son grand-père et aux hommes de l'art quand il est convoqué par eux comme un prévenu, pour non-outrage sur la personne de la reine.

Ironie du sort, ce roi impuissant sera condamné pour «sa puissance» par Fouquier-Tinville. Mais nous n'en sommes pas encore là. Cette fois, c'est au tour de Lassone de jeter un coup d'œil sur la chose. Une fois encore, le roi baisse sa culotte, dégaine le royal pénis, et se laisse ausculter. Lassone à son tour examine et s'étonne, lui aussi : le pénis est prêt à l'emploi, « aucune malformation du frein du prépuce, trop court pour permettre au gland de se découvrir ». Donc l'opération n'est pas nécessaire. Alors à quoi peut bien être due l'incapacité de Louis XVI à pénétrer sa femme ? La timidité ? Ils sont mariés depuis des années. Un tempérament froid ? Son patient a le sang si bleu qu'il en deviendrait glacé. Trop de mariages consanguins engendrent des anomalies. Car les unions entre cousins germains multiplient les risques. Un seul des six enfants de Louis XIV et Marie-Thérèse d'Autriche a survécu. Les époux étaient doubles cousins germains : le père de Louis était le frère de la mère de Marie-Thérèse et sa mère était la sœur du père de son épouse. Louis XVI aurait hérité de mauvais gènes, comme son cousin, don Ferdinand, et son frère, le comte de Provence. On en parle moins à la Cour, mais lui non plus ne peut avoir d'héritier. Pour tromper son monde, il entretient une favorite, dame de compagnie de sa femme – Anne de Caumont La Force – et parie sur la stérilité de son frère pour accéder au trône… Lassone prescrit des pastilles de quinquina, des grains de Mars et du fer pour fortifier le roi. Louis XVI a beau en avaler des fioles entières, le fer ne suffira pas.

C'est au tour de M. Moreau, docteur du roi, sommité

de l'Hôtel-Dieu, grand chirurgien, de venir se pencher, le 15 janvier 1776, sur le sexe royal. Et rebelote, on ferme les portes. Louis XVI est à bout. « Sa Majesté peut-elle consentir à baisser sa culotte ?... » Sa Majesté s'exécute. C'est devenu une habitude. Culotte à terre, l'auscultation commence : tirer sur la peau, tout cela coulisse bien, la peau du pénis est un tout petit peu soudée, mais pas au point d'enrayer le mécanisme... puis arrive le moment le plus redouté de l'interrogatoire : « Comment Sa Majesté s'y prend-elle ?... » Sa Majesté explique, les caresses, la marche avant, la douleur, la marche arrière... le dégonflement... Le médecin se gratte la tête, examine une fois encore le pénis, non, aucune trace de phimosis, et il confirme le diagnostic de ses confrères. L'opération n'est pas nécessaire. À la suite de quoi, Marie-Antoinette put écrire à sa mère : « Il a dit à peu près comme les autres, que l'opération n'était pas nécessaire et qu'il y avait toute espérance sans cela... »

Alors pourquoi la plupart des livres évoquent-ils une malformation génitale, un phimosis qu'une circoncision aurait libéré ? Comment ce mystérieux frein aurait-il échappé à l'œil expert de La Martinière ? Au docteur Moreau ? Pourtant on ne trouve aucune trace de l'opération. Il faut croire que cet empêchement, assez répandu chez les adolescents, a naturellement disparu, au bout de sept années de tentatives, dans le feu de l'action.

L'hypothèse du phimosis ne tient pas la route. On peut imaginer que s'il avait éprouvé une attirance pour sa femme, le roi aurait eu envie de se délivrer – par une minuscule opération chirurgicale – et de devenir un homme à part entière. Il est probable que cette hypothèse a été inventée pour protéger l'honneur de Louis XVI.

Ses contemporains le décrivent comme un garçon lourd de corps et d'esprit, lent dans ses gestes et ses paroles, ayant besoin de beaucoup de sommeil. Si j'avais été un de ses archiatres, quelles auraient été mes conclusions ? Je n'en sais rien. Alors j'ai appelé J. Après quelques boutades, il consent à me livrer son diagnostic, différent de celui que j'avais imaginé. Selon lui, ainsi présenté, le jeune roi aurait souffert d'un syndrome de retard pubertaire, un engourdissement des fonctions glandulaires entraînant une indifférence au sexe féminin. Cependant, dit-il, la plupart du temps, dans les retards pubertaires, l'homme garde ses testicules infantiles. Mais aucun de ses nombreux médecins, ni son auguste grand-père, n'a signalé cette anomalie chez Louis.

Des sportifs de haut niveau, présentant des cas similaires, se sont allongés sur le divan de J. qui en était arrivé à la conclusion que la pratique sportive intensive, par sa libération d'endorphines, peut contrarier la sécrétion d'hormones et retarder la puberté.

La chasse, l'équitation à haute dose auraient pu être une des causes du manque de tempérament de Louis XVI.

Louis XVI est gros. Ce qui n'arrange rien.

J. souligne encore que l'obésité est une des premières causes des problèmes érectiles. Tous ces facteurs, équitation, surpoids, diabète probable, associés aux causes psychologiques, n'augurent pas le meilleur des amants. Et l'échec appelant l'échec, il est probable que la peur de la prochaine tentative ne facilite pas l'affaire.

La rencontre, le romantisme, la cristallisation, le cœur qui bat, l'interdit… M.A. partagera ces émotions avec un autre, un comte suédois, colonel attaché à l'infanterie allemande, expert en galanterie, « la plus belle figure de son temps », selon Gustave III : le comte Hans Axel von Fersen.

Le lit, affaire privée

Le lit privé de M.A. se trouve dans sa chambre de Trianon. Un lit à une place. Une façon explicite de faire savoir à son mari qu'il n'est pas le bienvenu dans cette demeure, qu'il lui a pourtant offerte en 1774, comme « un bouquet de fleurs ». Quand Louis XVI rend visite à sa femme, il doit repartir au château pour dormir dans ses appartements. Un soir qu'il s'éternisait, M.A., avec la complicité joyeuse de ses invités, se joua du roi et avança les aiguilles de l'horloge…

Mais ce qu'elle cherche, c'est avant tout « une chambre à soi ». Une seule aurait suffi. Un pas vers la tranquillité. Loin de ces insupportables cérémonies de lever et de coucher. Le lit disparaît sous des oreillers brodés et les dentelles de fil blanc qui tombent en cascades jusqu'au parquet. Sur les murs sont peints des bouquets de pavots mêlés à mille fleurettes, « le meuble est de poult-de-soie bleu uniquement recouvert de duvet d'eider. Des écharpes frangées de perles et de soie de Grenade nouent les rideaux ». Ces précisions appartiennent aux frères Goncourt. Mais à Trianon, la reine ne veut plus être reine. Trianon, c'est son goût, son espace de liberté. Après quatre années enfermée à Versailles, elle étouffe. Et se réfugie dans un lit de petite fille dès qu'elle trouve un prétexte : ce sera la rougeole. La couche de la reine est à Versailles. Elle n'est pas autorisée à dormir sous un autre toit que le souverain.

Que se passe-t-il dans le lit de la reine à Versailles quand Joseph II débarque en 1777 ? Rien, toujours rien.

Sept années de mariage, déjà… Louis XVI, amoureux, tente toujours laborieusement de faire de Marie-Antoinette sa femme. L'entreprise est exténuante pour l'un comme pour l'autre et se solde inexorablement par un échec.

La reine ne trompe pas le roi, elle trompe l'ennui.

M.A. ment à sa mère, à Mercy, à Vermond. Sa bonne volonté s'est muée en mauvaise volonté. Accusée de ne pas être dans sa chambre, de jouer chez Mme de Guéméné, dont le salon n'a pas fière réputation. À quoi sert d'attendre ? Le roi ne vient pas, et s'il vient, il ne saura pas l'aimer. Elle préfère ne pas répéter ces situations où maladresse et ignorance cumulées provoquent des sensations douloureuses. Solliciter Louis ? Jouer avec ce grand et gros corps qui parvient à peine à se hisser dans le lit, tant il est lourd après le souper ? La Du Barry savait comment réveiller le désir d'un vieux roi. M.A. la déteste aussi pour ça. M.A. n'a pas cette science. N'est-elle pas assez « complaisante, douce, amusante » comme le lui recommande sa mère ? Il semble que dans cette vie sous contrôle, le naturel et la spontanéité des gestes de l'amour aient disparu.

Zweig met la faute sur Louis. L'amateur de femmes s'insurge, il se moque de son nigaud de mari, « triste César de l'amour » qui après sept ans de mariage n'a toujours pas « franchi le Rubicon ». Il demeure en panne d'un côté de la rive. Auguste Capet n'est pas Jules César. Il ne viole ni les lois, ni les femmes. Zweig s'indigne de l'humiliation subie par une jeune mariée auprès d'un homme incapable de l'aimer. Il défend M.A., il fonce, la disculpe.

Comment savoir si M.A. se refuse à son époux, comme certains l'affirment ? Je ne le crois pas. Elle n'a pas de stratégie, elle est une enfant quand elle se marie. L'ambition aurait été justement de donner un héritier au trône. C'est bien après, confrontée à sa situation peu banale, qu'elle jouira des privilèges de la monarchie absolue et de l'amusement.

Joseph accourt en sauveur « de la femme qu'il aime le plus au monde » : sa sœur. Il cherche à comprendre le problème de ce couple et une fois encore le pauvre roi va à confesse… On l'a dit, Joseph n'y est pas allé par quatre chemins, et s'est plu à être précis et à entrer dans les détails de l'acte comme il doit s'accomplir. Il apprend à Louis à faire l'amour comme il le ferait lui-même… Deux mois plus tard Louis XVI, bien averti, avoue enfin à ses tantes « beaucoup aimer le plaisir, et regretter de l'avoir ignoré pendant tant de temps ! ». On l'imagine prononçant cette phrase, la mine bêtassonne et réjouie.

L'ambassadeur d'Autriche confirme l'événement ! Louis XVI est animé ! L'Autriche est en liesse. Selon le médecin Georges Androutsos, l'affaire se déroula ainsi : « Le roi est venu chez la reine au moment où elle sortait du bain. Les deux époux restèrent ensemble près de cinq quarts d'heure ; le roi exigea avec les plus grandes instances que tout ce qui s'était passé entre eux restât secret et la reine dut s'y engager. Il n'y eut d'exception que pour le premier médecin Lassone, lequel, instruit par le roi de toutes les circonstances, n'hésita pas à affirmer positivement que le mariage était consommé. Le 30 août, Antoinette annonçait l'heureux événement à sa mère : "Je suis dans le bonheur le plus essentiel. Il y a plus de huit jours que le mariage est parfaitement consommé. L'épreuve a été réitérée et encore hier plus complètement que la première fois... Je ne crois pas être grosse encore, mais au moins j'ai l'espérance de pouvoir l'être d'un moment à l'autre." » « Le bonheur le plus essentiel... » L'expression est sibylline, elle pourrait signifier qu'Antoinette découvre le plaisir. Mais l'amour demeure pourtant une épreuve. Cette femme pudique n'hésite pas à le confier à sa mère. Son mari, à ses tantes. L'un comme l'autre sont fiers, après sept ans, ils sont parvenus à s'unir... Triomphe de courte durée. Dix jours plus tard M.A. écrit à sa mère : « Le roi n'a pas le goût de coucher à deux.» Amoureuse de Louis XVI ? M.A. ne l'a jamais été.

Marie-Antoinette tombe amoureuse pour la première fois en 1774, à un bal masqué à Versailles, lorsqu'elle rencontre Hans Axel von Fersen.

Si l'affaire Fersen est encore très commentée de nos jours, et a fait, on l'a vu, couler beaucoup d'encre en son temps, paradoxalement le Tribunal révolutionnaire ne fit pas grief à Marie-Antoinette de cet amant, et n'en rendit pas compte.

Ils sont nés la même année, lui le 4 septembre, elle le 2 novembre. Jamais elle ne s'est sentie aussi vivante. Il est brun, les yeux noirs, ténébreux. C'est elle qui fait le premier pas. C'est un séducteur, courtisé, qui sait se dérober aux avances, ce qui ajoute à son charme. Lorsqu'une belle blonde masquée s'approche de lui et l'invite à venir jouer aux cartes, il ne se doute pas qu'il s'agit de la reine.

M.A. va donner son cœur à Fersen, on le sait. Suffisamment de lignes ont été sauvées des différentes entreprises de destruction pour en attester avec la certitude «zweiguienne». Ils ont partagé pendant des années une relation amoureuse. Certains indices matériels laisseraient penser qu'il avait à sa disposition une chambre à Versailles, celle dont j'ai par hasard ouvert la porte. Probablement une autre sous les toits, au Petit Trianon. Aux

Tuileries, lors de leur dernière rencontre, le 13 février 1792, il a la clef. Il arrive de nuit, déguisé, dans le grand froid...

Peut-on imaginer que Marie-Antoinette donne son cœur et pas son corps ? Le manque, les sentiments ravivent leur passion. Et les amoureux se « manquent » beaucoup. Pour Zweig, M.A. est avant tout une « femme de chair », femme de désir, qui n'a pas forcément la volonté d'y résister. Fersen, le séducteur, se serait contenté de conter fleurette ? Lui, l'irrésistible Axel ? Oui, « beau comme un ange », « une âme brûlante sous une écorce de glace », selon Mme de Korff, « Apollon » en personne, dixit Léonard, le coiffeur, très impressionné. Gustave III évoque « sa belle figure et son esprit » et conclut qu'« il ne pouvait manquer de réussir dans la société, aussi l'a-t-il fait complètement ». Qu'entend le roi de Suède par « réussir » ? Réussir à devenir l'amant de la reine ? Comment aurait-elle pu se refuser au splendide Fersen, qu'elle aime et qui l'aime ?

Presque tous les documents compromettants ont disparu après Varennes. M.A. a chargé son secrétaire de cette mission : brûler les lettres, une à une. Côté Fersen, son petit-neveu, le baron Klinckowström s'est octroyé ce droit par respect pour la mémoire de la reine. Disparus dans les flammes, les tendres baisers et les mots passionnés. Les lettres qu'il a bien voulu publier avaient subi sa censure : ratures, illisibilités. Pourquoi aurait-il anéanti tant de documents s'ils ne portaient pas à conséquence ?

Parmi les lettres qui ont échappé à l'autodafé, le baron a effacé le début et la fin, parce que c'est au début ou à la fin que les marques d'affection apparaissent. Mais il ne connaissait pas les codes de Fersen. L'inoffensif « resté là » ne signifiait pas qu'il avait passé une amicale soirée, mais « couché avec ». La formule a trompé la vigilance du baron, mais pas celle des historiens. Elle est employée après sa nuit aux Tuileries en 1792... Dans le journal intime de Fersen, *Elle* signifie Marie-Antoinette. Suffisamment d'indices demeurent pour conclure que leur amour n'était pas platonique : telle cette lettre où il lui demande d'allumer le « poêle suédois » avant son arrivée. Intimité sous-jacente probable. Lafayette permettait les visites nocturnes de Fersen à la reine aux Tuileries. Saint-Priest le rencontrait la nuit sortant du château. Donc amant ? Pour ceux qui croient à la graphologie, oui. L'écriture de M.A. aurait changé le jour où elle est devenue femme entre les bras de Fersen... « le plus aimé et le plus aimant des hommes... Mon petit Rignon » dans l'intimité. Et lui ? Comment surnommait-il la reine ? On ne le saura pas. Par contre, il écrit à *Joséphine* – troisième prénom de Marie-Antoinette. Jean Chalon tient bon, campé sur ses positions. Offusqué à l'idée que l'on puisse mettre en doute la loyauté de la reine vis-à-vis du roi. Je l'entends encore s'exaspérer, à bout d'arguments : « C'est impossible, la reine n'était jamais seule ! » J'en doute. La reine avait la manie des portes secrètes, des grilles, des clefs, des tiroirs. Elle a aménagé Trianon de façon à être débarrassée de la surveillance du personnel trop nombreux autour d'elle à Versailles. Elle pouvait être seule et le désirait. Cette solitude a-t-elle été établie pour recevoir Fersen le plus discrètement possible ? Comment imaginer qu'ils ne se soient pas laissés aller à quelques effusions ? Ni M.A. ni Fersen ne sont des dévots et je n'imagine pas M.A. en princesse de Clèves. Les inhibitions d'ordre moral sont peu envisageables. Après sept ans de tentatives manquées, le roi était parvenu à ses fins et Marie-Antoinette a donné des enfants à la couronne de France. Sa mission est accomplie. Il est probable qu'elle n'a jamais pris le risque d'engendrer des bâtards. Mais il est à noter qu'elle se refuse au roi après son quatrième enfant. Cela laisserait à penser que ses enfants sont bien ceux de Louis XVI, mais son devoir s'arrête là. Les pamphlets dénonçant des enfants adultérins glissent sur son royal mépris. Les soupçons reposent-ils sur des dates ?

Après le bal de 1774, Fersen est nommé à Valenciennes, où il rejoint son régiment des Flandres.

Il faudra attendre quatre ans pour qu'il réapparaisse à la Cour, le 25 août 1778. Lorsque l'ambassadeur de Suède, le comte de Creutz, les présente, M.A. dira : « Ah, c'est une ancienne connaissance ! » Entre-temps, elle est devenue reine. Mais elle ne l'a pas oublié. Elle l'invite, forte de sa position, à se rendre chez elle, les soirs où l'on joue aux cartes, mais en habit national suédois… M.A. a envie de tomber amoureuse, elle a trouvé l'homme idéal. Il viendra en habit : tunique blanche, pourpoint bleu, culotte collante, bottes à la hongroise, ceinture dorée, épée… Son air trahit sa noble ascendance d'aristocrates suédois. Il ne passe pas inaperçu. Il est magnifique. Elle est enceinte. Marie-Thérèse Charlotte de France naîtra le 19 décembre. Les regards s'échangent en silence. C'est elle qui lui demande, avec ce genre d'obligeance qui ne permet pas d'oublier qu'elle est reine, d'être son cavalier au bal de l'Opéra. Il prendra les devants pour les suivants… Révolution à Versailles, la reine s'affiche avec un favori ! Et il ne s'agit plus du frère du roi, mais d'un des plus séduisants cavaliers de l'époque. Les commérages vont bon train, l'ambassadeur de Suède informe Gustave III.

Fersen est venu à Paris pour prendre épouse. La reine, troublée, aurait favorisé le choix d'Erik Magnus de Staël pour Germaine afin d'éviter que les Necker ne choisissent le comte. Axel demeurera célibataire, Marie-Antoinette ne sera jamais libre.

Mieux vaut qu'il parte. Le 20 janvier 1780, Fersen est nommé colonel attaché à l'infanterie allemande. Marie-Antoinette pense l'avoir perdu à jamais. Il sera absent trois ans. Trois ans pendant lesquels Fersen voguera de conquête en conquête, sans jamais s'attacher. M.A. vivra dans le souvenir. Ni la naissance de la Dauphine, ni la vie à la Cour ne détourneront ses pensées. Quand ils se revoient, leurs sentiments sont intacts. L'un et l'autre ont vécu dans le souvenir de leur rencontre. L'absence a favorisé la cristallisation. Jamais M.A. n'a ressenti une pareille attirance. Comment lutter ? Comment ne pas sombrer dans la mélancolie lorsque l'amoureux s'éloigne ? Et loin, il le sera souvent.

Grâce à Marie-Antoinette, Fersen est nommé colonel au régiment Royal-Deux-Ponts. En mars 1780, avec l'appui du baron de Breteuil et du comte de Vergennes, il devient aide de camp du comte de Rochambeau.

22 octobre 1781 : naissance de Louis-Joseph Xavier François, héritier au trône de France. Sa santé est fragile. Premiers symptômes de tuberculose en 1786, il a cinq ans. Il mourra le 4 juin 1789.

L'enfant a donc été conçu en février 1781. Fersen, nommé colonel d'infanterie le 13 avril 1780, après de longs mois d'attente à Brest, embarque à bord du *Jason*, un vaisseau de guerre armé. Il est donc loin de M.A. et participe en octobre 1781 à la bataille de Yorktown. Fersen retourne en France en 1785 et lorsqu'il écrit à sa sœur, il évoque la reine d'un « mon amie ».

Le 27 mars 1785, Marie-Antoinette donne naissance à son troisième enfant, Louis-Charles, duc de Normandie. Le chou d'amour, le préféré, serait le fils de Fersen ? Conçu avant le départ de celui-ci, un voyage périlleux en Amérique en pleine guerre d'Indépendance ? M.A. aurait-elle pris ce risque ? On ne connaît aucun enfant à

Fersen. Ce qui ne veut pas dire qu'il était stérile ou que le futur Dauphin n'aurait pas été son fils.

Toujours aidée par Marie-Antoinette, il prend le commandement du régiment Royal-Suédois et revient en juin 1784. Fête à Trianon en l'honneur du souverain suédois. Fersen est présent. Là, les dates concordent, mais il leur aurait fallu le temps de s'isoler dans les bosquets, comme les mauvaises langues le raconteront... L'exercice n'est pas simple quand il s'agit de soulever vingt-cinq kilos de jupons et d'encombrants paniers de plus de deux mètres d'envergure et que les baleines du corset empêchent de se pencher sans se blesser.

Les historiens ont noté que la naissance du duc de Normandie survient précisément « neuf mois plus tard ». La rumeur court. M.A. et Fersen emporteront leur secret dans la tombe. Rien ne le prouve. Et si l'ADN du cœur de l'enfant établit la parenté avec sa mère, s'agissant d'un « ADN, selon Petitfils, mitochondrial se transmettant par les femmes, il a été impossible de savoir si Louis XVI était bien le père de l'enfant ».

En 1786, naissance d'un quatrième enfant, Marie-Sophie Hélène Béatrice, qui meurt à l'âge de onze mois. Les dates aussi peuvent concorder. Fersen est en France et effectue des allers-retours avec Trianon. En avril 1788 seulement, il est rappelé dans son pays et part pour la Finlande à l'occasion de la guerre contre la Russie.

Le mystère demeure. La loyauté de M.A. envers le roi et la monarchie se confronte à la passion.

Après la naissance de son dernier enfant, M.A. confie à son frère Joseph avoir cessé toutes relations sexuelles avec Louis XVI. Cela signifierait-il qu'elle se sent libre d'accorder à Fersen ce qu'elle lui aurait refusé jusqu'à ce moment ?

L'ambassadeur d'Autriche et toutes les personnes qui travaillent avec Fersen étaient persuadés de l'existence de cette liaison. Fersen était surnommé *l'amant de la Reine*. Comment imaginer que les bruits ne soient pas parvenus jusqu'au roi ? Personne n'aurait donc alerté Louis XVI ? Ni ses frères, qui ne le ménageaient pas, ni les tantes qui détestaient M.A. ? Louis XVI, apathique, archétype du mari consentant, n'a pas évalué le coup que cette affaire portait à l'autorité d'un souverain.

Trianon facilitait l'intimité. Là, M.A. pouvait s'isoler du roi, des femmes de chambre, d'honneurs et d'atour. Besenval, dont M.A. fit un de ses compagnons de table favoris, raconta dans ses *Mémoires* combien il était étonné : « Non pas que la reine eût désiré tant de facilités, mais qu'elle ait osé se les procurer. » La tranquille attitude du roi, de plus en plus amoureux de sa femme, devait en étonner plus d'un. M.A. n'était pas femme à mentir, elle aurait trouvé les mots, Louis XVI aurait accepté. Fersen, gentilhomme suédois, pouvait faire partie de sa cour, sa naissance justifiait sa présence parmi les nobles courtisans. Louis XVI et Marie-Antoinette n'étaient pas des amants. Leur attachement indéniable ne se situait pas là, mais dans un destin commun de la naissance à la mort.

L'éloignement et les précautions compliquent leurs rencontres. À partir de 1789, d'ailleurs, Fersen fréquente une autre femme : Éléonore Sullivan. Il n'en continue pas moins à aimer M.A. et à s'inquiéter pour elle. L'a-t-elle su ? Sûrement. La fidélité physique ne fait pas partie des mœurs de l'époque… et Fersen pensait cyniquement que le « lien conjugal » était contre nature. Est-ce pour cela qu'il se sépare de cette femme et que M.A. cesse toute relation avec Louis ? Fersen a-t-il exigé la séparation de corps des époux ? Lui aussi pouvait souffrir de voir la femme qu'il aime toujours enceinte de son mari. L'amant ne s'efface pas devant l'ami, à sa sœur, Piper, il confie : « Je ne puis pas être à la seule personne à qui je voudrais être, la seule qui m'aime véritablement, je ne veux être à personne. »

Dès que la famille royale sera contrainte de quitter Versailles pour les Tuileries, des sentiments encore plus profonds habitent l'amoureuse de Fersen. Elle a besoin de ses conseils. Le roi ne fait pas face à la situation. Pour son malheur, seuls des étrangers conseillent M.A. : Mercy-Argenteau ne pense qu'à l'Autriche et Fersen réagit en aristocrate suédois outré contre le peuple français. L'Assemblée est terrifiée à l'idée d'être gouvernée par M.A. et Fersen si le roi meurt. Fersen est un mauvais conseiller. Aussi royaliste que M.A., il commet des erreurs. Le carrosse que Fersen commande pour abriter sa bien-aimée lors de la fuite à Varennes est trop somptueux. Il ne l'a pas aidée à passer inaperçue. Dans la nuit du 20 au 21 juin 1791, le roi, sa femme et leurs enfants partent avec Fersen, déguisé en cocher. Le roi l'oblige à les quitter à Bondy. Fersen aurait préféré mourir ce 20 juin. Son vœu sera presque exaucé. Il mourra assassiné un 20 juin, dix-sept années après la reine, en 1810.

Le 21 juin la famille royale est reconnue à Varennes. De retour à Paris, la reine écrit à Fersen : « Rassurez-vous sur nous ; nous vivons. Adieu, le plus aimé et le plus aimant des hommes. Je vous embrasse de tout mon cœur. »

Les proches de Marie-Antoinette ne prononcent pas le nom de Fersen, pas même Mercy, qui pourtant ne manque pas un détail de la vie de sa protégée. Je tente une énumération.

On a déjà vu :

– L'ordre donné par M.A. à son secrétaire de brûler sa correspondance avant de fuir Versailles.

– La destruction des lettres par le baron Klinckowström qui, pour des raisons qui lui sont propres, cherchait à dissimuler la liaison entre son grand-oncle et M.A.

– Le pseudonyme adopté par M.A., *Joséphine*, afin que leurs lettres ne soient point interceptées.

Mais encore :

– Les documents contenant langage crypté et mots-clefs sont aujourd'hui pour la plupart aux Archives nationales et illisibles pour le commun des mortels. Mais il faut convenir ensemble du mot, on peut se demander comment ils faisaient. Certains avancent que les codes, qui changeaient à chaque fois, étaient cousus dans les doublures de chapeaux. « Ce travail d'écriture et de déchiffrage s'avérait long et fastidieux », pas pour eux. Il faut compter dix-huit heures à peu près pour venir à bout d'une seule lettre.

– Fersen n'a jamais démenti sa liaison avec M.A. Pas même devant Bonaparte qui l'accusa d'« avoir couché avec la reine de France… ».

– Fersen s'est tu. Le silence demeure le refuge des inavouables évidences.

– L'indomptable M.A., qui n'a que faire du qu'en-dira-t-on, des principes, de l'étiquette, qui bafoue les traditions, aurait-elle résisté à la plus séduisante des attirances au nom de la bienséance ?

– Marie-Antoinette qui, publiquement, désobéit à son mari, hésiterait-elle secrètement ?

– Saint-Priest dans ses *Mémoires* témoigne des visites nocturnes de Fersen à la reine, mais à celui-là je ne fais pas confiance. Il a peut-être voulu se venger. Sa femme avait cédé à la séduction du Suédois… Alors dans son esprit, pourquoi pas la reine ?

Aux Tuileries, avec la complicité de Lafayette, de Mme de Polignac et de la femme de chambre, Fersen rendra des visites nocturnes à M.A.

– Fersen et M.A. se seraient privés de s'aimer alors qu'il était là, la nuit dans sa chambre, alors que la porte était fermée, qu'ils pouvaient mourir du jour au lendemain, qu'il avait bravé tous les dangers ?

– « Le plus aimé des hommes » pour M.A.

– À sa mort, Fersen écrira à Piper : « J'ai maintenant perdu tout ce que j'avais au monde [...]. Elle que j'aimais tant, pour qui j'aurais donné mille fois ma vie, n'existe plus. »

– Aucune confidence du roi sur le sujet. Son manque de sensualité l'a protégé de la jalousie, du besoin de partager sa peine. Louis XVI n'a pas d'amis à la Cour. Ses années d'impuissance lui ont procuré assez d'humiliation, inutile d'y ajouter de tristes épanchements. Mieux valait les taire, jusqu'au dernier jour de sa vie, où, enfin, il écrira dans son testament : « Je prie ma femme de pardonner tous les maux qu'elle souffre pour moi, et les chagrins que je pourrais lui avoir donnés dans le cours de notre union ; comme elle peut être sûre que je ne garde rien contre elle, si elle croyait avoir quelque chose à se reprocher. » Est-ce là seulement le croyant qui prêche le pardon ? Il est impossible d'imaginer au moment où il écrit ces lignes qu'il ne pense pas à la relation que sa femme entretenait avec Fersen. Il est probable que ce roi, pas très expansif, savait. Il a souffert en silence. Il a pardonné depuis longtemps et il protège avant de mourir la réputation de sa femme. Louis XVI aimait bien Fersen. Sa femme lui avait donné une preuve de fidélité, selon son sens des valeurs en répondant à Augeard, secrétaire des commandements de la reine aux Tuileries, que son « devoir [était] de mourir aux pieds du roi », quand il lui proposa de déguiser son fils en fille et de fuir avec lui.

Le lit de tous les fantasmes

Avant de rejoindre Marie-Antoinette aux Tuileries, en 1792, Fersen avait reçu une lettre de M.A. lui interdisant de venir tant l'entreprise était dangereuse pour sa vie. Les termes en étaient si tendres que Fersen, à son cœur défendant, dut les effacer. Deux siècles après, les mathématiciens Valérie Nachef et Jacques Pattarin sont parvenus à déchiffrer les mots qui devaient demeurer secrets et aujourd'hui grâce à leur travail, nous pouvons lire la version complète, lourde de sens. Fersen n'a pas eu le courage de détruire la lettre en entier, il devait connaître par cœur les passages effacés, garder sur lui cette missive pour se rapprocher de son amour. Je vous livre la lettre et les mots retrouvés par les experts :

« *J'existe mon bien-aimé et c'est pour vous adorer.* Que j'ai été bien inquiète de vous et je vous plains de tout ce que vous souffrez de n'avoir point de nos nouvelles. Le ciel permettra que celle-ci vous arrive. Ne m'écrivez pas, ce serait nous exposer, et surtout ne revenez pas ici sous aucun prétexte. On sait que c'est vous qui nous avez fait sortir d'ici ; tout serait perdu si vous paraissez. Nous sommes gardés à vue jour et nuit ; cela m'est égal. *Vous n'êtes pas ici.* Soyez tranquille, il ne m'arrivera rien. L'Assemblée veut nous traiter avec douceur. Adieu *le plus aimé des hommes. Calmez-vous si vous pouvez. Ménagez-vous pour moi.* Je ne pourrai plus vous écrire *mais rien au monde ne pourra m'empêcher de vous adorer jusqu'à la mort.* »

Pauvres amants dont presque tous les secrets auront été découverts : ils utilisaient le code « polyalphabétique, nécessitant deux éléments pour être décrypté », une table de déchiffrement et un mot-clef qui change à chaque message. Cette méthode était déjà utilisée dans les cours d'Europe deux siècles plus tôt. M.A. écrivait à l'encre noire. La couleur des caviardages. Pour parvenir à différencier les deux écritures, les experts durent analyser l'encre de la reine, découvrir qu'elle était composée d'un mélange aqueux de sulfate de fer ou de cuivre, de tannins végétaux extraits de noix de galle et de gomme arabique pour pouvoir la distinguer de l'autre.

Quelques mois de recherches et de lecture se sont écoulés, mon univers n'est plus le même. J'ai fait irruption dans l'univers de M.A., mais elle a fait irruption dans le mien. Si l'illusion est nécessaire pour écrire, il ne faut point en abuser. Raconter la vie de l'autre, c'est plonger en pleine mer sans bouée de sauvetage. C'est risquer la confusion, la noyade. Au nom de ces risques, je m'accorde des droits. J'avance sans permission dans un terrain inconnu.

Installée derrière son bureau, rapporté de Versailles, M.A. se penche sur son papier à lettres. Il lui faut du temps, beaucoup de temps, pour retranscrire ses mots en langage codé. Fersen vient de partir. Encore une nuit, puis elle quittera le rez-de-chaussée pour rejoindre, au premier étage, son mari et ses enfants.

La lettre a disparu. Je vous la livre telle que je l'imagine :

« Mon aimé, vous avez bravé les plus grands dangers pour ces quelques heures arrachées à nos destins. Quelle tragédie que la nôtre ! Ma destinée, de jour en jour, s'assombrit, mais j'ai reçu en quelques heures plus d'amour qu'aucune femme en toute une existence. Notre vie se compte en heures. Mais nos minutes sont plus intenses que le temps de l'univers depuis sa création. La peur de vous perdre, de ne plus jamais vous revoir, m'a étreinte avant que vous disparaissiez dans la nuit. Mon amour, qu'est-ce qui pourrait m'arriver de pire ? Les révolutionnaires qui tapent à ma porte ne savent pas que leurs insultes, leurs menaces ne peuvent m'infliger une blessure plus grande que la privation de vous. On ne joue pas avec les sentiments la veille d'une mort certaine. Quel courage m'a-t-il fallu pour vous dire de partir vite. *Aucune épreuve ne sera jamais plus difficile.* J'ai gardé la porte entrouverte jusqu'à ce que votre silhouette s'efface dans l'obscurité. La dernière image que j'ai de vous, c'est celle de votre cape noire qui s'enfonce dans la nuit. Ma vie s'est arrêtée là. J'avais si peur que vous soyez inquiété sur la route que je suis rentrée en prière pour que vous arriviez sain et sauf en Suède. Voilà où nous en sommes : nous n'avons plus d'autre choix que de nous rejoindre par la prière. Qui donc me donnera de vos nouvelles dorénavant ? Vos lettres me parviendront-elles ? Et celle-là, la lirez-vous ? La prière, vous disais-je, je sens que je n'ai plus qu'elle pour m'aider à vivre. Je glisse dans l'enveloppe un petit anneau en or, à la mesure de mon propre doigt. J'y ai fait inscrire un mot tendre que vous découvrirez. Personne ne m'enlèvera le souvenir de cette nuit. Gardez la clef secrète, s'il existe un paradis pour les amants, elle nous en ouvrira la porte. »

La parenthèse de l'amante se referme, pour toujours.

Zweig considère cette rencontre comme l'une « des entreprises les plus hardies de l'histoire de la Révolution ». Fersen est une des personnes les plus recherchées de France. Le sang chevaleresque de Zweig ne fait qu'un tour et sa plume s'emballe pour ce gentilhomme venu prouver « son serment d'amour ». Il volera une nuit à la Révolution au prix du « plus beau courage humain ». Zweig, amateur de situations extrêmes, a dû bien s'émouvoir en écrivant le chapitre « La dernière apparition de l'ami ». Son empathie est poussée à l'extrême, comparable au magnifique début de la *Lettre d'une inconnue*. Mais cette fois, il n'invente plus une dépendance amoureuse, secrète et tragique. Cette fois, l'inconnue existe, elle a existé. Il s'en empare avec l'habileté d'un magicien. Tout est là : l'amour, l'adultère, le secret, la perte d'un enfant. Les thèmes chers à l'auteur autrichien. Intensifiés par l'Histoire qui lui souffle cette extraordinaire clairvoyance.

Zweig emploie le mot « ami ». Même s'il est persuadé que l'ami était un amant, il ménage les défenseurs de la vertu de la reine. Mais il analyse la situation avec sa logique d'homme. Tel un mari amoureux et trompé, lui aussi allonge la liste des irréfutables évidences :

Premier indice : vingt-quatre heures seuls, ensemble. Tiens, tiens… un temps qui lui est cher, *Vingt-quatre heures de la vie d'une femme*, les plus extrêmes. Vingt-quatre heures dont l'intensité aurait pu inspirer un autre roman à l'écrivain. Vingt-quatre heures d'amour, de désespoir, de doute, de peur.

Deuxième indice : Fersen possédait la clef de la porte secrète des appartements de M.A.

Troisième indice : dans les circonstances les plus dramatiques, le départ en toute hâte de Versailles, c'est à lui qu'elle pense et, à peine arrivée aux Tuileries, après un éprouvant voyage sous les injures, elle choisit l'appartement le plus éloigné de sa famille. Elle avait donc l'espoir de recevoir Fersen, sinon la réaction d'une épouse, d'une mère effrayée aurait été de se rapprocher de ses enfants, de son mari, plutôt que de demeurer seule au rez-de-chaussée, plus accessible aux révolutionnaires. Là, les sentiments de l'amante prennent le pas sur ceux de la mère. Elle espère encore un moment avec son bien-aimé, même si elle craint pour sa vie et lui déconseille de venir.

Quatrième indice : il n'y a qu'un lit dans les appartements de M.A. À peine Fersen arrivé, ils se sont enfermés, ils ne sont pas sortis, ils n'ont vu personne pendant vingt-quatre heures. Zweig connaît les hommes. Il déploie pour analyser leur rencontre une logique mathématique. Il additionne les faits : un seul lit, vingt-quatre heures de tête-à-tête, résultat indiscutable. Le biographe, transformé en mari lucide, est bien obligé d'admettre la cruelle réalité.

Qui pourrait croire qu'un homme qui a pris tous les risques, qui a enfin rejoint la femme qu'il aime, qui connaissait le passage secret, qui possédait la clef, n'entreprenne et ne réussisse rien auprès de celle qu'il adore ?

L'histoire ne donne pas l'emploi du temps du roi pendant que sa femme était en compagnie de Fersen. Il est probable que son arrivée lui fut signalée puisqu'il est venu les saluer. Mais il a attendu vingt-quatre heures pour s'entretenir avec eux de projets politiques. Louis XVI a fermé les yeux. Il est reparti au moment des adieux, précipités et dramatiques puisque Marie-Antoinette et Fersen savent qu'ils ne se reverront plus jamais sur cette terre.

Les cheveux blancs de Marie-Antoinette, ou d'Arcimboldo à Léonard

Freud, à la fin de sa vie, feignait de n'avoir toujours pas compris ce que voulaient les femmes. En ce qui concerne Marie-Antoinette, la réponse est assez simple : tout.

Être une reine libre, ce qui est une contradiction en 1770.

Libre de sortir le soir, de rentrer tôt le matin, de mettre un terme aux maternités quand elle estime son devoir accompli.

Libre, mais sans lâcher les avantages de son statut.

Dépenser sans compter. Elle ne sait pas compter.

Se divertir comme une enfant.

Jouer aux cartes, à la luge, se déguiser, danser.

Désobéir.

Surtout, rien d'ennuyeux.

Ni lire ni étudier. L'abbé Vermond note qu'il « ne pouvait appliquer son esprit qu'en l'amusant ».

Adresser la parole à qui lui chante. Chasser les raseurs de Trianon sans se soucier des vexations.

Supprimer les contraintes.

Des domestiques ? Oui, mais transparents. À Trianon, le personnel sera dissimulé au sous-sol, on hissera la nourriture à l'étage par un système de poulies. Le système existe toujours.

M.A. veut tout et l'impossible. Un défi qu'elle lance à des générations de reines soumises. « Réveillez-vous ! », semble-t-elle leur dire. Sa priorité est sa vie privée. Pas celle d'une première dame qui se déplace dans un orphelinat, aide les nécessiteux. Elle est égoïste, comme le sont les enfants. Les reines sont mortes, mortes trompées, mortes à force d'enfanter, mortes d'ennui.

M.A. pense-t-elle aux éventuelles futures souveraines ? Non, elle est enfermée en elle-même et ne voit pas plus loin que son nez habsbourgeois.

Après M.A., il n'y aura plus jamais de reine comme elle en France. En attendant, elle est reine de droit divin, donc son statut est inaliénable. Elle a osé imposer ses humeurs même à l'ancien roi, Louis XV le Bien-Aimé en personne, pourquoi aurait-elle des comptes à rendre au peuple ? Elle fait la révolution, mais à Versailles. Elle critique les coutumes françaises, selon lesquelles le roi a droit à une favorite, et d'une certaine façon venge toutes les reines cocues de France en se permettant, elle, l'Autrichienne, débarquée à quatorze ans à la Cour, d'être la première reine de France à avoir un favori. Elle aime deux hommes, Louis XVI et Fersen. Différemment. Mais sans les désagréments du mensonge, et elle sait faire admettre la situation à Louis XVI, sans heurts semblerait-il. Mais quelle mélancolie quand elle écrit à Fersen : « Adieu le plus aimé et le plus aimant des hommes. » « Adieu », ce mot définitif gâte sa romantique envolée. Cette phrase ressemble à sa vie, faite d'ombre et de lumière. De grandeur et de misère. De la légèreté des falbalas de Versailles à la profondeur des geôles de l'Histoire.

Les coiffures de M.A. retracent de façon ludique mais significative les différentes périodes de sa vie.

Elles s'élèvent avec elle et s'affaissent à mesure de sa chute. La petite fille aux boucles blondes se transforme en reine de mode – *fashion victim* – et finira les cheveux plats, sales, sans perruque, ni rubans, ni diamants, blancs cheveux de sa peur, blancs cheveux couverts de la poussière de la rue, puis rouges, de son sang.

La comédie précède la tragédie. Jean-François Autier dit Léonard, qui en toute simplicité s'attribue le prénom du plus grand artiste de la Renaissance, propret, agité, le nez retroussé, coiffeur illuminé, en fut un des acteurs principaux. Les dames se l'arrachent, il arrive en retard, il est irrévérencieux, bouscule les duchesses, elles adorent ça. On imagine aisément le personnage, un dandy effronté dont l'image traverse les siècles. Mais un piètre farceur qui s'effondrera de peur quand l'heure sera venue de montrer sa fidélité à la reine. M.A. manqua de discernement, puisque c'est lui, le bouffon, qu'elle choisit pour une mission de la plus haute importance : sauver la famille royale, lors de la fuite à Varennes. Selon le mot de Napoléon, parodiant Pascal, sans Léonard, « la face du monde aurait été changée ».

Impardonnable coquetterie de M.A. qui voulait que son coiffeur la suive pendant sa fuite et, pour cela, lui confia une tâche bien au-dessus de ses moyens. Au lieu de l'un des hommes prêts à mourir pour la famille royale, elle choisit le perruquier. Transformé en agent secret, le malheureux coiffeur partit sur la route de Sainte-Menehould la cassette de la reine sous le bras. Tremblant et pleurnichant, il finit par remettre le billet à Choiseul puis au colonel de Damas. Malgré ses supplications, son envie de retourner dans son salon, de changer d'habit, il parvint à accomplir sa mission jusqu'à Clermont. Mais alors qu'il ne lui restait plus qu'à poursuivre son voyage, sa mission étant achevée, il lui prit la fantaisie, arrivé à Varennes, de dire au chevalier de Bouillé que la voiture royale, ayant été retardée, n'arriverait certainement que le lendemain. Cette fausse information sema la désorganisation. Bouillé repartit, Louis XVI arriva et fut reconnu. Qu'est-ce qu'il lui a pris ? S'ensuit un stupide enchaînement d'erreurs fatales. Léonard n'était pas un héros. Juste un coiffeur culotté, un excentrique qui piochait autour de lui son inspiration du jour : un chou, un foulard, une éponge, des fruits, des légumes, un navire en argent. Il faisait rire les princesses. Il n'était pas un stratège. Il a tremblé. M.A. avait préféré ne pas trop lui en dire, n'avait pas prononcé le mot « fuite ». Le garçon coursier devait comprendre à mesure qu'il avançait, il n'a pas compris. Une erreur sur la personne qui leur coûtera la vie.

Léonard aurait, avec la complicité de M.A., inventé ses chefs-d'œuvre éphémères. Je me demande s'il n'a pas puisé son inspiration en admirant *Les Quatre Saisons* de Guiseppe Arcimboldo. Jusque-là, les coiffeurs se bornaient à arranger les cheveux, à en ajouter s'il en manquait, à utiliser des barrettes ou petits nœuds de taffetas assortis à la tenue, sans disposer une ménagerie, un zoo, une brocante sur la tête. Un lien apparaît entre les portraits d'Arcimboldo composés de végétaux, d'animaux, d'objets, et les coiffures de Léonard. Mais pourquoi serait-il allé chercher Arcimboldo ? Comment, dans le salon de la Méridienne où se tenaient les conférences avec Rose Bertin pour les nouvelles tendances, aurait-il eu l'idée saugrenue, l'outrecuidance de s'inspirer d'un des plus grands peintres de la Renaissance italienne ? Est-ce parce que Arcimboldo connut la gloire à la cour des Habsbourg, dont il fut le peintre officiel au milieu du XVIe siècle ?

Invité à Vienne en 1562 à la cour de Ferdinand Ier, il composa durant son séjour les fameuses têtes. Portraits peints pour exalter la puissance de l'empereur Maximilien II qui régnait non seulement sur les hommes mais sur les saisons et les éléments. Arcimboldo créait ainsi un lien symbolique entre le pouvoir temporel de l'empereur et l'immuabilité des saisons qui reviennent année après année. Ainsi le règne du Saint Empire défiera le temps, c'est du moins ce que suggère Arcimboldo. Notre Léonard « de Vinci » de la coiffure aurait-il voulu faire de même ? Était-il donc plus attentionné, plus cultivé qu'il n'y paraît ? Est-ce qu'avec son peigne et sa poudre il a imaginé rivaliser, faire porter à sa reine, descendante de l'empereur, un message symbolisant la pérennité de sa lignée ? Ou bien est-ce un pur hasard ? Il y a de quoi divaguer devant ces masses de cheveux crêpés et poudrés, tout en cherchant un sens à ces poireaux et autres oiseaux en cage. Combien d'heures fallait-il consacrer à cet énergumène pour vous enlaidir ? Le fantaisiste nommait ses chefs-d'œuvre comme s'il s'agissait de peintures. Les femmes portaient des « poufs », des « toquets en lubie », des « valgalas ». Il se lançait aussi dans des coiffures commémoratives : « À la *Belle-Poule* », le nom d'un chignon pour fêter la victoire de la frégate sur les Anglais le 17 juin 1778. « Coiffure à l'inoculation »... Et plus le génie du scalp délirait, rudoyait, ridiculisait les princesses, plus elles l'adoraient... L'acrobate grimpait sur une échelle pour décorer le sommet de ces tours de Babel, et les « précieuses ridicules » de se déplacer agenouillées ou encore de sortir la tête par la fenêtre du carrosse pour ne point écraser l'édifice construit par le maître... Si Molière n'était pas déjà mort, parions que ces coiffures auraient eu droit à une comédie. Selon Georges Lenôtre, Mme de Matignon aurait disputé la vedette à M.A. avec son chignon garni. Je vous en livre la recette :

« un artichaut, une tête de brocoli vert, une jolie carotte et quelques petites raves, accommodée à la jardinière ».

Arcimboldo, en représentant le printemps, l'été, l'automne et l'hiver évoque la vie de l'empereur d'Autriche. La vie de M.A. pourrait comme son ancêtre se résumer en quatre saisons.

Au printemps de sa vie, les cheveux de la petite archiduchesse autrichienne sont blonds, légèrement ondulés et brillants, sagement relevés en chignon, un genre de chignon banane à la Brigitte Bardot sur le port de Saint-Tropez. C'est le portrait que sa mère a choisi pour l'envoyer à son futur mari. On peut imaginer la réaction du futur époux, si la tête de la jeune archiduchesse d'Autriche était passée entre les mains de Léonard avant d'être peinte ! Louis XV n'aurait pas voulu d'une telle excentrique ! La grisaille de l'hiver est balayée par des fleurs. Un lys épanoui décore la chevelure de la jeune fille, une allusion au fait que les Habsbourg prétendaient descendre d'Hercule. La légende du lys, fleur royale par excellence, serait née du lait que donnait Junon à Hercule : symbole de la procréation, du renouvellement de la nature, et encore de la dynastie impériale des Habsbourg.

L'été. Arcimboldo revient sur les Habsbourg, sur leur richesse et l'immensité de leur territoire, symbolisée par des légumes provenant des quatre coins du monde : artichaut, maïs. La Sicile et l'Amérique du Nord. La couleur dorée domine. C'est l'âge d'or que connaît l'empire, un âge de prospérité et de paix. Léonard apparaît dans la vie de M.A. et commence à transformer les boucles blondes en un gris cendré provenant du saupoudrage parfumé de l'artiste. Il faut se référer au portrait peint à sept ans pour retrouver sa couleur d'avant la poudre. Elle est claire, très claire, d'un blond soyeux ; c'est cette blondeur que Léonard colore, emprisonne dans des cages grillagées posées sur la tête de M.A. : la coiffure s'élève, s'élève de jour en jour, de nuit en nuit… L'archiduchesse devient Dauphine, la Dauphine devient reine… et la banane corne d'abondance.

L'automne. Arcimboldo le représente par un homme mûr, peint sous les traits de Bacchus, dieu du vin, la tête couverte de grappes de raisin, de feuilles de vigne, d'olives et de citrouilles. Encore une allusion à l'empereur qui parcourt ses terres, dirigeant et soutenant son peuple. Plus j'avance dans la comparaison avec Arcimboldo, plus je pense que c'est bien là que Léonard a puisé l'audace de transformer les têtes de ces dames en ratatouilles et en salades de fruits. C'est l'effet inverse qui va se produire. Certains tiennent ce figaro déjanté pour responsable de la Révolution. Sans aller jusque-là, il a alimenté à coups de peigne l'image futile de la reine. Le peuple meurt de faim et son coiffeur joue à déverser le panier de la ménagère sur les têtes couronnées. Les folles coiffures en ces temps difficiles prennent l'allure d'une provocation, d'une farce de mauvais goût.

L'hiver. C'est l'hiver de sa vie, mais le coiffeur est

toujours là. Transformé en valet, il la suit aux Tuileries où elle lui confiera la mission bien au-dessus de ses capacités qui fera échouer la fuite à Varennes. La citrouille va se transformer non pas en carrosse mais en charrette. Le figaro a disparu à l'étranger, les cheveux soyeux de M.A., privés d'onguents, s'abîment. Maximilien II, sous le pinceau d'Arcimboldo, devient un tronc noueux, un vieillard, creusé et ridé, son œil est une crevasse. Des racines forment la chevelure sur laquelle pousse du lierre, symbole de fidélité. Alphonse François, graveur du XIXe siècle, réalisera d'après un tableau de Paul Delaroche une gravure de Marie-Antoinette à la fin de sa vie, désabusée, le regard éteint, les paupières cernées, soulignées de noir, proche de la réalité. Plus une seule étincelle de son espièglerie passée. Plus une trace de ses yeux bleu porcelaine. Sa blonde chevelure est devenue blanche, transparente tant elle est clairsemée, lissée à l'aveugle et par ses soins. Parfois, elle parvient à les partager sur le front, et, après y avoir appliqué un peu de parfum, vestige des folies passées, à les retenir vaguement par un bout de ruban usé en un chignon flou. Sur la toile d'Alphonse François, ses mèches sont aplaties, abandonnées sur ses épaules. M.A. n'a pas eu la force de les coiffer. Son miroir et sa montre ont été réquisitionnés, avec la promesse de les lui rendre « après… ». Après quoi ? Marie-Antoinette voulait se voir. Il ne s'agit plus de coquetterie. Elle est perdue, sans repères.

Sans montre, les aiguilles ne ponctuent plus le temps.

Sans miroir, son visage a disparu. Elle est dans un temps arrêté. Cruel et arrêté. Elle voudrait voir le temps s'écouler, les aiguilles tourner, ses rides se creuser. La fin approcher. Rosalie, la petite servante de la Conciergerie, lui offre, sur ses propres deniers, un petit miroir au décor oriental. Que pensa-t-elle en se découvrant dans ce bout de verre bon marché ? Aux trois cent cinquante-sept miroirs de la galerie des Glaces, entre girandoles et torchères, sur soixante-treize mètres de long ? À ces voûtes peintes à la gloire et à la puissance du roi Louis XIV ? À l'élégant salon aux boiseries bleues et blanches dont on montait le soir les glaces dérobées ? À l'image de reine parée, poudrée, coiffée de plumes qu'ils lui renvoyaient… ? Prend-elle la mesure des excès dans lesquels elle avait sombré ? Ses robes couleur « soupirs étouffés » ou « plaintes amères » deviennent réalité : la reine est en haillons. Elle se cherche dans ce minuscule miroir piqué, elle se cherche sous les traits de cette vieille femme épuisée. Est-il possible que ce soit elle ? Elle qui s'apercevait à la lumière des bougies glissant sur le parquet de Versailles, elle, abritée des regards dans ce lieu clos de Trianon pour n'admirer qu'elle-même dans toute sa beauté ? Le morceau de verre de Rosalie est assez grand pour lui renvoyer son image. Un teint terreux, plus d'éclat, plus de nacre, plus de beauté. Il lui semble voir une autre. Elle reconnaît vaguement le front bombé de son enfance, mais la racine de ses cheveux a reculé et le haut de son crâne est dégarni. Ses sourcils sont encore dessinés, mais ses paupières ont noirci, elles tombent sur son regard comme des rideaux.

Proche est la nuit. Cela doit être ça, le visage de la mort. La mort reprend ce que la vie a donné. La beauté s'est envolée, l'or de ses cheveux dorés avec elle. L'histoire blanchit la barbe et les cheveux de Thomas More la nuit qui précéda son exécution, ceux de M.A. après la catastrophe du voyage de Varennes. Mme Campan était là. « La vieille bavarde » s'en souviendra des années plus tard. M.A. sortait de son lit, elle ôta son bonnet et lui demanda de constater les effets de l'épouvante. Mme Campan raconte qu'en une seule nuit, « ses cheveux étaient devenus blancs comme ceux d'une femme de soixante-dix ans ». Sainte-Beuve, dans ses *Causeries du lundi*, s'empare du témoignage de Mme Campan et assure que la transformation a eu lieu le 21 juin 1791, lors de l'arrestation de la famille royale à Varennes : « De retour à Paris dans la nuit ses cheveux étaient devenus couleur neige. » À moins que M.A. ne pouvant plus accéder à ses produits, ses cheveux aient retrouvé leur couleur véritable ? Autre possibilité : une pelade aurait précipité la chute des cheveux pigmentés. J., devenu archiatre, confirme l'existence de ce qu'on appelle le « syndrome de Marie-Antoinette ». Le phénomène a été observé au cours des siècles à la suite de chocs émotionnels, « c'est l'Arlésienne de la dermatologie et de la cosmétologie réunies ».

Que M.A. ait été grise à la fin de sa vie, à trente-huit

ans, c'est certain ; qu'elle ait blanchi en une nuit ou progressivement, comment savoir ? La littérature célèbre le phénomène. Shakespeare fait blanchir la moustache du futur Henry IV en une nuit : « La barbe de ton père a blanchi de toutes ces nouvelles-là[1]. » Dans *Marmion*, poème de Walter Scott, on peut lire : « La terreur peut devancer les années, et blanchir nos cheveux dans une nuit. » Malheureusement, Marie-Antoinette n'appartient pas à la littérature, même si elle a fait couler beaucoup d'encre. Le bourreau dénoua le petit ruban, dégagea son cou, pour couper ses cheveux avant le sacrifice. La scène est bien réelle... Elle proteste, préfère se couper elle-même les cheveux. Mais Sanson refuse, le travail doit être bien fait, et sa main a remplacé les petits doigts de Léonard, la lame de la guillotine ne doit rencontrer aucune résistance.

À ce moment-là, ses cheveux entre les mains du bourreau, quelques heures avant la décapitation, pense-t-elle à ses folies passées ? La froideur du ciseau sur son cou lui évoque-t-elle l'artisan du malheur qui a compromis la fuite ? Sa propre stupidité d'avoir choisi un fantoche comme homme de confiance ?

1. *Falstaff*, acte II, scène 4.

Les chiens de Marie-Antoinette

Coco, Mops, Thysbée, Mignon ont été les chiens de Marie-Antoinette. Entre épagneul, carlin, léonberg on peut imaginer la cacophonie de jappements qui l'entourait. Ces chiens se sont succédé, ils ont parfois même cohabité entre Versailles et Trianon au milieu des chèvres et des moutons.

C'est avec Mops serré contre son cœur que la petite Antoine quitte sa ville natale de Vienne pour se rendre en France épouser le futur roi.

Mops est un épagneul autrichien. M.A. emmène un compatriote. Peu d'écrits ont été publiés sur les animaux de compagnie de M.A. On sait pourtant qu'ils ont toujours été près d'elle, aussi nécessaires au début de sa vie qu'à la fin. Fidèles par vocation, tandis qu'elle est fragile par situation. Qu'elle jouisse d'une liberté illusoire entre les dédales de jardins ou d'une incarcération définitive entre les murs épais d'une prison, les chiens suivent. Ils assistent aux pleurs, aux déchirements, subissent avec leurs maîtres l'enfermement et les paillasses nauséabondes.

Stefan Zweig évoque Coco, mais aussi Odin. Odin est un léonberg, un chien des montagnes offert par Fersen à « la reine de France ». « Un chien symbolique », selon la légende, pendant du lion qui orne le cimier des armoiries de la ville des Metternich.

Fersen décide de baptiser le chien offert à Marie-Antoinette du même nom que le sien : Odin. Même nom, même race, même couleur de robe, la reine et Fersen, souvent éloignés l'un de l'autre, se retrouvent ainsi d'une certaine façon. Aucun cadeau ne pouvait être plus vivant que cet imposant animal pour se rappeler à elle. Ces molosses étaient connus pour être des chiens « doux et affectueux ».

Le choix de Fersen n'est pas anodin, le « lion des montagnes » est originaire de Bohême et l'impératrice d'Autriche, mère de M.A., est reine de Hongrie, mais aussi de Bohême. Il peut être une allusion à l'enfance de M.A. Dès 1625, les princes Metternich en possédaient, on trouve dans leurs propriétés une ville dénommée Löwenberg, « montagne du Lion ». M.A., fière de son « dogue de Habsbourg », aurait commandé un portrait en sa compagnie. Et malgré l'histoire de ce chien, sa provenance et sa symbolique, elle fut contrainte de l'abandonner en ce jour affreux où la famille royale quitta en toute hâte Versailles. Le « lion » de Fersen avec ses soixante kilos et son mètre au garrot était trop encombrant. La mort était à leurs trousses. Coco et Mignon, eux, sautèrent dans le carrosse, en route pour la prison.

On peut aisément imaginer le rôle affectif que ces deux chiens ont joué quand M.A. était seule dans sa cellule. Leur importance avait grandi avec les événements. Les chiens pressentent le malheur. Le mien a hurlé à la mort avant que mon téléphone sonne en pleine nuit et qu'un interlocuteur m'annonce la mort de ma petite sœur. Celui qui a vu un chien ouvrir sa gueule pour laisser sortir ce cri ne peut pas l'oublier.

À la fin de sa vie, Freud gardait sa chienne pendant les séances d'analyse, installée au pied du divan. Il prétendait que la présence de Jofi s'avérait aussi thérapeutique pour ses patientes que pour lui… « Jofi était dotée d'une vraie capacité de jugement du caractère des hommes, un véritable baromètre émotionnel. »

M.A. réclame la présence de ses chiens aux Tuileries, au Temple, à la Conciergerie. Les écrits de l'époque les confondent souvent. Pourtant, depuis toujours, le chien est considéré comme l'animal le plus proche de l'homme et sa présence n'est pas anodine. Selon l'école de psychanalyse : « L'amour du chien traduit souvent une souffrance psychique… Le chien agit alors comme une dérivatif, un tranquillisant. » Marie-Antoinette a toujours eu besoin de cette affectueuse présence ; sorte « d'antidépresseur » en termes d'aujourd'hui…

Ses chiens étaient éduqués. Éduqués bien qu'on les traitât en enfants gâtés. Rien à voir avec Fortuné, l'odieux chien de Joséphine qui mordit Bonaparte la nuit de ses noces alors qu'il tentait d'approcher son épouse…

Les chiens de M.A. n'ont mordu ni Louis XVI, ni Fersen, ni les gardiens de prison. L'abbé de Vermond, qui avait ses entrées dans les appartements de M.A., raconte que Mops dormait dans un lit cramoisi, aux pieds de la Dauphine et qu'à sa demande un poulet rôti lui était porté tous les jours à son chevet pour nourrir ses animaux.

Louis XIV distribuait des biscuits à ses chiens et avait fait installer « un cabinet des petits chiens dans la chambre du roi ».

Louis XV servait lui-même son repas à Filou, au cou duquel brillait un collier de diamants.

Royale déraison. Les chiens n'y sont pour rien, ils préfèrent un os à un solitaire, mais ils seront considérés, les carlins en particulier, comme des chiens à la mode, forcément de luxe, et les malheureux hériteront de la haine des révolutionnaires.

Les carlins étaient surnommés « Corlinos », en référence à Carlo Antonio Bertinazzi, l'Arlequin de la *commedia dell'arte* et son célèbre masque noir et ridé. « Bibelots vivants, inutiles et coûteux » pour les révolutionnaires qui en plus de les trouver « laids », les jugent « hargneux ». Abandonnés pendant la première vague d'émigration, associés au gaspillage, à la débauche sexuelle, beaucoup d'entre eux seront brûlés en place de Grève… Sous les pinceaux de Watteau, de Fragonard, sous la plume de Diderot, les petits chiens deviennent des métaphores du laxisme moral de la société du XVIIIe siècle.

L'amour que M.A. porte aux animaux vient de son

enfance. Elle partage cette passion avec ses nombreux frères et sœurs ainsi qu'avec sa mère, en compagnie de laquelle elle s'amusait à orner les étagères du cabinet de porcelaine, à Schönbrunn, de peintures de chiens dans un décor japonisant.

Quand Martin Van Meytens peint l'empereur François, Marie-Thérèse et leurs onze enfants, l'impératrice demande que les deux chiens soient représentés en premier plan. Ils sont censés symboliser la simplicité toute familiale de cette dynastie.

Récapitulons.

Marie-Antoinette quitte l'Autriche avec Mops. Un épagneul autrichien. Un bon chien, un peu rustique, rien à voir avec les carlins qu'elle adoptera plus tard à Versailles.

Le 7 mai 1770, sous une pluie battante, Antoinette dit adieu à sa mère. Il est son dernier lien avec sa famille. Il doit l'accompagner jusqu'en France et vivre auprès d'elle. La mère embrasse sa fille, caresse Mops, l'émotion est visible sur le visage de cette femme forte et intuitive. Ce n'est pas dans son habitude de pleurer. Ultime baiser. M.A. les collectionnera.

En ce 21 avril 1770, alors qu'elle arrive sur l'île aux Épis, au milieu du Rhin, après trois semaines de voyage, une mauvaise surprise l'attend. Mme de Noailles commence à exercer son autorité et demande à la Dauphine d'abandonner Mops. Pourquoi ? Première révolte, première incompréhension. Les difficultés débutent et les affrontements aussi. À peine vient-elle de laisser pour toujours sa famille, son pays, l'étiquette lui impose cette seconde séparation.

Antoinette doit abandonner tous ses biens venant de son pays d'origine et les animaux sont encore assimilés à des choses. C'est le « rite de passage » de sa vie de jeune fille à sa vie de femme. Elle a l'habitude d'être traitée en poupée depuis son plus jeune âge : déguisée pour se rendre au concert, à la messe, pour être portraiturée. Contrainte, Antoine pose son chien. Mais Mops, lui aussi terrorisé, ne se laisse pas attraper par Mme de Noailles.

Le chien doit être reconduit à Vienne. Antoinette pleure. Mercy, l'ange gardien, est là. Il rassure la petite archiduchesse : si elle accepte de laisser son chien, il se chargera de négocier l'envoi de l'animal à Versailles. Il promet. Elle sèche ses larmes. Jamais un chien n'a été l'exemple de l'« objet transitionnel » à ce point. L'objet transitionnel aide l'enfant à réaliser le passage entre sa mère et le monde extérieur… Il s'agit d'un chien, et bien d'un passage : passage entre deux pays, entre deux familles. La transition selon Donald Winnicott devrait se produire vers l'âge de trois ans. M.A. en a quatorze. C'est dire à quel point elle est en retard et combien ce retard va se répercuter dans sa vie future. Son besoin d'affection est celui d'un bébé. Elle s'accroche à son chien comme à un ours en peluche, un repère.

Repère aussi, ce tableau apporté dans ses bagages qui la représente déguisée en bergère avec ses frères,

Ferdinand en joyeux berger, Max en Cupidon. La toile se trouve à Trianon, elle a été descendue de la chambre de M.A. dans le hall de l'entrée, au rez-de-chaussée où elle est exposée aujourd'hui. Les objets survivent à leur détenteur, celui-là a l'air d'un chien sans collier, au milieu des visiteurs qui le dévisagent.

Au temps qui devait être celui du bonheur, le bonheur n'était pas au rendez-vous. Puis survint le temps du malheur. Dès les premiers jours aux Tuileries, Mme de Lamballe a l'idée, comme Fersen quelques années auparavant, d'offrir un chien en signe d'affection à la reine. Elle choisit un épagneul, clin d'œil à son premier chien ? Thysbé. Un Thysbé sans Pyrame. Connaissait-elle la destinée tragique des amants de la pièce de Théophile de Viau ? Thisbé préfère mettre fin à ses jours plutôt que de vivre sans Pyrame. La triste destinée des amants légendaires de la mythologie grecque n'inspirait pas M.A. qui rebaptisa le chien Mignon. Certains témoignages indiquent que c'est Madame Royale qui aurait débaptisé Thisbé pour éliminer toute référence à Fersen qu'elle déteste. Nous ne saurons jamais. Peu importe. Mignon sera présent jusqu'à la fin et il partira avec Mousseline.

Un tableau anonyme du XVIIIe siècle retrace le moment où le Dauphin est arraché à sa famille. Mousseline, Élisabeth et M.A. sont recroquevillées les unes contre les autres. M.A. porte un voile noir. La scène se déroule au Temple dans une semi-obscurité, ce qui renforce le côté tragique du milieu carcéral. Entre les deux enfants se tient un chien, un épagneul : Mignon.

Ce document est-il une œuvre d'imagination ? À moins qu'il n'ait été inspiré à l'artiste par une visite de la prison et de ses augustes prisonniers ?

Les concierges Bault et Richard organisaient en cachette ce genre de divertissement. On a peine à croire en des moments si cruels que les concierges gagnent quelques louis en montrant ce qu'il reste de la famille royale. Pauvre famille exhibée dans son intimité, comme des animaux de zoo. Qu'il s'agisse de Mignon ou de Coco, le chien a l'air aussi effrayé que le Dauphin. La scène se situe après l'exécution de Louis XVI, puisque la famille porte le deuil. Est-ce à ce moment-là que M.A. décide de laisser Mignon à son fils pour qu'il lui procure, en son absence, chaleur et affection ?

Que sont devenus ces chiens ?

Madame Royale, seule survivante de la Terreur, emportera Mignon en Autriche lors de sa libération. Ce chien demeurera son fidèle compagnon au cours de ses années d'exil auprès de son oncle Louis, jusqu'en 1801. Avec lui, elle a traversé les heures les plus sombres de sa vie. C'est bien lui, l'épagneul roux offert par l'amie de sa mère, qui l'accompagne quand, en 1796, Fersen la croise à Vienne. Il est bouleversé. Bien qu'elle ait « la robustesse de sa tante », quelque chose dans son visage de noble et de gracieux lui rappelle sa mère. On peut imaginer son émoi, malgré la froideur de Mousseline à son égard.

Le poète Jacques Delille compose, en 1803, une élégie en hommage à ce chien dont le contenu prouve qu'il connaît parfaitement la légende entourant les origines de l'épagneul : « … Ô toi qui, consolant ta royale maîtresse / Jusqu'au dernier soupir lui prouva ta tendresse… »

Quant à Coco, il fuguait depuis l'exécution de M.A. On sait par monseigneur de Salomon, détenu dans la cellule de Marie-Antoinette après son exécution, que « le premier matin, un carlin apparut dans sa chambre, sauta sur son lit, en fit le tour et s'en alla. C'était le carlin de la reine, que Richard avait recueilli et dont il prenait le plus grand soin. Il venait de la sorte pour flairer les matelas de sa maîtresse. Je le vis faire ainsi tous les matins, à la même heure, pendant trois mois entiers, et, malgré tous mes efforts, je ne pus jamais l'attraper ».

L'ancien concierge a bien dû finir par amadouer la petite bête qui errait morte de tristesse devant les murs de la Conciergerie, puisque les témoignages de l'époque confirment que lui et son épouse l'auraient recueillie.

À Pétropolis où Zweig mène une vie de reclus, son fox-terrier ne le quitte pas : « Un animal est un bon substitut à une époque où l'humanité est devenue folle. » Substitut pour Zweig, objet transitionnel pour M.A. Dans les deux cas, le chien est là pour donner son affection.

Un chien était dans le carrosse de M.A., le premier jour de sa vie en France, un chien sera dans sa cellule le dernier jour de sa vie.

Le chien de M.A. est devenu le chien de Colima, celui qui, selon une légende vieille de deux mille deux cents ans, devait « guider l'homme durant la nuit de la mort après avoir été son compagnon durant le jour de la vie »... A-t-il senti la mort approcher, a-t-il hurlé en voyant le bourreau entrer ? Les chiens savent ces choses.

Coco a été enterré au 80, rue de Lille dans le jardin de l'hôtel de Seignelay, devenu le ministère du Commerce extérieur. Sur l'épitaphe, à peine lisible, on peut lire : « Coco, chien de Marie-Antoinette. »

Trianon, une maison pour ranger ses rêves

Le 6 juin 1774, Marie-Antoinette pend la crémaillère du Petit Trianon. Louis XV vient de mourir. Les premiers symptômes du mal qui l'emportera, il les a ressentis dans ce lieu. Depuis, Mme Du Barry est partie. Louis XVI peut disposer de Trianon. Son épouse voulait une maison de campagne qui lui appartienne en propre. Un coin à elle, seulement à elle. Le roi lui offrira Trianon en ces termes : « Vous aimez les fleurs, Madame ? J'ai un bouquet à vous offrir. » Puis, l'homme passionné de sa femme et de serrurerie lui remet la clef du domaine : une folie sertie de cinq cent trente et un diamants exécutée à sa demande par François Brochois, serrurier, et Joël Maillard, orfèvre.

Trianon n'est pas une chaumière. C'est un château, un plus petit château soit, mais à quelques pas du grand. « La cabane », comme le nomme Roger Nimier, est un chef-d'œuvre d'architecture néoclassique, le plan carré, presque épuré a l'avantage d'être simple. Le bâtiment a été construit pour la Pompadour à partir de 1761.

La nouvelle propriétaire façonne par petites touches, durant quinze ans, le lieu selon son désir, intégrant de nouveaux décors « anglo-chinois » ou transformant certaines pièces. Elle dépense, indifférente aux affaires de la France. Enfermée dans son délire bucolique. Que sait-elle de l'aide apportée à la guerre d'Indépendance américaine, aux besoins des Insurgés ? La reine ne pense qu'à fuir, elle cherche refuge dans la vie paysanne, à l'abri des extravagances de Versailles : « Je n'y tiens point de cour, j'y vis en particulière… » M.A. est déconnectée du présent. Richard Mique construit un « hameau de fantaisie qui devait avoir un air de vérité ». Douze bâtiments. Un sol marécageux qui, à long terme, risque de mettre en péril meubles et bâtiments. La propriétaire n'a que faire de l'éternité, la Couronne y pourvoit. Elle rêve de murs modestes, paysans, quitte à vieillir le crépi, à lézarder les façades. Les entrepreneurs Tolède et Dardignac imitent les vieilles briques, les pierres effritées, le bois vermoulu. Les toits doivent être de chaume ou de roseaux. Un lac prolonge la rivière du jardin, là s'élève la tour de Malborough, à ses pieds un embarcadère, une barque, le Dauphin pourra pêcher des carpes ou des brochets au goût de vase. Non loin, il y a la laiterie où la reine se rendait pour goûter le lait et les fromages. Un colombier pour abriter volailles et pigeons. Une grange, la maison du jardinier, un moulin, « un réchauffoir » pour installer le four à pain, cuisiner les plats. Cinq maisons sont à la disposition de la reine dont deux sont reliées par une galerie dont les treilles sont couvertes de fleurs. Plus loin, une maison-boudoir aménagée d'un salon et d'une garde-robe, afin que la reine puisse s'abriter du soleil…

Chaque chaumière avait son potager bien ordonné.

Le Petit Trianon et ses dépendances ne seront pas un lieu public mais privé. On n'y sera convié que sur invitation. Le joli cadeau semble posé sur l'herbe : un petit palais blanc, une double porte s'ouvre sur un escalier à la rampe dorée à l'or fin. Là, entre les cartouches à tête de coq et les lyres antiques, s'entrelacent les initiales de M.A. : Marie-Antoinette est chez elle.

Côté aménagement, elle garde le décor fleuri, guirlandes de roses, amour, fruits, rameaux que Gabriel et Guibert avaient conçu pour Mme Du Barry. Elle s'est attribué au premier étage trois pièces : le salon de compagnie des jeux et de musique, sa chambre qui donne sur le « temple de l'Amour » dont le mobilier fut probablement exécuté par Jean-Démosthène Dugourc.

Elle ne changera que peu de choses et le mobilier demeure à peu près celui de Louis XV : « Tout fut conservé sans exception et la reine couchait dans un lit très fané et qui avait même servi à la comtesse Du Barry. » Mme Campan exagère… Marie-Antoinette a transformé deux pièces : la bibliothèque, et surtout ce petit cabinet où Louis XV aimait lui-même torréfier son café. Mais qu'en a-t-elle fait ? Dès ma première visite, c'est cette pièce qui me fascine, sans que je sache pourquoi. Elle n'est ni grande ni somptueuse, mais c'est une pièce d'angle, ce qui confère toujours plus de lumière et une vue plus étendue. Tels ne sont pas les mobiles de Marie-Antoinette. Les lieux sont redessinés par Richard Mique dans le goût des camées de Wedgwood, attirance nouvelle de la reine pour l'anglomanie. Des lambris se détachent en blanc sur un fond bleu. Le nouveau mobilier est exécuté par Georges Jacob : un lit de repos, trois fauteuils et deux chaises couverts de poult-de-soie bleu garni de dentelles… Rien de particulier dans ce raffinement. Il faut se pencher sur l'ingénieux mécanisme de glaces mouvantes dont les fenêtres sont équipées pour comprendre l'étrangeté que dégage cette pièce choisie ni pour la clarté ni pour admirer le paysage.

M.A. en a eu l'idée et la fit exécuter par l'ingénieur des Menus-Plaisirs du roi, Jean-Tobbe Mercklein en 1776. Des miroirs s'élèvent du sous-sol, traversent le parquet, afin d'obturer les fenêtres. Ainsi, une fois les glaces relevées, personne ne pouvait l'apercevoir.

Marie-Antoinette, constamment surveillée du lever au coucher, ne peut s'appartenir. Elle cherche à se cacher, tel un animal traqué. Telle est la justification de ce « cabinet de la maison des champs » aux glaces « déformantes à force de ne pas refléter le dehors », selon Catriona Seth. Pourtant, une porte ouvre sur le perron qui donne sur le jardin. Ainsi, la reine peut sortir – et recevoir – en toute discrétion. Les exclus imagineront, évidemment, toutes sortes de turpitudes en ce lieu : la reine a donc quelque chose à cacher ?

Les miroirs, une fois relevés, M.A. disparaît pour le monde mais ne peut échapper à elle-même. Derrière ces murs devenus aveugles, elle s'aperçoit à l'infini. Se regarde de face, de profil, de dos. Ses maternités, ses fausses couches lui ont fait prendre du poids, elle n'est plus la frêle jeune fille qui arrivait de Vienne. Son corset la serre, elle étouffe, elle le desserre, enlève ses souliers, s'exerce à danser, juste quelques pas, la pièce est petite, elle relève sa robe, tourne sur elle-même. Mais elle a beau se regarder, elle s'aperçoit sans se voir. Quelque chose manque. Quoi ? L'invisible pour les yeux. Une âme qui n'est pas en harmonie avec un corps. M.A. ne sait toujours pas qui elle est. Elle le saura plus tard. Est-ce la justification de cette étrange pièce ? Des miroirs pour se trouver ? Comme si le corps pouvait éclairer l'âme. « Qui suis-je ? » semble-t-elle demander à son reflet. Un puzzle. Une énigme. Pas de réponse encore. M.A. se perd en tournant, avant de se perdre en mourant.

Qui autour d'elle lui fait battre le cœur ?

Elle pense à ce jeune homme rencontré alors qu'elle était encore dauphine. Elle n'a jamais oublié son visage, ni l'effet qu'il produisit sur elle. Elle se souvient de leur première rencontre, de chaque minute à ses côtés, jusqu'au moment où Mesdames Tantes, furieuses, les séparèrent.

Elle a envie de crier, mais la paroi n'est pas assez épaisse pour étouffer son désespoir. Et puis, qui appeler à l'aide ? Son père est mort, sa mère est loin. Ses sœurs ?

Les confidences, même avec elles, lui sont interdites. Qui est proche d'elle ici, à Versailles ? Son mari, mais il ne s'épanche pas. Comprendrait-il qu'elle lui ouvre son cœur ? Mme Campan ? Elle note tout. Mercy et Vermond sont payés par sa mère pour la surveiller. La princesse de Lamballe ? Elle a fini par l'ennuyer. Le comte d'Artois ? Juste un compagnon de jeu. Mme de Polignac, c'est la seule dont elle se sente proche. Mais sa mère s'en méfie, dénigre à longueur de lettres ses ambitions, sa relation intéressée – la reine ne fait-elle pas profiter de ses faveurs toute sa famille ? Marie-Thérèse condamne sa fille à un désespoir sans confident. Il ne lui reste qu'elle-même, cette image muette.

À l'étage noble se situe la salle à manger. Les panneaux au-dessus des portes sont sculptés de paniers et d'ornements végétaux. Ici, encore un mécanisme dissimulé, imaginé par Louis XV, désireux comme elle de se passer de personnel. Il avait commandé à Antoine-Joseph Loriot trois tables volantes qui devaient surgir du sol chargées de victuailles posées sur des plateaux d'argent grâce à un système de contrepoids coulissant du sous-sol. Toute la maçonnerie était prévue pour y loger le mécanisme. Ce système fut associé aux pires orgies. Il n'a jamais fonctionné et Marie-Antoinette n'a pas donné suite à cette commande.

Cette pièce, dans laquelle elle ne voulait pas se rendre

du temps de *la sotte créature*, est devenue sienne. Elle est reine, la Du Barry était favorite.

En tant qu'épouse du roi, M.A. ne peut se rendre à Trianon qu'en journée. Le soir, il faut rentrer au domicile conjugal.

Elle devra attendre le printemps 1779, après la naissance de son premier enfant, pour enfin y séjourner. À peine accouchée, M.A. grelotte, sa gorge est rouge vif, des aphtes couvrent sa langue. Lassone, l'archiatre, la purge. Cela ne suffit pas. M.A. a la rougeole. Il lui prescrit une potion à base de limaille de fer et de grains de Mars. C'est une maladie héréditaire, qui prend un tour assez sévère chez les Habsbourg. Sa sœur, Marie-Anne, en a pâti. Onze jours d'incubation. Le roi doit se tenir éloigné de sa femme. Elle choisit quatre hommes amusants, Esterházy, Guines, Coigny et Besenval pour la distraire, dès son lever jusqu'à onze heures le soir. Scandale, rumeurs, libelles. La reine s'encanaillerait, couverte de plaques rouges, les yeux bouffis par un œdème des paupières… entre maux de ventre et vomissements.

Après onze jours et onze nuits alitée à Versailles, M.A. est convalescente. Elle saisit l'aubaine pour rejoindre Trianon et « changer d'air ». Mme de Polignac la suit. Mercy s'affole. Il a raison, M.A. est perturbée par sa rencontre avec Fersen. Louis-Auguste n'en sait encore rien. Devenu père, il aime sa femme comme un homme, cette fois, et n'entend pas demeurer loin d'elle. Même contagieuse, il veut lui rendre visite. La reine lui fait entendre raison et le dissuade. Elle finit par lui accorder un quart d'heure, à condition qu'il ne monte pas, et qu'ils s'entretiennent de son balcon. Le « triste César » de Zweig est devenu le « triste Roméo » de Shakespeare.

Dans sa grande bonté, la coquine échange avec son mari. Le roi planté debout, tête levée, au milieu de la cour, lui prodigue des mots d'amour. Elle lui manque, il la supplie de rentrer à Versailles, tant pis pour la rougeole. Mais elle préfère attendre d'être guérie… De son balcon fleuri, M.A. lui lance un baiser du bout des doigts. Un petit tour sur elle-même et elle s'en va rejoindre sa société. Que cette rougeole est bienvenue ! À elle les promenades en calèche et les fêtes champêtres.

Malgré sa fatigue et la probable desquamation qui fait suite à l'éruption, elle apprécie cette vie loin de la Cour. Mais il ne suffit pas de changer de maison pour déjouer le destin. Il faut un dauphin à la France. Aucune reine n'échappe aux maternités répétées. Mercy la met en garde : si elle ne se dépêche pas de rentrer à Versailles, « un jour Louis XVI ira chercher ailleurs la galanterie ! ». M.A. entend cet argument. Son pouvoir est à ce prix. Traînant le pas, elle retourne au château subir les assauts de son mari et tomber enceinte, encore.

À Trianon, il y a un théâtre, où la reine organise des soirées. Un vrai théâtre avec des tas de machines, de lourds rideaux en velours, des passementeries. Pour dépenser moins, l'architecte Richard Mique a mélangé un peu de cuivre à l'or qui recouvre les moulures et quelques sculptures ont été remplacées par du carton peint. Économies de bouts de chandelles. La somme finale, comme celle du jardin, est astronomique. M.A. veut être actrice. Les femmes du monde jouent la comédie pour se divertir. Divertir. Jamais ce mot n'a eu plus juste illustration au sens où Pascal l'entend. La seule chose qui « nous console cependant, c'est la plus grande de nos misères ». M.A. est perdue dans ses illusions d'être heureuse. Perdue pour ne pas avoir à affronter l'ennui. Les reines ne jouent pas la comédie. Encore une lubie. M.A. n'a pas de pire ennemie qu'elle-même.

Louis XVI, installé dans son fauteuil de velours bleu ciel, assiste au spectacle de sa femme dans son délire d'exister, sans deviner le mal-être qui se cache derrière ces gentils opéras comiques, derrière ces propos de bergère ou d'ingénue. Elle sera Colette dans *Le Devin du village* de Jean-Jacques Rousseau, et déclamera, en essuyant ses larmes de son tablier : « J'ai perdu tout mon bonheur, j'ai perdu mon serviteur... », et encore : « Mon excuse est dans mon malheur [...] est-ce un crime de tenter à sortir de l'esclavage ? » dans *Le Barbier de Séville*. Là, elle s'exprime. C'est le moyen qu'elle a trouvé. Que comprend le roi à son choix de personnages et de textes ? Rien. Selon le mot qui lui est familier. Qu'éprouvent les domestiques convoqués au spectacle à la place des courtisans en regardant leur reine déguisée en servante ? De la révolte.

Ses coûteuses fantaisies sont des insultes. Comment admettre qu'une reine se travestisse en paysanne à coups de milliers de livres ? On ne joue pas avec la souffrance des pauvres.

Marie-Antoinette, où es-tu ? Derrière les rideaux de son théâtre, elle semble attendre le rôle tragique, le seul qu'elle saura interpréter, qui donnera la mesure, non pas de l'actrice, mais de la vaillante héroïne que la Révolution française va débusquer.

Pendant dix ans, M.A. se promène entre Versailles et Trianon, entre la reine et la bergère. Elle erre, absente à elle-même, avant de devenir une des femmes les plus courageuses de l'Histoire.

Elle se cherche en gravure de mode. Mauvaise piste. Elle n'est pas là.

En reine de France. Pas là non plus.

En jardinière ? Pas davantage.

À la tombée du jour, la reine s'allonge sur l'herbe, scrute le ciel à la recherche d'étoiles filantes… joue à colin-maillard comme une petite fille. Et pourtant, quand un ami se montre trop familier, elle le renvoie de son cercle. Les invités ne savent pas sur quel pied danser. M.A. veut s'amuser, mais être respectée en tant que reine de France. L'équilibre est difficile à trouver quand le jeu consiste à identifier une personne les yeux bandés… Elle n'entend pas monter la colère. Ses paupières sont closes sous le foulard qui lui masque les yeux. Les bras tendus, elle court sur la pelouse pour attraper Mme de Polignac, le comte d'Artois ou un autre de ses amuseurs. Ils tournent autour d'elle en évitant de se faire toucher. Quand elle en attrape un, celui-ci doit s'immobiliser et, pour le reconnaître, la reine doit tâter son visage et son corps : qui est-ce ? Le prince de Ligne ? Artois ? Dans le parc du château de Schönbrunn, sa nourrice la mettait en garde contre « les jeux de mains, jeux de vilain »... Voilà, elle est vilaine, elle attrape les garçons quand ils ne lui courent pas derrière...

Nous sommes en plein dans « l'insouciance enfantine » dénoncée par Stefan Zweig. Oui, on peut être étonné de l'intérêt qu'elle trouve à ces gamineries qui ne sont pas de son âge. Sa situation lui aurait offert tant de rôles plus passionnants, plus valorisants que colin-maillard.

Par exemple, s'associer à Madame Élisabeth, sa belle-sœur, qui, pour venir en aide aux enfants, avait aménagé un dispensaire dans son hameau.

À Trianon, il n'y a ni orphelinat, ni hôpital, ni école pour les démunis.

À Trianon, la reine ne soigne qu'elle-même. La souffrance de l'âme rétrécit le champ de vision. Elle rend égoïste. Marie-Antoinette va mal. Sa vie d'épouse, de femme, est ratée. Le pouvoir et les biens matériels ne lui procurent qu'une joie très superficielle. Alors, il en résulte cette course effrénée. Une Marie-Antoinette insatiable, parce qu'elle est inconsolable. Les bijoux ?

« Je n'aime plus les diamants et je n'en veux plus jamais acheter de ma vie ! » Inutile. Personne ne la croit. Elle porte son dévolu sur les jardins. Selon le duc de Croÿ, « jamais deux arpents de terre n'ont tant changé de forme, ni coûté tant d'argent ». M.A. cède à la mode des parcs anglais. Finis les jardins à la française établis par Le Nôtre, finis les allées bien rangées, les alignements, disparues les installations scientifiques et la grande serre de Louis XV. Il faut mettre le parc au goût du jour, aller de surprise en surprise, découvrir une grotte, un temple, traverser des montagnes, des rochers, des rivières, un étang, emprunter une barque pour se rendre sur une île… Comme si tout cela pouvait s'installer d'un coup de baguette magique ! Les travaux furent dirigés par Richard Mique et Hubert Robert, dans le style champêtre, selon le souhait de la reine.

Dans le jardin, c'est la grotte qui m'intrigue. Elle ressemble à celle exécutée par Gustave Courbet. Les historiens d'art ne se sont pas privés de l'interpréter. Celle de Courbet trahirait son obsession pour l'« origine du monde ». La caverne, le sexe de la femme. Pourquoi Marie-Antoinette voulait-elle une grotte ? Pour imiter la nature, s'y dissimuler ? Comment passer outre à la symbolique de la rivière, source de vie, et ne pas établir un lien avec le désir d'être femme à part entière ?

Bien qu'assez rare dans les jardins, la grotte n'était

pas une invention de M.A. Mais celle-là est différente de toutes les autres : elle possède une grille et une clef unique que seule la reine détient. Une banquette, un lit de mousse, une petite ouverture creusée dans la roche pour pouvoir surveiller les importuns. Elle se situe près d'une cascade afin qu'aucune conversation ne puisse être écoutée. Excès de zèle des architectes qui, pour plaire à la reine, « en faisaient trop » ? La grotte était humide, minuscule et n'invitait pas à s'allonger sur la banquette mouillée…

Marie-Antoinette pensait qu'« à Trianon, elle ne serait plus reine, mais elle-même ! ». Mais elle se trompe. Elle n'est pas encore là, elle n'est pas encore *elle*. Elle croit s'être rencontrée dans un miroir, dans un jardin proche de la nature, dans cette parodie de maison de campagne, image rousseauiste. Une mode, encore. Elle échappe juste à sa condition l'espace d'un après-midi.

La pendule, au cadran somptueux porté par deux aigles d'Autriche, sonne les heures. L'heure tourne. Vite, elle sera partie, vite, elle fuira pour Varenne, vite, elle sera rattrapée, enfermée, vite, ligotée et décapitée.

M.A. croit s'être trouvée, elle s'est perdue. À Trianon, M.A. abandonne un univers factice pour un autre, tout aussi factice mais plus simple, si l'on peut dire.

Il lui faudra la solitude de l'enfermement pour se découvrir. Le moment arrive… C'est là, près de la grotte, ce monument édifié pour la légèreté d'être et le marivaudage, qu'un page, le 5 octobre 1789, viendra la prévenir de l'arrivée d'une foule armée aux grilles du château.

Marie-Antoinette ne reverra plus son jardin enchanté. Trianon tombera dans l'abandon. Un demi-million de livres demeureront impayées.

À la requête de l'accusateur public, *le bouquet* finira confisqué au profit de la République. Au-dessus des portes, des numéros de chambre sont inscrits. La maison à ranger les rêves deviendra un bordel de campagne.

La prise de conscience

Pour M.A. tout commence par une gifle. Celle du destin.

Le lundi 5 octobre 1789, une foule nombreuse s'ébranle, un cortège de sept ou huit mille femmes se dirige vers le château de Versailles en criant : « Du pain ! » Certaines brandissent une arme improvisée, fourche ou pique. À la mi-journée, le cortège arrive devant les grilles puis envahit le château. Une délégation, conduite par Mounier, se rend auprès du roi. Celui-ci les écoute et promet de ravitailler Paris. Mais le second cortège arrive sur ces entrefaites et force les grandes grilles des écuries. Les émeutiers s'installent sur la place d'Armes, devant le château, en vue d'y passer la nuit. Lafayette, informé des événements, arrive en fin de soirée à la tête de vingt mille hommes de la Garde nationale. Il rétablit un semblant d'ordre… et va se coucher. Le roi renonce à disperser son peuple. Le lendemain matin, c'est l'émeute. Plusieurs gardes royaux sont tués, leurs têtes se balancent au bout d'une pique. Les premières d'une longue série. Les grilles du château sont forcées et la foule se rue vers les appartements de la reine. Un garde du corps crie : « Sauvez la reine ! » avant d'être sauvagement assassiné.

M.A. a juste le temps d'enfiler une robe sur sa chemise de nuit, d'attraper une paire de chaussures et de s'enfuir sans bas par une porte dérobée pour retrouver ses enfants et, avec eux, se précipiter dans les appartements du roi. Mais le roi dort. Il ne les entend pas taper à la porte, les émeutiers sont là, tout près, ils traversent la galerie des Glaces, elle les entend arriver... Le roi en chemise de nuit, mal réveillé, finit par ouvrir. M.A., Mousseline et le Dauphin échappent au massacre de justesse.

Marie-Caroline, sa sœur, celle qui l'aimait tendrement, dira qu'il aurait mieux valu pour Marie-Antoinette mourir ce matin-là, assassinée devant la porte de son époux.

La suite le confirmera.

Lafayette, chargé de la protection du roi et de la reine, dormait lui aussi. Il a veillé tard dans la nuit et ne croyait pas à l'invasion. Il s'est trompé. Il accourt et persuade le couple royal de se montrer avec lui au balcon pour apaiser les émeutiers. À l'apparition de Louis XVI, les femmes crient : « Vive le Roi ! » puis : « À Paris ! » Lafayette convainc Louis XVI de ratifier la Déclaration des droits de l'homme et du citoyen, puis de se rendre aux Tuileries.

Selon Mme Campan, dans la nuit du 5 et 6 octobre

des courtisans, affolés, ont fui Versailles et des cadenas verrouillent les portes de leurs appartements. Quelques gentilshommes suivront Louis XVI, il en sera de même pour certaines dames qui reprendront leur service auprès de M.A. aux Tuileries.

À treize heures, la famille royale abandonne Versailles pour ne plus jamais y revenir. Sa voiture est précédée par la foule triomphante qui expose au bout de piques les têtes des gardes comme des trophées. Autour du carrosse la foule scande : « Nous ne manquerons plus de pain, nous ramenons le boulanger, la boulangère et le petit mitron. » C'est ainsi que M.A. et les siens entrent aux Tuileries… un palais à l'abandon depuis que la Cour s'est installée à Versailles.

Où et quand situer le réveil qui extirpe M.A. de l'insouciance dans laquelle elle était plongée ? Là, en pleine violence ? À l'atroce vue des têtes sanguinolentes de ses gardes ? À l'écoute des injures ? Dans le carrosse de la fuite à Varennes ? Lors des adieux de Louis XVI avant son exécution ?

Non. La prise de conscience est un changement profond. Même la violence extérieure ne peut la provoquer sans la confrontation avec soi-même. Ce changement ne vient pas de l'extérieur. Le passage ne peut se produire que dans un isolement proche de la prière.

Jamais M.A. n'a été plus près de sa vérité qu'avant de mourir, quand elle écrit à Madame Élisabeth, le 16 octobre 1793.

La Belle au bois dormant, après avoir somnolé quatorze ans à Schönbrunn, dix-sept ans à Versailles, s'être assoupie à Trianon, s'être perdue dans les salons de jeu, retrouve enfin ses esprits : « Tout ce qu'elle était à l'état latent [...], ses dispositions préexistantes » prendront le dessus sur cette mystérieuse paresse de l'âme, cette insouciance enfantine, si justement analysée par Zweig.

Son intelligence a tourné à vide longtemps, son énergie s'est égarée dans de sottes batailles. Sa petite guerre a commencé par le refus d'adresser la parole à la maîtresse du roi. Quelle affaire, quel entêtement ! Cette obstination l'aidera dans les moments les plus tragiques de sa vie. Ses défauts de Versailles deviendront des qualités en prison.

À quoi pensait-elle, seule dans sa chambre à la Conciergerie, le fil de laine enroulé autour de l'index, à planter ses aiguilles dans d'interminables écharpes ? Que la Révolution l'a sauvée d'elle-même pour la tuer en pleine conscience ? Sans culture, elle parvient à se rapprocher de la sagesse des stoïciens, elle la réinvente.

La reine est seule, les mentors sont partis.

Mercy s'est enfui à Bruxelles, Vermond à Valenciennes, à Coblentz et enfin à Vienne. Nous sommes en 1789.

Mercy a rédigé beaucoup de lettres. Le 9 juillet 1792, il écrit au frère de M.A., Léopold, pour le supplier de tout tenter pour la sauver. Joseph II, son aîné, est mort le 20 février 1790. Lui se serait battu pour sa sœur. Le mentor tente d'attendrir Léopold : «… accablé de terreur et de chagrin, on donnerait son sang pour la Reine et rien ne sera omis pour la servir». Peine perdue. Léopold demeure indifférent. Un mois plus tard, la famille royale est conduite au Temple.

«La plus tendre de ses amies» est contrainte à l'exil. Dès le début des événements, Mme de Polignac part pour la Suisse, l'Italie et l'Autriche. La duchesse mourra cinquante jours après la reine.

La princesse de Lamballe, après un rapide séjour à Londres, revient, sourde aux supplications de M.A. qui lui demande de ne pas le faire. Elle le payera de sa vie, le 3 septembre 1792.

Marie-Thérèse d'Autriche décède en novembre 1780, au moment où la France est engagée dans la guerre d'Indépendance des États-Unis contre l'Angleterre. L'impératrice n'aura pas connu les tentatives infructueuses de Necker pour remédier à l'état déplorable des finances. Tant mieux. Elle aurait auguré de la suite.

Plus de coursier spécial provenant de Vienne.

Plus de réponse exigée.

Plus de recommandations. Sa dernière missive sera datée du 3 novembre 1780. Elle meurt le 29. Dans cette lettre, après avoir regretté une fois encore «qu'elle ne dorme pas à l'allemande», c'est-à-dire dans l'intimité du roi, après avoir passé en revue les petites incommodités de la représentation, elle se plaint de perdre tous ceux qu'elle aime les uns après les autres.

À la nouvelle de la mort de sa mère, M.A. demeure prostrée pendant des heures, elle écrit à Joseph : « Je suis accablée du plus affreux des malheurs. » Le point final à dix ans de correspondance est posé.

Où sont les autres ? Ses sœurs Marie-Aurélie et sa très chère Marie-Caroline ? Les liens sont distendus, sa mère ne l'autorisait pas à leur écrire, en dehors des cas particuliers : « entendez pour les vœux et les condoléances » et « à condition que tout soit mis de façon à être lu par tout le monde ». Quant à son ancienne gouvernante, Mme de Brandeis, Marie-Thérèse hésita à lui accorder la permission de lui écrire : « à condition de ne rien dévoiler », pour finalement refuser. Voilà. Marie-Antoinette est esseulée. Louis-Auguste, à peine arrivé aux Tuileries, est en dépression. Il se couche. Au propre et au figuré. Marie-Antoinette, qui n'aura écrit que quatre cents lettres dans toute sa vie, se met, bien obligée, au travail. Elle écrit bien sûr à Mercy, à Barnave, à son frère Léopold II, le nouvel empereur, et à son fils, François II, mais aussi à l'impératrice de Russie et au roi de Suède.

Louis XVI n'a jamais imaginé le mal que lui réserve son peuple. Celui qui considère sa condition comme un destin ne lutte pas, il se laisse conduire.

La reine est seule, mais la femme immature s'est transformée *in extremis* en femme adulte. Finis les antispasmodiques de Mme Campan, la reine n'en voulait plus, « les maladies de nerfs étaient les maladies des femmes heureuses ».

M.A. ne joue plus sur la scène du Petit Trianon le rôle d'une servante tuée par l'ennui. Elle se bat sur une des plus sanglantes scènes de l'Histoire. Là, elle déploie son courage, comme si celui-ci attendait une occasion à sa mesure pour relever un défi héroïque.

Déjà dans le premier isolement de sa vie, aux Tuileries, seule ou presque, elle commence à comprendre, enfin. Rien ne lui aura été plus fatal que les facilités dont le destin l'a comblée, l'encourageant à la paresse dès la naissance.

Elle tend les bras pour être lavée, habillée, Mercy d'Argenteau réfléchit pour elle, sa mère lui dicte les attitudes à adopter.

Polichinelle entre leurs mains. Elle n'a qu'à paraître. Paraître, c'est son espace de liberté pour exister. La coquetterie, sa désobéissance, pour se démarquer.

Marie-Antoinette a fui dans le batifolage et se retrouve dans la solitude. Sa vie n'est enviable que pour ceux qui confondent opulence et bonheur. Quand le divertissement consiste à se détourner de la réalité, il n'est plus amusement.

Et c'est en cela que j'ai du mal à séparer la prétendue légèreté du début de la tragédie de la fin. La légèreté de M.A. ressemble au malheur d'être. Fermer les yeux sur les évidences ressemble à la peur de les affronter.

Le même mot est utilisé par les témoins de l'époque pour sa démarche dans les allées de Versailles ou sur l'échafaud : « légère ». Idée préétablie. Comment peut-on être « légère » face à la lame qui va vous trancher la gorge ? Alors, il s'agirait d'une légèreté forcée, orgueilleuse, pour cacher la peur. Versailles lui faisait donc peur aussi ?

C'est seulement en plein cauchemar, quand elle ne pourra plus se réfugier nulle part, qu'elle n'aura d'autre choix que d'ouvrir les yeux, que de se confronter au danger qui menace sa famille et à ce peuple en révolte.

La fuite, c'était pour les malheurs personnels.

La tragédie la rattrape où qu'elle aille. Dans une attitude inconnue jusqu'alors, M.A. se redresse et l'affronte, avec son âme pour seul bouclier.

À cette souffrance de l'esprit, il faut ajouter celle du corps. Cette horloge biologique du temps. Le corps reprend ses droits. Il lui apprend à vivre à son propre rythme. La fatigue a été bénéfique à la santé morale de Marie-Antoinette. Son jeune corps, qui ne demandait qu'à bouger, a ressenti d'autres exigences. Épuisé, il a mieux accepté l'immobilisation imposée par l'emprisonnement. La fatigue l'a recentrée sur elle-même. Elle ne ressemble plus à la jeune agitée qui s'exhibait.

Adieu à l'univers factice de Versailles dépeint par Sofia Coppola à coups de clichés et d'outrances. Adieu à la légèreté couleur pastel allant des escarpins Louboutin aux pyramides de macarons Ladurée. Adieu à la connexion Bling Ring filmée avec gourmandise, adieu à la *fashion victim*, à cette image que M.A. pour son malheur a laissée dans les esprits.

M.A. se cache pour pleurer. Plus d'étoffes brodées pour masquer le chagrin, pour détourner l'attention, mentir aux autres et à elle-même. Elle n'a plus qu'une robe blanche puis une noire. Robe de deuil autorisée à la veuve Capet. Elle rapièce l'une et l'autre de ses propres mains. Le malheur n'est pas là. Le bonheur non plus. Il ne l'a jamais été. Rose Bertin, Léonard, sa maison de campagne… sont des leurres. La vérité n'existe pas dans l'artifice. Tout était simulation. Fausse campagne, fausses relations, elle a tenté d'en sortir, mais en se fourvoyant. Ni son enfance d'archiduchesse ni son mariage avec le roi de France ne l'y ont aidée. Élevée à Schönbrunn comme une orchidée dans une serre. Elle passe d'un château à l'autre. Comment s'éloigner de cette vie ? Elle ne lit pas, ne voyage pas, ne rencontre aucune personne extérieure à son milieu. Elle s'évade dans une bulle nommée Trianon : « chaumière en pleine nature », dans son imagination. Là, elle joue à la bergère. De luxe forcément, robe à la Gaule, mousseline ou linon blanc, ceinturée de bleu ou de beige… La paysanne aurait pu prêter à sourire, si la misère n'avait jamais été aussi loin et aussi près de M.A.

M.A. vit dans un nuage. Il faudra un orage cataclysmique pour déchirer le voile et l'ouvrir à la réalité : « Un ciel si sombre ne s'éclaircit pas sans une tempête », a écrit Shakespeare. L'orage a bien eu lieu et la Révolution est apparue.

M.A. a vécu sous cloche. Elle n'est jamais sortie

des enclos autrichien et versaillais. Elle ne connaît pas la foule, ni les gens, mis à part les marquis poudrés, perruqués qui sévissent à la Hofburg comme à la cour de Louis XVI. Cinquante-sept carrosses sont venus la chercher à Vienne. Elle fut transportée tel un objet fragile, un cadeau royal, dans une boîte capitonnée d'or et de velours rouge. Un écrin d'orfèvre pour présenter les futures parures, l'aigle à deux têtes des Habsbourg et la fleur de lys des Bourbons scellés au-dessus de son crâne. Elle pensait devenir une bergère à Trianon, mais elle demeure reine. Les rivières, les grottes sont des décors de théâtre. La vie est un jeu. Un gigantesque jeu de construction aux barrières aussi élevées que les grilles du château de Versailles.

Dans ce silence qu'elle évitait, la lumière s'est faite. Le tourbillon de Versailles, avec les multiples cérémonies d'habillement, de toilettes, de couchers, s'est apaisé. Il lui a été impossible de réfléchir, « le malheur des hommes de ne pas savoir rester en repos dans leur chambre » était le sien. Et c'est dans ce repos forcé des Tuileries, en écrivant à toute l'Europe, loin des comptes rendus qui touchent à son âme et à son corps imposés par sa mère, que Marie-Antoinette relève la tête, regarde enfin le monde. Malheureusement, pour plaider la cause de la monarchie absolue. Marie-Antoinette se mêle de politique par obligation. À peine arrivée aux Tuileries, elle se retrouve à la tête d'un pays-navire en perdition, et elle ne connaît qu'un seul cap : l'Autriche. Cette femme qui, hier encore, se reposait après son bain, tendait la joue pour être poudrée, disposait de trente couturières pour entretenir sa garde-robe, cette femme s'épuise à force d'écriture. Elle a recours à l'encre sympathique, au citron, elle apprend le chiffrage, le déchiffrement. Elle n'avait jamais lutté jusqu'à ce jour, jamais produit le moindre effort. Et voilà que devant cette immense tâche qui lui incombe, loin de se laisser aller au désespoir, ses facultés s'aiguisent et deviennent des couteaux. Elle réfléchit parce qu'elle y est obligée, elle s'élève parce que le destin l'exige. La transformation de sa vie commence là. Dans la nécessité, aux Tuileries. Tard, trop tard.

Il ne lui reste à vivre que le pire. Absente à elle-même jusqu'à trente-cinq ans, elle s'habite enfin au moment d'affronter l'épouvante, sans sorties dérobées, sans clefs, sans grottes, sans grilles, sans aucun repli, sans masque, sans mèche sur ses paupières mi-closes, mais les yeux grands ouverts sur la terreur.

Avec la prise de conscience, cette ancienne belle endormie saura puiser en elle la force de se battre, de défendre sa famille, la Couronne. Elle se rapproche de ses enfants et, malgré l'insupportable gardiennage du Temple, « elle n'est plus qu'une épouse et une mère qui tremble pour la vie de ceux qu'elle aime ». Les époux si mal assortis se sont trouvés, unis par la souffrance et les périls. Une profonde tendresse les rapproche.

Louis-Auguste se rend compte de son évolution et dira de son épouse : « Si l'on savait ce qu'elle vaut, comme elle s'est élevée, à quelle hauteur de vues elle est arrivée ! » On est loin du : « Ah, vous ne valez rien, tous autant que vous êtes ! » lancé en riant à sa femme et sa compagnie après une partie de pharaon de trente-six heures au château de Saint-Cloud… Le roi avait permis « une seule partie », mais sans en fixer la durée. L'espiègle en avait profité…

Jamais Louis ne lui fera le reproche des pamphlets que sa conduite inspire. Généreux époux, qui aime sa femme, qui la laisse libre, conscient de sa part de responsabilité.

En prison, pour la rassurer, il lui répète que « tout ce qui est injuste est impossible », il prie pour ses ennemis et pardonne à ses bourreaux. Devant la simplicité de la famille royale, les gardiens sont déstabilisés. Les femmes s'attachent à M.A. et commencent à douter de la véracité des faits qui lui sont reprochés. Mais trop d'égards risqueraient de les exposer. M.A. elle-même le leur interdit.

Les recommandations de l'impératrice et celles de Mercy d'Argenteau n'avaient servi à rien. Comme les enfants qui doivent toucher le feu pour comprendre que ça brûle, M.A. a joué avec en achetant des bracelets de deux cent cinquante mille livres, elle s'est fait offrir le Trianon. « Ces sortes d'anecdotes percent mon cœur, surtout pour l'avenir », lui avait écrit Marie-Thérèse. Ses yeux glissaient alors sur ces reproches qui ne l'atteignaient pas. Elle n'imaginait pas qu'elle pût être responsable de quoi que ce soit, ni que ses dépenses auraient d'aussi funestes conséquences.

Aux Tuileries, les avertissements de sa mère lui reviennent en mémoire. Elle comprend. On la désignera comme la coupable idéale. Pourquoi ne pouvait-elle l'entendre à l'époque ? Trop de lettres, trop de recommandations ont fini par la confondre. Un charivari dont elle ne distinguait plus le message principal. Elle la fière, la rebelle, qui n'écoutait personne, va-t-elle sortir de son endormissement ? Il faudra beaucoup d'insultes, de cris de révolte, de coups de canon pour que le bruit du tonnerre annonçant la fin de la monarchie monte jusqu'à ses oreilles. M.A. sera fouettée par le malheur. Il s'érigera en maître. Seul professeur de vie. En soufflant, il balaye le tourbillon artificiel et superflu qui régnait à Versailles et dans lequel M.A. s'était engouffrée corps et âme.

Le vent du malheur libère la reine qui, paradoxalement, n'aura jamais été aussi libre que captive.

Les nuages sont percés. Marie-Antoinette est née à elle-même. Mais en plein ouragan. Si la vie d'un homme commence avec la « naissance de la raison », celle de M.A. aura été « misérablement courte ». Elle aura vécu quatre ans. Quatre années entre sa prise de conscience, en 1789, et sa mort, en 1793.

Pendant ces quatre années, par miracle, débarrassée de la vacuité qui l'entoure, une autre femme fait face à l'Histoire : une femme de caractère, courageuse et d'une dignité exemplaire.

C'est dans sa première solitude aux Tuileries que les cloches de sa naissance auraient dû retentir. Pas ce 2 novembre de l'année 1755, quand le carillon des morts résonnait de concert avec celui de son baptême, mais le 6 octobre 1789. C'est aux Tuileries que Marie-Antoinette est née et s'habite enfin. Trop tard.

À la fin de leur histoire, c'est le roi qui s'échappe et M.A. qui supplie

Dès son arrivée au Temple, M.A. ne s'appartient plus. Elle appartient à la République, au procureur général de la Commune, à ses geôliers. Elle s'habille, se déshabille, se coiffe, applique sa poudre, dîne, embrasse ses enfants, prie et pleure devant eux, les fusils remplacent les langues de vipère.

Messes basses prohibées. Chacune des paroles de M.A. doit être assez forte pour être entendue, aucun de ses gestes ne doit échapper à la surveillance de ses gardiens. M.A. est leur propriété. Ils ont pénétré son intimité. Pas un petit coin où elle peut se protéger de leurs regards. Un supplice sans cesse recommencé. Le jour et la nuit.

Après l'assassinat de la princesse de Lamballe, les municipaux se sont installés dans l'antichambre qui lui était réservée. Là, ils espionnent son sommeil, ses insomnies, ses cauchemars. Quand, par chance, elle parvient à s'endormir, ils écoutent son souffle, guettent ses paroles ou ses cris.

À quelques pas d'elle, des yeux brillent dans le noir. Regards haineux, cruels, curieux, obscènes, avides, quelques rares fois désolés et compatissants. Ils sont là, témoins de ses peurs quand les bruits extérieurs la font tressaillir. Le peuple aime la tenir informée des mauvaises nouvelles. À peine est-elle arrivée qu'un colporteur crie sous sa fenêtre qu'un décret ordonne de séparer le roi de sa famille. Les menaces sont toujours mises à exécution. Elle le sait. Les assassins sont dans la rue, ils ont baladé la tête de son amie plantée sur une pique afin qu'elle la voie. Comme si l'annonce du crime ne suffisait pas. De la rue montent les injures contre « l'infâme Antoinette », sans arrêt. Infatigable haine.

Les enfants ne peuvent plus sortir. Ils ne doivent pas entendre les insanités proférées contre leur mère. Pauvres enfants enfermés, privés de promenades, qui ne peuvent ni prendre l'air ni marcher. Torture de cette mère qui se sent responsable du sort d'une fillette de treize ans et d'un garçonnet de huit ans. Si les bourreaux les épargnent, comment survivront-ils à tant de peur et de douleur après la décapitation de leurs parents ? Simon menace de découper le Dauphin en tranches s'il n'est pas sage. M.A. tremble en voyant les municipaux entrer dans sa chambre. À chaque pas, elle pressent un nouveau malheur.

Le 1er juillet 1793 de l'an II de la République française, l'irrévocable décision est prise par le Comité de salut public. Il faut séparer « le fils Capet de sa mère ».

Jusqu'à son dernier souffle, le poignard que l'on vient de lui enfoncer continuera à la torturer. Mieux vaut ne pas être née que vivre cette souffrance. Si elle n'avait pas encore à lutter pour le sauver, elle se laisserait mourir là, elle cesserait de s'alimenter jusqu'à ce que la mort l'emporte. « Rien à présent ne peut me faire du mal », dira-t-elle quand il faudra quitter le Temple et abandonner ce qu'elle a de plus cher au monde. Finis les moments de tendresse, les petits soins du coucher et du lever. La surveillance, les fouilles, les perquisitions, les inquisitions ne suffisent pas. Son enfant est parti.

Qu'importent la vulgarité, les familiarités, quand une mère doit supplier ses gardes pour passer une dernière nuit auprès de son mari condamné à mort, quelques instants pour soigner son fils malade ? Toutes ces faveurs lui seront refusées. Le moindre geste d'humanité sera récusé.

La reine est morte. Envolées, la valse des atours, des onguents, les courbettes des courtisans. La page est tournée. Une autre s'est ouverte. À la prisonnière de l'étiquette succède la suppliciée du Temple puis de la Conciergerie. Ses besoins les plus élémentaires, médicaments, eau, linge, passent par des délibérations, des renvois au conseil général de la Commune. Ce même conseil qui lui refuse une couverture pour ses pieds « devenus froids comme des glaçons ». Pas même une paire de chaussettes ne lui sera accordée, juste ses bas noirs, fins, filés, les mêmes qu'elle portera sur l'échafaud.

Le roi. Quel est son état d'esprit avant de mourir ? Passionné par les serrures, il n'a pas su ouvrir celle de leur prison. L'abbé de Firmont l'accompagne pour son dernier voyage. Impressionné par son courage. Il évoque une force que la nature toute seule ne saurait donner : « Il y a quelque chose de surhumain chez cet homme. »

Surhumain de pardonner à son cousin, le duc d'Orléans, qui a voté sa mort. Louis, qui a toujours ignoré l'envie et la jalousie, se demande pourquoi il le poursuit ainsi. Mais il ne lui en veut pas. « Il est plus à plaindre que moi. Ma position est triste… mais je ne voudrais pas changer avec lui. »

Surhumain quand il évoque la grande affaire, « la seule affaire importante – la mort –, car que sont toutes les autres affaires auprès de celle-là ? ».

Surhumain de sagesse et de philosophie, dessiné par Joseph Ducreux dans sa douloureuse grandeur d'homme abandonné, prêt à recevoir sa famille pour les adieux.

La Convention autorisera le roi à voir l'abbé Edgeworth de Firmont, son confesseur, puis sa famille une dernière fois avant d'être guillotiné, mais en compagnie des municipaux.

Implacables témoins des plus grandes souffrances. Le roi demande à Cléry d'apporter un peu d'eau qui ne soit pas glacée pour sa femme : « Si la reine buvait de celle-là, elle pourrait en être incommodée. »

Que peut répondre Louis XVI aux questions de son fils ? Le roi tâche d'expliquer sa condamnation. En quels termes ? Quel mot substituer à celui de décapitation ? On n'est pas au cinéma, Louis XVI n'est pas Roberto Benigni dans *La vie est belle*. Quels mots employer pour parler à un petit garçon ? Louis XVI choisit la religion. Il recommande à ses deux enfants de surtout pardonner à ceux qui vont le faire mourir et leur donne sa bénédiction. Mousseline s'évanouit. M.A. fait jurer à son mari de venir la serrer une dernière fois dans ses bras. Louis promet. Il ne lui a jamais manqué. Elle l'attendra. Elle a besoin de le voir une fois encore sur cette terre, elle a raté tant d'heures auprès de lui. M.A. supplie, elle veut rattraper vingt ans de vie commune, lui donner en quelques minutes tout l'amour dont elle l'a privé.

Les geôliers sont là. Le moment est venu. Il faut se quitter. Le roi les encourage à partir.

Le roi doit être seul pour se recueillir avant la mort. Il meurt sans crainte : «Je voudrais que ma mort fît le bonheur des Français et pût écarter les malheurs que je prévois.» L'amour qu'il éprouve pour sa famille le torture et lui donne envie de vivre. Louis XVI était fait pour une vie simple. Il a été presque heureux au Temple, autour de cette table de couvent avec sa femme et ses enfants. Sans cérémonie, sans courtisans, sans musique, sans étiquette, ni grand ni petit service, assis entre M.A. et son fils, en face de sa sœur et de sa fille bien-aimée. Après le dîner, il jouait au trictrac ou au piquet avec sa femme. Il n'était pas fait pour être roi. Il ne l'avait pas choisi. Et il doit mourir parce qu'il est roi.

Il est cinq heures du matin, il fait encore nuit sur Paris, ce lundi 21 janvier 1793. Cléry, son fidèle serviteur, le réveille, comme son maître le lui avait demandé la veille. Il allume un feu dans la cheminée pour réchauffer les dernières heures de son souverain. Le roi a bien dormi, « la journée d'hier m'avait fatigué ». Il s'exprime avec calme et détachement, comme d'habitude. Il fait sa toilette en pensant à ses enfants et à M.A., qu'il a promis d'aller embrasser. Que faire ? L'abbé lui déconseille de revoir sa femme. Sa visite ne ferait qu'augmenter la douleur de la reine. Le roi, fou de chagrin, finit par accepter de « se priver de cette douce consolation et de la laisser vivre d'espérance quelques moments de plus ».

En cette aube glaciale, M.A. guette ses pas.

La porte s'ouvre, c'est le fidèle Cléry qui a dressé sur la commode de la chambre du roi un autel de fortune. Il vient chercher un missel pour une dernière prière. Le roi viendra ? demande M.A. Cléry pleure, il ne sait pas. M.A. est à genoux.

L'abbé de Firmont a rejoint le roi dans le cabinet de la Tourelle pour une ultime bénédiction. Une fois encore, le roi se pose la question d'aller voir sa femme. L'abbé est affirmatif : la douleur serait fatale à Marie-Antoinette. Pour l'amour de la reine, le roi n'étreindra pas sa femme une dernière fois. Ultime faiblesse ? Comment savoir, quand toutes les solutions mènent à l'enfer ?

Dehors, les bruits annoncent le rassemblement. Le son des tambours retentit. Affolée, M.A. regarde par la fenêtre. Les gardes nationaux qui vont escorter le roi jusqu'à l'échafaud sont là.

Des pas résonnent dans les couloirs, incessantes allées et venues des gardes municipaux. À chaque fois, elle accourt à sa porte avec l'espoir de le voir, de l'appeler. Jamais elle ne l'a autant aimé. Elle demande à Dieu de lui pardonner. Jamais elle n'a autant eu besoin de lui, jamais elle ne s'est sentie aussi proche, aussi solidaire. Elle aurait dû lui parler à Versailles, elle est soudain persuadée qu'il l'aurait comprise. Mieux que sa mère ou Mme de Polignac. Il est neuf heures. Il n'est toujours pas là. M.A. prie, supplie, elle a encore tant de choses à lui dire. Comment continuer sans lui ? Et si elle subit le même sort, comment protéger leurs enfants ? Dieu les a abandonnés.

À neuf heures et quelques secondes, Santerre, commandant de la Garde nationale, entouré d'une dizaine de gendarmes et de gardes, s'apprête à emmener le roi. Dernier espoir pour M.A. de voir son mari. Mais Louis XVI prend la situation en main. C'est lui qui ordonne et lance un : « Allons ! » à Santerre pour l'avertir qu'il est prêt.

« Allons ! », et la garde, fusil à l'épaule, avance.

« Allons ! », et Louis Capet traverse la cour du Temple en cette glaciale matinée d'hiver.

Il se retourne vers le donjon où sa famille est emprisonnée, son regard s'attarde quelques instants avant de monter dans la voiture. Il plisse ses yeux myopes.

Antoinette est là, derrière ces murs. Un rideau de larmes trouble son regard. Le donjon doucement s'efface.

« Allons », dit-il d'une voix qui a perdu sa fermeté. Et il monte dans la voiture, suivi de son confesseur et de deux gendarmes.

Le véhicule s'ébranle. Derrière les murs de sa prison, M.A. entend résonner les sabots ferrés des chevaux sur les pavés. Louis-Auguste n'est pas venu. Il avait promis et il ne s'est même pas arrêté devant sa cellule. Pour la punir ? Elle lui a tant de fois fait défaut.

À la fin de leur histoire, c'est lui qui s'échappe, elle qui supplie.

Pendant ce temps-là, Louis prend le bréviaire de l'abbé et se met à réciter les psaumes des agonisants.

M.A. n'a plus son missel mais elle connaît par cœur les prières. L'humidité du sol a cessé de meurtrir ses genoux. Le froid a fini par insensibiliser tous ses membres. Son corps est au-delà de la souffrance.

Le carrosse traverse Paris. De la foule silencieuse, parfois s'élève la voix d'une personne demandant sa grâce. Sur certains murs, on peut lire : « Sauvez notre roi. » Ni les quelques protestations ni les quelques inscriptions ne détourneront la voiture de sa destination. Elle s'immobilise place Louis XV, cette place qui portait le nom de son grand-père rebaptisée place de la Révolution : « Nous voilà arrivés... », constate le roi.

Le bourreau ouvre la portière.

Louis descend d'un pas tranquille, il est dix heures du matin.

Au moment où il va mourir, l'abbé, qui l'avait suivi, lui glisse à l'oreille : « Allez, fils de Saint-Louis, les portes de l'éternité vous sont ouvertes. »

À dix heures vingt-deux minutes, « les cris de joie d'une populace égarée vinrent nous avertir que le crime était consommé ». C'est Mousseline, sa fille, seule rescapée, qui plus tard écrira ces lignes.

M.A. titube, demande à voir Cléry. Cléry si proche de Louis, un des derniers à l'avoir vu. C'est encore un peu lui. Louis l'a peut-être chargé d'un message pour elle. En effet, Cléry devait lui remettre l'anneau de mariage, celui dont Louis disait « qu'il ne s'en séparerait qu'avec la vie ». Mais Cléry est dans un état affreux et il est incapable de se déplacer pour venir. Elle ne peut pas passer devant la chambre vide de son mari pour le retrouver. Ils ne se verront pas. Le « paquet » contenant l'anneau est réquisitionné et déjà sous scellés, dans la chambre des municipaux. L'alliance de son mari ne lui reviendra pas.

Seule

Le destin s'est abattu sur M.A. La main du diable la poursuit et ne la lâche pas. Elle en a voulu aux agitateurs, pas au peuple. Mais là, au Temple, même ce ressentiment a disparu. Le roi croyait que sa bonté lui ramènerait les faveurs du peuple. La reine croyait à ses droits monarchiques. Son frère Joseph prétendait que roi, c'est un « métier ». Il suffit de l'exercer. Ils se sont tous trompés. Maintenant, elle est seule, livrée aux barbares.

Sa mère est morte, son mari est mort, son fils aîné est mort, son amie est morte, son frère Joseph est mort. S'il avait survécu à sa bronchite, il serait venu la sauver, il aurait trouvé un moyen. Il l'aurait négociée, échangée, il ne l'aurait pas abandonnée.

M.A. ne croit plus à la possibilité d'une évasion, malgré l'héroïque baron de Batz qui continue à se battre pour elle. Batz a compris le point faible des révolutionnaires : la corruptibilité. Et il est riche. Alors, il s'entête à dilapider sa fortune en achetant des patriotes dévoués. Sa tête est mise à prix par le comité de surveillance de la Convention, trois cent mille livres. Mais le baron persévère. Son audace est extraordinaire. Quoi qu'il lui en coûte, aucune menace ne le fera reculer.

Après la mort de Louis XVI, il n'a de cesse de sauver la reine. Il organise une évasion. Mais elle est retardée. Le Dauphin s'est blessé en chevauchant un bâton. Blessure dont Fouquier-Tinville rendra M.A. responsable, comme on l'a vu… Le rendez-vous est finalement fixé à la nuit du 20 au 21 juin 1793.

Tout est prêt. Les sentinelles de garde ont été payées, la maison de campagne pour cacher la famille royale a été louée, sous un faux nom, bien sûr.

Une fois qu'ils auront atteint la rue Charlot, l'enlèvement sera rapide grâce à la complicité rémunérée du commandant militaire Cortey. Le baron figure sur la liste des hommes de sa compagnie sous une autre identité. Il est accompagné d'une patrouille de soldats royalistes travestis eux aussi, et parvient à s'infiltrer avec Jean-Baptiste Michonis qui a pris ses mesures pour être chargé de garde cette nuit-là dans l'appartement des princesses.

À minuit, Madame Royale, M.A. et Madame Élisabeth doivent sortir déguisées en militaires, fusil sur l'épaule… Elles sont prêtes, elles ont revêtu les vêtements que Batz leur a fait déposer. On imagine leur angoisse, toutes serrées les unes contre les autres, collées derrière le mur de la chambre de M.A.

Mais soudain, on frappe à la porte. Simon, l'incorruptible révolutionnaire, tambourine. Il a un pressentiment et veut vérifier que M.A. est bien là, qu'elle n'a pas été enlevée. La reine ôte à la hâte sa veste militaire et se montre.

Batz n'est pas loin. Il songe à éliminer Simon et se ressaisit. Un coup de feu alerterait les patrouilles et les centaines d'hommes postés devant la prison.

L'entreprise de sauvetage héroïque du baron a raté de justesse. À cause d'un seul homme.

Deux mois plus tard, Batz recommence. Le mercredi 28 août 1793. Dernière tentative : le complot de l'œillet. Jean-Baptiste Michonis pénètre dans la cellule de M.A. en compagnie d'un homme qui arbore au revers de son habit deux magnifiques œillets. La reine reconnaît le chevalier de Rougeville qui l'a défendue contre les révolutionnaires en juin 1792. Il s'incline et, comme par mégarde, laisse tomber les deux œillets. Les fleurs contiennent un message roulé entre les pétales : « J'ai des hommes et de l'argent. » L'argent devait servir à acheter les gardiens, comme d'habitude. La reine n'a pas de plume pour écrire. Elle lui répond avec la pointe d'une épingle sur un papier : « Je suis gardée à vue, je ne parle à personne, je me fie à vous, je viendrai. » À l'heure fixée, la reine, bien qu'épuisée par les hémorragies, parvient à sortir de sa prison. Mais un des gardiens soudoyés aurait exigé plus d'argent. Selon d'autres sources, le garde, pris de panique, a renoncé à laisser échapper la reine.

À quel stade de l'évasion cela se serait-il produit ? La reine aurait traversé la pièce où sont les gendarmes, pénétré dans la loge du concierge Richard et passé deux guichets. Encore une grille et elle serait arrivée jusqu'à la cour de Mai. C'est à ce moment-là que, pris de peur, Jean Gilbert reconduit la reine dans son cachot. M.A. sera attentive à n'incriminer personne quand deux membres du Comité de sûreté générale la harcèleront de questions. Le chevalier de Rougeville a pu fuir, mais Jean-Baptiste Michonis est condamné à la guillotine. Les Richard sont renvoyés de la Conciergerie. La fuite aurait pu réussir. Mais non. La main du destin a encore frappé, implacable.

La reine n'a plus aucune chance d'être sauvée. À la suite de cette affaire, son régime s'est encore durci. Elle est transférée dans un cachot : la porte de la mort. Deux gendarmes ne la quittent pas des yeux, un petit paravent seulement s'élève pour préserver son intimité, si on peut dire. Le soupirail de quelques centimètres laisse à peine filtrer la lumière. Le soleil a disparu. Le jour se confond avec la nuit. L'obscurité est déjà là. M.A. ne voit pas, elle ne peut ni coudre ni lire. Son esprit est plongé dans les ténèbres.

Elle est livrée à ses peurs. Personne ne survit au noir. Les malades meurent le plus souvent la nuit. La nuit éternelle est tombée.

Seul le trajet la sépare encore de l'échafaud. Elle ne sait pas qu'une pauvre dentellière aveugle, Catherine Fournier, son fils, un petit décrotteur de quatorze ans, et deux perruquiers de dix-huit ans sont parvenus à réunir quatre cent soixante commerçants, charretiers, maçons, épiciers… tous du quartier. Ils se retrouvent chez un marchand de vins rue de la Vannerie. La dentellière aveugle a encore rallié cinq cents soldats en s'adressant à eux en ces termes : « Il nous faut des braves, des gens qui savent frapper, enfin tous des Charlotte Corday ! » Et ce sera la conspiration dite « des perruquiers ». Quelques-uns à peine seront présents le jour de l'exécution. Le sauvetage échoua. Comment aurait-il pu réussir dans un Paris sillonné par quatre-vingt mille soldats ? Mme Fournier finira sur l'échafaud et son fils sera condamné à vingt ans de prison.

À moins que le fougueux baron de Batz ne surgisse de la foule quand trente mille hommes armés sont postés sur le passage de M.A., brandissant son épée et hurlant « à nous, mes amis, ceux qui veulent sauver la reine ! » comme il l'avait fait pour le roi ? Mais à quoi bon ? Il avait risqué sa vie et personne ne l'avait suivi.

À Vienne les cauchemars de M.A. se bornaient à la peur du noir. Antoine n'avait jamais imaginé que le noir pouvait cacher tant d'horreur.

Marie-Antoinette n'a compté pour les Habsbourg qu'en tant que reine. Détrônée, elle n'est plus rien. La monarchie est renversée, le monde l'a oubliée.

Ministres, généraux, empereurs l'ignorent. Les Autrichiens demeurent indifférents au sort de la fille de leur impératrice. Même la Convention, après l'exécution de Louis XVI, a tenté de procéder à un échange de prisonniers pour sauver Marie-Antoinette. L'Autriche n'insistera pas. C'est le moins que l'on puisse dire. M.A. a pourtant bien écouté Mercy, sa mère et son frère. Elle a toujours pris le parti de l'Autriche, comme ils le lui demandaient. M.A. s'est laissé guider par eux et a commis l'irréparable, elle a délaissé l'intérêt des Français. Le clan des Autrichiens n'a permis à la petite Antoinette de ne devenir ni grande ni française de cœur. Ils l'ont tenue sous surveillance. Marie-Antoinette a été une gamine manipulée. Les Autrichiens ne lui en seront pas même reconnaissants.

La liste des culpabilités...

On ne peut énumérer les erreurs de M.A. qu'avec le respect qu'impose un long martyre. Il suffit de regrouper ses fautes supposées pour que ressurgissent l'invraisemblance, l'extravagance des faits qui la mèneront à l'échafaud.

Coupable de décevoir l'espoir d'un peuple qui souhaitait voir sa situation améliorée grâce à cette alliance. Un espoir trop grand porte en lui sa déception. Dès son arrivée, M.A. est acclamée plus que ne le fut jamais la famille royale de France. Cela n'a pas grand sens : le peuple applaudit le spectacle de la jeunesse, la naissance, la beauté, l'élégance. On l'acclame aussi parce qu'elle renonce au droit de ceinture, impôt levé pour les reines à chaque nouvelle union. Il n'est même pas sûr qu'elle en ait été informée.

Coupable de son impatiente jeunesse qui lui fait d'abord savourer les joies de sa situation sans en imaginer les contraintes.

Coupable de s'être moquée des vieilles courtisanes

trop maquillées, d'avoir joué à colin-maillard, au pharaon, à l'actrice, d'avoir glissé sur un traîneau, dès les premières neiges en 1775. Il avait pourtant servi à Louis de France, père de Louis XVI. Mais le public interpréta cet exercice comme une réhabilitation des habitudes de la cour de Vienne.

Coupable de s'être laissé tenter par les boucles d'oreilles de Böhmer, le joaillier. Six diamants taillés en poire. M.A. ne put résister. Comme le prix était trop élevé pour sa cassette, elle proposa au bijoutier de remplacer deux des diamants par ceux qu'elle avait apportés d'Autriche pour baisser le prix de quatre cent mille francs à trois cent mille francs. Elle le paya en cinq ans sur ses économies sans solliciter le Trésor royal. Un premier contact qui sûrement inspira à la comtesse de La Motte l'intrigue du Collier.

Coupable d'avoir rencontré Rose Bertin, lors de la même expédition à Marly. La duchesse d'Orléans la lui présenta. Jusque-là, ses robes étaient confectionnées par son humble modiste. Les dames de la Cour s'endettèrent à leur tour. On la rendit responsable. Comme on l'a rendue encore responsable de son désir cette fois bien personnel d'alléger la mode et ses dépenses au détriment des fabricants et des commerçants en portant des robes à la Gaule, robes de roturière.

Coupable de détester la duchesse de Noailles, «Mme Étiquette», de l'avoir congédiée et de préférer le mode de vie viennois, plus simple, et de mettre en péril l'image du roi, génialement mise en scène par Louis XIV.

Coupable d'avoir laissé faire les pamphlétaires, les caricaturistes. Quand enfin elle se défendra lors de l'affaire du Collier, cela se retournera contre elle.

Coupable de s'être laissé manipuler par sa mère et son frère, Joseph II, qui la poussent à « servir les intérêts de l'Autriche » et d'utiliser son influence d'épouse pour privilégier le pays de son enfance.

Coupable d'être une espionne à la solde de l'Autriche, alors que Marie-Antoinette, en tant que fille de François Ier de Lorraine, empereur du Saint Empire romain germanique, fut une des reines de France les plus françaises. Ses efforts pour s'adapter, pour apprendre le français, à en oublier sa langue natale, ne furent ni comptabilisés, ni récompensés.

Coupable de « sa morgue » au sein même de sa belle-famille. Dès les premiers jours, les relations se compliquent. Les frères de Louis XVI et leurs épouses, le comte et la comtesse d'Artois, refusent de se rendre aux heures de représentation, pour faire leur cour au roi et à la reine, alors qu'ils se rendent chaque matin chez Louis XV. Ils ont du mal à accepter que leur aîné règne et pas eux. Ils provoquent alors une succession d'enfantillages qui portent atteinte à l'autorité du roi. Le comte d'Artois se permet de contredire son frère et de sortir des réunions en le bousculant, allant jusqu'à lui couper la parole. Le comte de Provence, plus sournois, est plus habile. Les sœurs aussi aimeraient intervenir dans le choix des conseillers. Marie-Antoinette propose Choiseul comme ministre. Elle sait par sa mère qu'il était ministre des Affaires étrangères et Premier ministre de fait sous Louis XV. Qu'il renforça et modernisa l'armée et la marine, que la France lui doit l'agrandissement du territoire par l'acquisition de la Lorraine (1766) et de la Corse (1768). Et surtout qu'il a été l'artisan de son mariage. Mais, probablement pour se détacher de la tutelle de Louis XV, le roi ne veut de Choiseul à aucun prix.

Coupable d'avoir besoin d'amitié sincère. M.A. se méfie des femmes d'esprit, elle n'est pas assez portée sur les arts et la littérature pour suivre les conversations érudites, elle disait « jamais pédante ne serait mon amie ». Elle préfère les femmes de cœur, parce qu'elle a, avant tout, besoin d'affection. Elle les trouvera en la personne de la princesse de Lamballe et de la comtesse de Polignac. Deux amies avec qui elle pourra se laisser aller à des confidences. Elle les rencontre en particulier, sans le cérémonial glaçant de la Cour. « Je recevrai la duchesse de Polignac dans mes cabinets de Trianon ; je jouirai des douceurs de la vie privée, qui n'existent pas pour nous, si nous n'en avons le bon esprit de nous les assurer. »

Coupable de ne pas connaître ses sujets et de ne pas voyager en France. Le couple royal ne visite pas son pays, ira une fois en Normandie. Les seuls déplacements de M.A. seront pour se rendre au bal ou à l'Opéra, à Paris.

Coupable d'avoir du charme. La séduction de M.A. est suspecte… Entre le charme et la dépravation, il n'y a qu'un pas, que les mauvaises langues vont s'empresser de franchir.

On accuse la reine d'avoir des amants, dont M. de Coigny, lord Seymour, le duc de Guines, Artois, son beau-frère, Fersen, Lafayette.

Le duc de Lauzun, qui se vante dans ses *Mémoires* que la reine se serait offerte à lui – et que bien sûr, il aurait refusé…

Barnave, avocat, un des conseillers secrets de M.A. Il est probable qu'il tomba amoureux d'elle.

Bailly, maire de Paris en 1789, appelé à témoigner contre M.A. Il refuse et dépose en sa faveur, ce qui conduit implicitement le Dauphin (sept ans) à sa perte.

Coupable d'avoir rendu deux cent mille hommes amoureux, selon le maréchal de Brissac.

Coupable d'avoir été « cette reine du rococo » selon Zweig. Le rococo est pourtant une sorte d'épuration par rapport au style Louis XV.

Coupable de son humiliante situation. En la négligeant, son mari exprime à la Cour son indifférence. Marie-Thérèse, qui pourtant ne passe rien à sa fille, enrage contre cette cour de Versailles : « Jamais rien de plus atroce m'a paru et qui met dans mon cœur le plus vil mépris pour cette nation sans religion, mœurs et sentiments. »

Coupable d'avoir prononcé une phrase qu'elle

n'a jamais prononcée : « S'ils n'ont pas de pain qu'ils mangent de la brioche. »

Coupable de ne pas lire. Quand on feuillette l'Almanach royal, on trouve bien une certaine Mme de Laborde mais elle n'a jamais dû remplir sa charge de lectrice. On ne faisait pas la lecture à Marie-Antoinette.

L'orgueil fut peut-être son plus grand défaut : « Son orgueil est toujours le même, il ne la quittera que sur l'échafaud », déclara Fouquier-Tinville après la condamnation de M.A. L'homme aux trois mille guillotinés s'est quelque peu trompé. Mais cet orgueil l'aida à conserver sa dignité jusqu'au bout. Et le soulier perdu sur l'échafaud soi-disant « pour faire l'intéressante » fut le symbole de sa part d'humanité.

Le pardon

Après la parodie de procès, M.A. dira à Rosalie qui l'attend devant la porte de sa cellule : « Tout est fini pour moi. »

Dans quelques heures, le bourreau viendra la chercher. Malgré la fatigue d'un procès qui aura duré deux jours, sans sommeil et sans nourriture, malgré ses douleurs au ventre, elle rassemble ses dernières forces et accomplit sa tâche de mère et de reine. Elle demande de quoi écrire à M. Bault, le concierge de la prison. À la lumière d'une chandelle, sur une petite table de fortune, en ce funeste jour du 16 octobre 1793, après avoir pris soin d'inscrire cette date en haut de la page, M.A. laisse une des lettres les plus émouvantes de l'histoire de la Révolution à sa belle-sœur Élisabeth. Lisons-la :

« C'est à vous, ma sœur, que j'écris pour la dernière fois. Je viens d'être condamnée, non pas à une mort honteuse – elle ne l'est que pour les criminels –, mais à aller rejoindre votre frère. Comme lui, innocente, j'espère montrer la même fermeté que lui dans ses derniers moments. Je suis calme comme on l'est quand la conscience ne reproche rien ; j'ai un profond regret d'abandonner mes pauvres enfants. Vous savez que je n'existais que pour eux et vous, ma bonne et tendre sœur. Vous qui avez par votre amitié tout sacrifié pour être avec nous, dans quelle position je vous laisse ! J'ai appris par le plaidoyer même du procès que ma fille était séparée de vous. Hélas ! La pauvre enfant, je n'ose pas lui écrire, elle ne recevrait pas ma lettre. Je ne sais pas même si celle-ci vous parviendra. Recevez pour eux deux ici ma bénédiction. J'espère qu'un jour, lorsqu'ils seront plus grands, ils pourront se réunir avec vous et jouir en entier de vos tendres soins. Qu'ils pensent tous deux à ce que je n'ai cessé de leur inspirer, que les principes et l'exécution exacte de ses devoirs sont la première base de la vie, que leur amitié et leur confiance mutuelles en feront le bonheur ; que ma fille sente qu'à l'âge qu'elle a, elle doit toujours aider son frère, par les conseils que l'expérience qu'elle aura de plus que lui et son amitié pourront lui inspirer ; que mon fils à son tour, rende à sa sœur tous les soins, tous les services que l'amitié peut inspirer ; qu'ils sentent enfin tous deux que dans quelque position qu'ils pourront se trouver, ils ne seront vraiment heureux que par leur union ; qu'ils prennent exemple de nous. Combien dans nos malheurs, notre amitié nous a donné de consolation, et dans le bonheur on jouit doublement quand on peut le partager avec un ami, et où en trouver de plus tendre, de plus cher que dans sa propre famille ? Que mon fils n'oublie jamais les derniers mots de son père que je lui répète expressément : qu'il ne cherche jamais à venger notre mort. [...]

« Il me reste à vous confier encore mes dernières pensées. J'aurais voulu les écrire dès le commencement du procès, mais, outre qu'on ne me laissait pas écrire, la marche a été si rapide que je n'en aurais réellement pas eu le temps.

« Je meurs dans la religion catholique, apostolique et romaine, dans celle de mes pères, dans celle où j'ai été élevée, et que j'ai toujours professée. N'ayant aucune consolation spirituelle à attendre, ne sachant pas s'il existe encore ici des prêtres de cette religion, et même le lieu où je suis les exposerait trop s'ils y entraient une fois. Je demande sincèrement pardon à Dieu de toutes les fautes que j'ai pu commettre depuis que j'existe. J'espère que, dans Sa bonté, Il voudra bien recevoir mes derniers vœux, ainsi que ceux que je fais depuis longtemps, pour qu'Il veuille bien recevoir mon âme dans Sa miséricorde et Sa bonté. Je demande pardon à tous ceux que je connais et à vous ma sœur, en particulier, de toutes les peines que, sans le vouloir, j'aurais pu leur causer. Je pardonne à tous mes ennemis le mal qu'ils m'ont fait. Je dis ici adieu à mes tantes et à tous mes frères et sœurs. J'avais des amis ; l'idée d'en être séparée pour jamais et leurs peines sont un des plus grands regrets que j'emporte en mourant. Qu'ils sachent du moins que, jusqu'à mon dernier moment, j'ai pensé à eux.

« Adieu, ma bonne et tendre sœur. Puisse cette lettre vous arriver. Pensez toujours à moi ; je vous embrasse de tout mon cœur, ainsi que ces pauvres et chers enfants. Mon Dieu, qu'il est déchirant de les quitter pour toujours ! Adieu, adieu, je ne vais plus que m'occuper de mes devoirs spirituels. Comme je ne suis pas libre dans mes actions, on m'amènera peut-être un prêtre, mais je proteste ici que je ne lui dirai pas un mot et que je le traiterai comme un être absolument étranger. »

Le testament de M.A. est conservé aux Archives nationales.

Il comprend trois pages couvertes d'une écriture vacillante, sept taches : deux sur la première, trois sur la suivante et deux sur la dernière. Une trentaine de lignes sur les deux premières pages, à peine quatre sur la troisième. Elle ne signe pas. Par manque de temps ?

Le contrat de mariage de M.A. et du Dauphin était déjà maculé d'« un pâté », comme disent les enfants. Le sien. La Dauphine se prénomme « Antoine ». Elle n'est pas habituée à signer « Marie-Antoinette Josèphe Jeanne ». Elle oublie le « e » de Jeanne et le « J » de Josèphe disparaît sous une éclaboussure.

Cette fois, il ne s'agit plus de maladresse, ni d'eau ni de transpiration, nous sommes le 16 octobre tôt le matin, entre les murs humides de la prison, il fait froid, elle n'a pas de cheminée comme le roi pour la réchauffer, juste un châle.

Les taches sont des larmes. Les dernières avant d'écrire à ses enfants : « Mes yeux n'ont plus de larmes pour pleurer, mes pauvres enfants, adieu, adieu ! » Avec un point d'exclamation. Elle ne trouve plus de mots pour exprimer sa souffrance. Un point d'exclamation, c'est encore un peu de révolte face à l'injustice. Le temps presse, le bourreau attend. Il est arrivé en avance. Envolée la rebelle, la tête dure. Une autre femme, profonde, humble et grande, apparaît. Mais ce n'est pas l'approche de la mort qui transforme sa vision des choses.

La lettre est si belle que certains doutent de son authenticité. Pauvre Marie-Antoinette. Les mythes cruels et les distorsions obscènes l'entourent au-delà de la mort.

Une fois la lettre écrite, M.A. la remet au concierge en le priant de la transmettre à Élisabeth. C'est son dernier vœu. Il ne sera pas exaucé. Mais quel autre choix ? Elle n'est pas autorisée à la voir. Ni même à serrer ses enfants une dernière fois dans ses bras. Le concierge n'est pas un mauvais homme, mais il n'a pas ce pouvoir. Il ne tiendra pas sa promesse. Tout acte de commisération envers la reine peut être passible de mort. Il transmet donc la lettre à Fouquier-Tinville. Fouquier-Tinville l'aurait conservée parmi de nombreux documents aux archives du Tribunal révolutionnaire. Le testament sera retrouvé bien après l'exécution de Marie-Antoinette. « L'ange consolateur de la reine», à qui elle était destinée, ne la lira jamais. C'est sur la charrette qui la mènera à l'échafaud, sept mois après sa belle-sœur, qu'Élisabeth apprendra sa mort. Le 10 mai 1794. La malheureuse était coupée du monde. Élisabeth a trente ans. Elle sera la dernière d'une fournée de vingt-cinq condamnés.

À Fouquier-Tinville qui la traite de «sœur du tyran», elle réplique : «Si mon frère eût été ce que vous dites, vous ne seriez pas là où vous êtes, ni moi là où je suis.» Peut-on mieux résumer la situation ?

La lettre sera rendue publique en février 1816.

Quel chemin a donc pu parcourir cette lettre avant de nous parvenir ? Le concierge Bault l'a remise à l'accusateur public. Selon Georges Lenôtre, Robespierre se serait emparé du testament de Marie-Antoinette et l'aurait caché sous son lit.

Au lendemain du 9 Thermidor, M. Courtois fut membre d'une commission chargée d'inventorier les papiers trouvés chez Robespierre après son exécution le 28 juillet 1794. Et c'est lui qui en fit le rapport publié en février 1795. Courtois était rattrapé par son passé de régicide. Certains se sont demandé si, en tant que bibliophile, il n'avait pas bien à propos trouvé dans un carton, la lettre de la reine afin de la donner à Louis XVIII ?

Le testament de M.A. sera lu à la chambre des députés. Lettre-relique, qui permettra à Louis XVIII de célébrer la reine martyre. Forcément, il pense à sa compagne de jeux. Lui, jeune comte de Provence au bras duquel elle sortait, même si elle préférait Artois, quand Louis s'endormait. Ils avaient à peu près le même âge quand ils se sont connus. Ils étaient là, Louis Stanislas Xavier, Charles-Philippe, les petites sœurs Clotilde et Élisabeth, pour l'accueillir, elle, la belle archiduchesse autrichienne. Mais les relations s'étaient tendues quand leur frère devint roi.

Quelques rares historiens et graphologues ont affirmé que cette lettre ne serait pas écrite de la main de M.A. Alors, qui aurait pu l'écrire ? M. Courtois aurait, selon Cécile Berly, « fabriqué un faux pour se sortir, sans succès, d'une situation politique qui le condamn[ait] à l'exil ».

Ce M. Courtois aurait eu beaucoup de talent. Celui de retranscrire jusqu'à ses fautes typiques d'orthographe – corrigées dans la transcription. La lettre est rédigée avec tant de juste émotion qu'il aurait fallu par ailleurs avoir bien connu la reine. Ce qui n'était pas son cas. Comment aurait-il pu connaître la peine d'Élisabeth à cause du Dauphin ? Seule une mère peut écrire : « pensez à l'âge qu'il a, et combien il est facile de faire dire à un enfant ce que l'on veut », pour protéger son fils.

Courtois aurait pris exemple sur la lettre de Louis XVI ou d'autres condamnés à la guillotine. Il est vrai que beaucoup d'entre eux, soudain religieux par nécessité, pardonnaient à leurs bourreaux. La piste est fantaisiste.

Louis XVIII l'aurait écrite lui-même. Fin lettré, il en avait les capacités intellectuelles. Il aurait ainsi réhabilité la mémoire de la reine. Mais pourquoi ? Il n'avait jamais cessé de l'attaquer pour la compromettre et détruire son couple. Alors, il l'aurait écrite pour légitimer son accès tardif au trône, auquel il avait si longtemps aspiré ? J'ai du mal à imaginer un roi risquant de se commettre dans une histoire de faux.

L'écriture de M.A. serait différente ? À quelques heures de la mort et dans la fatigue et la précipitation, il est permis d'imaginer que l'émotion, les larmes, les sanglots, les hoquets, les soubresauts, les tremblements aient perturbé le mouvement de sa main. Comment comparer les mots formés d'une plume appliquée, confortablement assise sur un siège capitonné, derrière un bureau de Riesener avant une séance de coiffeur, un bal, avec les mots d'une condamnée après des jours sans sommeil et sans nourriture, quelques heures avant son exécution ?

Elle n'a pas signé ? En a-t-elle eu le temps ? La lettre ne lui a-t-elle pas été arrachée par le concierge ?

Le contenu de cette lettre est en parfait accord avec l'attitude de M.A. face aux insultes et à la vindicte populaire. Jamais elle n'a failli, jamais elle ne s'est plainte des mauvais traitements. Elle a choisi le silence face à l'adversité.

Le jour de son exécution, elle n'a parlé qu'à Rosalie, au concierge pour lui confier sa lettre, au prêtre pour refuser ses services, puis au bourreau pour s'excuser de lui avoir marché sur le pied. Légende ? Réflexe d'éducation ? Malgré l'imminence du supplice, sa voix demeure calme, maîtrisée, comme les termes de sa lettre.

L'abbé Firmont aurait pu s'exclamer comme pour Louis XVI : « Quel homme ! Quelle résignation ! Quel courage ! » Sauf qu'il s'agit d'une femme qui, elle aussi, par sa force est devenue « surhumaine ».

La seule chose qui est nouvelle dans ce testament, c'est le mot « pardon ». Il me semble que M.A. ne l'a jamais employé, parce qu'elle est fière, mais surtout parce qu'elle n'a pas eu conscience de faire mal. Qu'une reine s'habille, se pare, c'est une obligation. Qu'elle se mêle des affaires de l'État quand, en pleine tempête, son mari est terrassé, quel autre choix ?

Le pardon n'a rien à voir avec la prise de conscience.

Aux Tuileries, il est probable qu'elle ne pardonne pas encore.

Le pardon arrive dans un deuxième temps, au seuil de la mort, avec la capitulation.

Tant qu'elle se bat, tant qu'elle espère le rétablissement de la monarchie, elle ne pardonne pas.

Le pardon, c'est l'acceptation de la situation.

Une autre relique a été trouvée dans la cellule de Marie-Antoinette : son petit livre de prières. Il a été conservé chez la fille de M. Courtois. Après avoir remis la lettre au concierge, elle n'a plus de papier, il ne lui reste que son missel. Alors c'est là qu'elle a l'idée d'écrire, non pas sur la page de garde, ni sur la dernière, mais à l'intérieur. Ses ultimes mots, ceux d'une mère pour ses enfants :

Mon Dieu, ayez pitié de moi !
Mes yeux n'ont plus de larmes pour pleurer pour vous mes pauvres enfants, Adieu, adieu !

Cette fois la reine signera de son prénom, selon l'usage.

Il va falloir quitter la Conciergerie, la vie, sa fille et son fils de sept ans à peine. Pauvre enfant, orphelin bientôt, abandonné en de si mauvaises mains. Son impuissance à changer quoi que ce soit à la situation la torture plus que l'imminence de la lame. Elle laisse le missel dans sa cellule, bouteille à la mer, sans le confier au concierge cette fois. Et elle aura raison, puisque le testament sera diligenté vers Fouquier-Tinville. Ni le testament ni le livre de prières ne parviendront à ses enfants ou à Élisabeth.

Les traces de son amour passeront à la postérité.

C'est à la fin d'une vie, selon Goethe, que les « pensées jusqu'alors informes surgissent clairement dans l'esprit, elles sont comme d'heureux et brillants génies qui se posent sur les cimes du passé ». Une flamme mystérieuse éclaire la dernière lettre de M.A., jamais elle n'a résumé ses pensées avec autant de force, avec autant de clarté.

« C'est comme si la tempête intérieure, déchaînée par l'approche de la mort, déchirait tous les nuages inquiétants qui, pendant si longtemps et d'une façon si fatale, avaient caché à cette femme tragique la vue de sa propre profondeur. » Zweig, toujours.

La dernière fois que l'impératrice Marie-Thérèse a serré sa fille dans ses bras, c'était au pied du carrosse qui l'emmenait en France. Il faisait froid, le tonnerre grondait dans la Forêt-Noire toute proche. À l'oreille de sa fille, la mère murmure : « Adieu ma très chère enfant. Une grande distance nous séparera… faites tant de bien aux Français qu'ils diront que je leur ai envoyé un ange… »

Un ange, Marie-Thérèse ne croyait pas si bien dire.

Grandie et pardonnée par son supplice ?

À quoi pense M.A., à peine revenue dans sa cellule après sa condamnation à mort ? À ces femmes qui ont manifesté un peu d'émotion lorsqu'elle sollicita leur cœur de mère ? À son mari qui s'est montré si digne ? À cette vie qui prend fin, aux mots qu'il va falloir trouver pour écrire à Élisabeth ?

Il faut qu'elle se change. Selon les juges ses habits de veuve risquent de lui attirer encore plus de haine.

Elle perd son sang. La voilà dans l'humiliante obligation de demander à un homme, le gardien : « Au nom de l'honnêteté, monsieur, permettez que je change de linge sans témoin. »

Inutile. Il refuse et ne la quitte pas des yeux, tandis qu'avec la plus grande pudeur elle tente d'enfiler une robe blanche. Marie-Antoinette veut se taire jusqu'à la mort, ne plus jamais user de mots. Les rumeurs ont massacré sa famille et la royauté. Les seuls mots qu'elle a échangés avant le supplice sont avec Rosalie Lamorlière, la petite servante de la Conciergerie qui lui a proposé un peu de bouillon et à qui elle a répondu : « Ma fille, je n'ai besoin de rien, tout est fini pour moi. »

M.A. est allongée sur son lit, le visage tourné vers le soupirail, elle ferme les yeux, mais ne dort pas. Dans un effort extraordinaire, elle se relève, demande un peu d'encre au concierge Bault, et commence à rédiger son testament.

Les larmes coulent sur le papier. Elle ne prend pas le temps de les essuyer. Elle finit par accepter le bouillon. M.A. ne sait plus si c'est la faim ou l'horreur qui l'attend qui lui tiraille le ventre. La femme du concierge lui apporte à son tour un peu de chocolat au lait et une mignonnette, achetés au café en bas. Puis, une aile de poulet. Elle se force à avaler quelques bouchées, son corps doit tenir, son corps doit avoir la force de son âme, doit la conduire dignement sans trébucher jusqu'à la mort.

Ses pieds sont glacés, le coussin posé sur ses souliers n'y change rien.

Alors elle avale une, deux, trois bouchées. Rien ne peut la réchauffer.

Le destin s'acharne, dans les moindres détails. Elle attend l'abbé Magnin, mais il ne viendra pas, il est tombé malade. Lui qui avait sa confiance. Dès son admission à la Conciergerie, il la confessa, lui apporta l'hostie de communion dans une boîte suspendue à sa poitrine. Et, avant son jugement, grâce au concierge Bault, il se déplaça pour lui dire la messe.

Le saint homme n'est pas là le jour de son exécution. Ultime peine. Ultime réconfort évanoui. Un lien affectueux s'était établi entre eux. Elle préfère mourir sans assistance.

« Mais Madame, que dira-t-on, quand on saura que vous avez refusé les secours de la religion ? » lui demandera l'abbé Girard, son remplaçant. « Vous direz aux personnes qui vous en parleront que la miséricorde divine y a déjà pourvu », lui répondit-elle.

Il est sept heures. Le bourreau Henri Sanson, fils du bourreau de Louis XVI, lui coupe les cheveux. Dans un dernier geste de coquetterie, elle se couvre la tête pour cacher ses mèches blanchies, noue autour de son bonnet un ruban noir. Peut-être se souvient-elle de ce rêve raconté à Rose Bertin : les rubans de couleur qu'elle lui tendait devenaient noirs entre ses mains. Le rêve se réalise. Elle s'applique à serrer le petit nœud. Mais à quoi bon ? il faudra enlever le bonnet pour être décapitée.

À dix heures arrive le porte-clefs Larivière, suivi des juges et de leurs greffiers. La sentence est lue une seconde fois. « Je suis prête, messieurs, nous pouvons partir », dit-elle. Mais quand elle aperçoit la fille du concierge Bault, elle s'arrête et l'embrasse avec beaucoup de tendresse.

Le bourreau s'approche de la condamnée, il lui attache les mains malgré ses protestations.

Le tambour bat le rappel dans toutes les rues de Paris, depuis l'aube.

Quatre-vingt mille hommes sur le pied de guerre, des canons placés à l'entrée de tous les ponts et de toutes les places. Des patrouilles sillonnent la ville, la circulation est interdite. Accroché à tous les parapets, tous les balcons, toutes les balustrades, le peuple espère voir la reine. Avait-elle conscience qu'autant de monde l'attendait ?

Avant de monter dans la charrette, elle demande à s'isoler quelques instants… Quand elle revient le bourreau lui tend une main, la tire à nouveau et la rattache.

La grille s'ouvre. Le sinistre attelage traverse la cour de la Conciergerie. Trois cent mille hommes et femmes ne se sont pas couchés pour être là. Les cris de violence s'apaisent avant de devenir murmures, puis silence. Tous les regards sont vissés sur elle. On la montre du doigt. Là, en blanc, c'est la reine ! Des gendarmes à pied aident le cheval blanc à se frayer un chemin parmi la foule. Une double haie de gardes nationaux l'entoure.

Fouquier-Tinville a refusé de lui donner une berline, comme pour Louis. Elle, l'archiduchesse de Schönbrunn, elle pour qui Louis XV avait dépêché deux berlines couronnées de fleurs d'or, l'une revêtue de velours cramoisi brodé des quatre saisons, la seconde de velours bleu, arborant sur ses panneaux les quatre éléments. Et toute une suite de carrosses transportant officiers des ambassades, pages, valets de pied, domestiques, cent dix-sept personnes habillées d'étoffes riches bleu, jaune et argent.

Elle, reine de France, qui s'étonnait le jour où elle emprunta un simple fiacre, elle qui effaçait les emblèmes royaux de sa berline pour sortir *incognito* est devenue « la citoyenne Capet », installée sur la planche d'une charrette.

Sa revanche ? Sa force de caractère. Ni son traitement ni la mise en scène ne parviendront à l'amoindrir. Et pourtant jamais les prédictions de Burke n'ont résonné aussi juste : « Une femme n'est qu'un animal, et encore n'est-il pas du premier ordre. » À travers M.A., la Révolution ne frappe pas seulement une femme, mais « toutes les femmes ».

Marie-Antoinette n'a pas su s'adapter à Versailles, mais à cette heure où elle apparaît sur la scène de l'Histoire, elle va montrer à ce peuple attroupé comment meurt une reine. Une reine qui n'a pas su vivre et qui saura mourir.

Entend-elle les cris de haine qui l'entourent ? Son regard croise-t-il cet enfant, porté par sa mère, qui lui envoie des baisers ?

Les siens, elle n'a pas eu le droit de les serrer contre elle une dernière fois, comme son mari. Cette idée l'obsède. Quand bien même en aurait-elle eu l'autorisation, fallait-il leur faire encore subir des adieux déchirants ? Comment auraient-ils pu survivre à la séparation de leur mère après celle de leur père ?

Que vont devenir ses enfants ? M.A. est dévorée par le chagrin. Est-il possible que tout soit de sa faute ?

Que la Révolution revête son visage ? Si Élisabeth est condamnée, qui prendra soin d'eux ? Elle émet des petits cris étouffés, les injures fusent. Le prêtre Girard tente une dernière fois de la faire parler. Mais elle refuse. Elle pense au petit corps fragile de son fils, elle le serre par la pensée, ses bras attachés ne peuvent même plus se replier sur son corps de mère.

Depuis le premier jour, c'est son corps qui intéresse les Français. Pas son esprit. On la veut corps, elle devient corps. Voilà, ils le tiennent au bout d'une corde, ce corps jadis soumis à l'étiquette, ce corps remis vierge à la France. Corps frigide pour les uns, voluptueux pour les pamphlétaires. Froid, chaud. Corps accusé des souffrances d'un roi. Corps de mère. De femme, d'amante. Corps paré, habillé, parfumé, fêté autrefois. Enfin, corps frustré, honni, humilié. Corps qui saigne. Corps souillé, supplicié, mutilé, bientôt jeté, la tête décapitée entre ses jambes.

Son cœur cogne. Elle imagine le pire. Mais le pire est à venir. Les révolutionnaires abandonneront le jeune roi, Louis-Charles de France, seul, dans un cachot humide où il mourra. Le 9 juin 1795, l'enfant sera autopsié. Pelletan prélèvera son cœur. Le petit cœur a plusieurs fois changé de mains et finira à Saint-Denis dans un vase de cristal.

À bout de souffrances, elle appelle le souvenir de Fersen. Son visage ombrageux, longtemps interdit à ses pensées, surgit là. Derrière ses paupières fermées, il apparaît dans l'obscurité de cette nuit aux Tuileries où il brava tous les dangers pour la rejoindre. Plus jamais. M.A. est dans les griffes de l'Enfer. Plus personne, pas même le plus valeureux des chevaliers, ne peut venir la sauver.

Pas même Fersen, dont « le plus grand bonheur » aurait été de « mourir pour elle et de la sauver ». La princesse de Lamballe aussi le paya de sa vie, un massacre qui dépasse les pires scénarios d'horreur. Les images de la tête ensanglantée de son amie réapparaissent-elles quand arrive sa fin ?

Deux longues heures pour parcourir Paris. L'unique percheron peine à tirer la misérable charrette de la condamnée. Il avance au pas. Lentement, si lentement ! Elle doit boire la coupe jusqu'à la lie… M.A. est impassible. Les aides, gênés de tant de mauvais traitements sur une femme si douce, une reine de surcroît, tiennent leur tricorne sous le bras, comme pour s'excuser de la mener avec tant de rudesse à l'échafaud.

La lenteur fait partie du supplice. La reine qui ne s'est jamais beaucoup montrée est montrée. De force. Qu'on se repaisse du spectacle de cette reine au teint aussi pâle que sa robe. Elle quitte Vienne dans une blanche tenue de voyage, c'est encore de blanc vêtue qu'elle s'achemine vers son ultime destination.

Le supplice de l'attente, des remémorations et des insultes dura moins d'une heure pour le roi. Il est probable qu'elles ne parvinrent pas jusqu'à lui. Sa voiture avait un toit et des portes. Il avait les mains libres, pouvait tenir un livre, réciter les psaumes et la prière des agonisants.

Elle ne peut pas lire. Cette grâce, aussi infime fût-elle, détacher ses mains, lui fut refusée. Comme si ses bourreaux craignaient qu'elle ne s'échappe, alors que des milliers de soldats armés l'entourent.

Ses mains ont bleui tant les liens les serrent. Chaque cahot de la charrette lui procure l'effet d'un coup de pied dans le ventre. Ses yeux sont rougis, cernés de gris. Mais la douleur petit à petit s'évanouit. Elle ne sent plus ses mains. Elles sont mortes en premier, comme détachées du corps. On ne veut pas seulement la tuer, on veut l'humilier, la torturer physiquement et psychologiquement. Mais rien ne peut autant la faire souffrir que ses souvenirs. Un tremblement d'épouvante la secoue.

Le sexe, l'obsession des révolutionnaires. Les poils pubiens de la princesse de Lamballe collés sur ses lèvres. Son corps sera-t-il profané comme celui de son amie ? Elle a été caricaturée nue tant de fois. Elle a vu qu'on inscrivait sur son bas-ventre le mot : *Republica*. Son ventre aussi leur appartient. Il saigne comme son cœur. Seule une volonté féroce peut la maintenir aussi droite. Elle se rassemble, se concentre pour ne laisser échapper aucune faiblesse. Il ne lui reste que la dignité.

Un homme l'attend au coin de la rue Saint-Honoré, c'est David, le peintre. Et d'un coup de crayon rapide, il fixe sa haine. Il ferme orgueilleusement la bouche de la reine. L'enlaidit, la grossit, lui donne un air de méchanceté supérieure. Sa bouche est fermée, mais pour retenir un cri intérieur. Elle est là, assise sur une planche, le buste cambré comme sur un trône à Versailles. Et sur chaque trait de son visage on peut lire cette volonté inébranlable. Sa souffrance est devenue une force. Et son visage, bien que tourmenté, acquiert l'aura d'une sainte.

L'abbé Girard est assis près d'elle sur la charrette, il tente pendant le parcours de la convaincre de se confesser.

Il réitère sa question.

Pourquoi Marie-Antoinette parlerait-elle ? Pour donner encore des informations ? Informations au Tribunal révolutionnaire, qui seront déformées ? Alors, elle ignore « royalement » l'abbé. Voilà des mois qu'elle s'adresse à Dieu, Il ne lui a rien accordé. Que Lui demander à présent ?

Dieu n'a pas sauvé son aîné Louis-Joseph, mort dans l'indifférence générale, « le peuple ne s'est même pas aperçu de la mort de mon fils » et l'Assemblée n'a pas accordé aux parents un répit, le temps du deuil de leur enfant.

Dieu n'a pas épargné sa chère amie, la princesse de Lamballe.

Dieu n'a pas sauvé son mari qui était un brave homme.

Dieu a laissé les geôliers lui arracher son enfant malgré ses supplications et ses prières.

Dieu n'a pas ramené le calme, Il n'a pas fait entendre

raison à Fouquier-Tinville, Il a laissé accuser une mère d'inceste. Dieu protégera-t-Il le Dauphin après sa mort ?

Que peut-elle demander alors qu'elle a tout perdu, qu'elle est tenue au bout d'une corde comme une bête ?

Si Dieu existe, Il ne l'entend pas.

Maintenant elle est exhibée, « la fière », sans la moindre pitié pour cette mère forcée d'abandonner ses enfants à la terreur. Sans aucun respect pour la veuve de Louis XVI, assise face à la foule, de façon à assister au spectacle de la haine qu'elle suscite. Entend-elle les jurons qui accompagnent son chemin de croix ?

Pendant son incarcération, elle s'est interdit les souvenirs trop douloureux. Fersen en faisait partie. À force de sagesse et de renoncement, elle avait appris à l'éloigner de ses pensées. Pourtant, elle avait écrit : « Rien au monde ne pourra m'empêcher de vous adorer jusqu'à la mort. » Il reste quelques minutes, alors les barrières s'ouvrent. Désormais, plus rien ne peut lui faire mal. Elle revit cette dernière nuit serrée entre ses bras. Elle n'était plus reine, il n'était plus comte. Ils étaient juste un homme et une femme, ensemble, deux amants.

Ces images déchirent les anciennes censures. La mémoire de ces vingt-quatre heures avec Fersen l'inonde. En perçoit-elle encore la chaleur ?

Maintenant que tout est fini, elle peut s'accorder un dernier moment d'amour pour couvrir la fureur, une dernière étreinte, un dernier baiser de « l'ancienne connaissance » en uniforme suédois de soie bleu clair.

Où est-il ? Les nouvelles n'arrivaient pas au cachot.

Les gendarmes lui ont pris la petite chevalière à l'intérieur de laquelle n'étaient gravées ni les armes des Bourbons, ni celles des Habsbourg, mais celles de Fersen et ces mots : *Tutto a te mi guida*, tout me conduit vers toi. Il lui semble la porter encore tant les mots étaient incrustés dans sa chair. Ces mots n'ont jamais été plus vrais. Pérennité des sentiments au milieu des événements, à quelques minutes de la fin. Elle se répète les mots de Fersen, mais ils semblent appartenir à une autre vie. Elle a été aimée par des hommes, par ses enfants, par un frère, par une mère, elle a été acclamée par un peuple. Ce même peuple.

Elle est seule, au milieu des insultes de ceux qui veulent la voir morte. Et cette solitude qui lui pesait tant l'a aidée à se trouver. Elle meurt dans sa vérité. Elle meurt les yeux ouverts. Elle sait maintenant qui elle est. Elle connaît sa place, ses priorités, la valeur des choses, elle ne se laisserait plus embarquer par les autres, elle déjouerait les pièges. Mourir lucide, enfin éclairée, telle est sa destinée.

Dans quelques secondes, la fin... Une tristesse sans fond et sans espoir a envahi son cœur. L'espoir, c'est encore un peu de vie, une faible lumière au fond du tunnel. Les souvenirs se sont éteints.

Son corps dans un ultime effort résiste, elle se tient droite malgré l'inconfort, ses poignets cisaillés et son dos brisé. Mais ces souffrances ne sont rien comparées à celles de l'esprit. Cet esprit qui survit, malgré elle, jusqu'à la dernière posture, la dernière image.

Entre les arbres se dessine le palais des Tuileries. Là, il n'y a pas si longtemps, sa famille s'était réfugiée dans l'espoir d'une amélioration. Mourir, mourir vite. Et ce chemin pour l'échafaud qui n'en finit pas, toutes ces rues qui se succèdent entre la prison et la place de la Révolution, tout ce monde entassé de chaque côté sur les trottoirs qui l'injurie entre deux plaisanteries. Il n'y a donc pas de raccourci sur la route qui mène au supplice ?

Dieu ne lui a pas même accordé une mort rapide. Elle doit endurer sa pénitence jusqu'au bout, boire la mort jusqu'à la lie.

Au début du trajet, l'abbé Girard appuyait sur ses poignets pour la soulager. Maintenant, elle n'en a plus besoin. Elle ne sent plus les ficelles taillader sa chair. Ni ses doigts gonflés par la pression. Elle n'a plus mal au ventre, fini cet humiliant besoin de courir à la souricière. Son regard est parti. Plaise à Dieu qu'elle n'ait pas su que son fils, « le chou d'amour », mourra de froid, de maltraitance, de solitude au fond d'un cachot.

La voilà place de la Révolution. Ceux qui l'avaient acclamée à son arrivée en France la poussent vers la mort.

Ses derniers liens avec la vie sont coupés. Son corps est à l'agonie. La mort s'est infiltrée en elle.

Elle veut parvenir à marcher sans l'aide de personne

jusqu'à l'échafaud. Elle n'a pas écouté Augeard, le secrétaire des commandements de la reine, elle n'a pas fui quand il était encore temps. Ces pensées ne la menacent plus. Les regrets sont encore un peu de vie, et l'envie de vivre l'a désertée. Rien ne peut plus la troubler, ni les remords, ni les sarcasmes, ni les injures. Elle est au-dessus. Son devoir était de mourir, « aux pieds du roi ». C'est bientôt fait. Neuf mois après lui.

Le spectacle va commencer. Sanson, qui tient la corde d'une main et son tricorne de l'autre, est prêt. Le silence tombe sur des milliers de personnes attroupées, implacable, comme un avant-goût de la lame.

Elle ne s'adressa pas au peuple comme Louis XVI. Il ne l'entendrait pas. Les différents témoignages s'accordent à dire qu'elle « monta les marches de l'échafaud, non seulement avec courage, mais avec une sorte de précipitation ».

Onze marches.

Quelques secondes à peine pour arriver au sommet. Enfin.

Elle surmonte sa fatigue, se domine face à l'Histoire, impatiente de passer dans le *non-être*.

Les aides l'attachent sur la planche. Elle bascule. La lunette de bois se referme. Le couperet tombe.

À la Conciergerie, Rosalie se cache pour pleurer. Elle serre contre elle ce morceau de tissu que M.A. lui a donné en disant : « Je ne puis disposer de rien ; mais, mon enfant, je vous donne avec plaisir cette monture de laiton et ce linon de batiste que la couturière a apportés. »

La reine n'avait plus rien à offrir hormis des mèches de ses cheveux et des bouts d'étoffe.

Puisqu'il faut finir

« … quand la Révolution la frappe, ce n'est pas seulement une femme, mais c'est le droit même de la femme qui tombe frappé et décapité avec elle ! »

BARBEY D'AUREVILLY

J. m'a appelée.

Tu en es où avec Marie-Antoinette ?

Comment dire ?

J'avais tant de fois écrit ce prénom dans le silence de mon bureau que l'entendre prononcer me parut soudain presque obscène : comme une intimité dévoilée.

Il y a un an, dans un café du Marais, j'avais refusé de lui en parler de peur d'interrompre l'étrange processus qui s'était mis en marche malgré moi. Aujourd'hui, l'aventure est finie. Je ne retrouverai plus M.A. tôt le matin avec ma première tasse de thé. Finie cette exaltation qui me poussait à tous les sacrifices pour demeurer avec elle.

Un manuscrit est posé sur ma table. Trois cents pages. Plus rien ne m'empêcherait de l'évoquer si je pouvais en parler. Mais elle est encore là, vivant sa vie de personnage à travers moi. Avec le temps, une distance finira par s'établir et elle retournera à l'Histoire. Je l'ai dit au début de ce livre, je n'étais pas une ardente défenseuse de la reine. J'ai appris à la connaître. Je n'aurais pu imaginer la difficulté de me séparer d'elle. Le point final ne termine rien. Elle va continuer à m'habiter, je le sais. Je ne pourrai plus passer devant la Conciergerie, place de la Concorde, près de la Madeleine où son cadavre parmi mille autres fut enfoui, sans penser à elle.

Mais on va se quitter, maintenant, comme si de rien n'était.

Je vais reprendre ma vie.

Il est impossible d'extraire la vérité d'un individu parce qu'il n'y en a pas qu'une seule. Impossible de restituer la complexité d'une vie réelle, d'exhumer toutes les sources, d'ouvrir toutes les failles comme je l'aurais voulu.

En lui redonnant vie le temps magique de l'écriture, j'espère avoir rendu justice à Marie-Antoinette. Une illusion, puis une frustration similaires s'étaient emparées de moi après avoir achevé *L'Âme sœur*, le livre sur ma petite sœur. J'ai traqué les mots en espérant la retrouver. J'ai eu besoin d'eux pour revoir cette lueur dans ses yeux noirs. J'ai remué nos souvenirs, je lui ai écrit, en vain. Elle n'a pas réapparu. Le livre terminé, sa voix de tous les matins n'a pas résonné au bout du fil.

Elle est partie et je suis restée là, encombrée d'amour, de souvenirs, d'histoires à lui raconter.

On n'écrit que pour ressusciter les morts.

BIBLIOGRAPHIE

Ce livre est le fruit d'années de lectures, je me permets de suggérer quelques pistes.

Les Grands Procès de l'Histoire, «Marie-Antoinette face à l'échafaud», (coll.) présenté par Bernard Michal, Omnibus, 2013.

Androutsos, Georges, «Le phimosis de Louis XVI», *in* Joël Felix, *Louis XVI et Marie-Antoinette, un couple en politique*, Payot/Rivages, 2006.

Berly, Cécile, *La Reine scandaleuse : idées reçues sur Marie-Antoinette*, Le Cavalier bleu, 2012.

—, *Marie-Antoinette et ses biographes*, L'Harmattan, 2006.

Bertière, Simone, *Marie-Antoinette, l'insoumise*, Le Livre de Poche, 2003.

Besenval, baron de, *Mémoires sur la cour de France*, Mercure de France, «Le temps retrouvé», 2011.

Bettelheim, Bruno, *Psychanalyse des contes de fées*, Robert Laffont, 1976.

Bloy, Léon, «La chevalière et la mort», in *Œuvres*, Mercure de France, 1966, t. V.

Burkard, Suzanne, *Mémoires de la baronne d'Oberkirch sur la cour de Louis XVI et la société française avant 1789*, Poche, 2000.

Campan, Mme, *Mémoires de madame Campan, première femme de chambre de Marie-Antoinette*, Mercure de France, « Le Temps retrouvé », 1988.

Chalon, Jean, *Chère Marie-Antoinette*, Poche, « Biographie », 2006.

Dufresne, Claude, *Marie-Antoinette, le scandale du plaisir*, Bartillat, 2006.

Duprat, Annie, *Marie-Antoinette (1755-1793). Images et visages d'une reine*, Autrement, « Vies Parallèles », 2013.

Feydeau, Élisabeth de, *Jean-Louis Fargeon, parfumeur de Marie-Antoinette*, Perrin, 2015.

Feydeau, Élisabeth de, et Baraton, Alain, *L'Herbier de Marie-Antoinette*, Flammarion, « Maison rustique », 2012.

Fleischmann, Hector, *Les Pamphlets libertins contre Marie-Antoinette*, Futur luxe nocturne, 2011.

Freud, Sigmund, *Le Roman familial des névrosés et autres textes*, Petite Bibliothèque Payot/Psychanalyse.

—, *Pour introduire le narcissisme*, Petite Bibliothèque Payot/Psychanalyse.

Funck-Brentano, Frantz, *Les Derniers Jours de Marie-Antoinette*, Flammarion, 1933.

Goncourt, Jules et Edmond, *Histoire de Marie-Antoinette*, Grands Caractères, 2006.

—, *Madame de Pompadour*, Olivier Orban, 1982.

Hunt, Lynn, *Le Roman familial de la Révolution française*, Albin Michel, « Bibliothèque Histoire », 1995.

Lenotre, G., *La Captivité et la Mort de Marie-Antoinette*, Hærès, 2013.
Lever, Evelyne, *Marie-Antoinette. Correspondance*, Taillandier, 2005.
—, *Marie-Antoinette telle qu'ils l'ont vue*, Presses de la Cité, 2014.
—, *Le Journal d'une reine*, Laffont, 2002.
Nimier, Roger, *L'Élève d'Aristote*, Gallimard, 1981.
Petitfils, Jean-Christian, *Louis XVI. 1754-1786*, t. I, Perrin, 2013.
Pottet, Eugène, « Soulier en peau rehaussé de prunelle noire », *Histoire de la Conciergerie et du Palais de Paris* (1906), Gallica-BNF.
Saint-Simon, *Mémoires*, La Pochothèque, 2007.
Sanson, Charles Henri, *Sept Générations d'exécuteurs* (présenté par François-Henri Désérable), Tempus, 2013.
Seth, Catriona, *Anthologie et dictionnaire*, Robert Laffont, « Bouquins », 2006.
Staël, Germaine de, *Réflexion sur le procès de la reine*, Mercure de France, « Le Petit Mercure », 1996.
Tapié, Alain, *Le Soulier de Marie-Antoinette, essai muséographique*, Musée des Beaux-Arts de Caen, 1989.
Thomas, Chantal, *La Reine scélérate, Marie-Antoinette dans les pamphlets*, Point-Seuil, 1989.
Tussaud, madame, *Mémoires et Souvenirs sur la Révolution française*, Arléa, 2005.
Vigée-Lebrun, Louise-Élisabeth, *Souvenirs*, Tom Quartz Éditions, 2014.
Wallon, Henri, *Histoire du tribunal révolutionnaire de Paris*, Hachette « Livre », 2012.

Widlöcher, Daniel, *Journal de la psychanalyse de l'enfant*, Le Centurion, 1991.

Wilde, Oscar, *L'Éventail de lady Windermere* (1893), Livre de Poche, « La Pochothèque », 2000.

Winnicott, Donald, *La Crainte de l'effondrement et autres situations critiques*, Gallimard, 2000.

Zweig, Stefan, *Marie-Antoinette*, Le Livre de Poche, « La Pochothèque », 2014.

Zweig, Stefan, Freud, Sigmund, *Correspondance*, Rivages-Poche, 2013.

Le titre de ce livre fait écho à la phrase de Lamartine sur Marie-Antoinette dans son *Cours familier de littérature* : « Elle ne sut que charmer, égarer et mourir. »

DU MÊME AUTEUR

Aux Éditions Albin Michel

LE COLLECTIONNEUR, 1993.

L'ÂME SŒUR, 1998.

L'ATTENTE, 1999.

J'ÉTAIS L'ORIGINE DU MONDE, 2000.

FRINGUES, 2002.

LE SILENCE DES HOMMES, 2003.

LA MÉLANCOLIE DU DIMANCHE, 2004.

DEUX FOIS PAR SEMAINE, 2005.

PETITES PHRASES EN CAS DE TEMPÊTE... ET PAR BEAU TEMPS AUSSI, 2007.

LA VIE M'A DIT, 2009.

N'OUBLIE PAS D'ÊTRE HEUREUSE, 2009.

LE COLLECTIONNEUR (en collaboration avec Olivier Orban), théâtre, 2010.

LE PAYS DE L'ABSENCE, 2012.

QUEL EFFET BIZARRE FAITES-VOUS SUR MON CŒUR, 2013.

Chez d'autres éditeurs

LES PETITES FILLES NE MEURENT JAMAIS (sous le nom de Christine Rheims), éd. Jean-Claude Lattès, 1986.

LE FIL DE SOI, éd. Olivier Orban, 1988.

UNE ANNÉE AMOUREUSE DANS LA VIE DE VIRGINIA WOOLF (sous le nom de Christine Duhon), éd. Olivier Orban, 1990.

LA FEMME ADULTÈRE, éd. Flammarion, 1991.

UNE FOLIE AMOUREUSE (en collaboration avec Olivier Orban), éd. Grasset, 1997.

UNGARO, éd. Assouline, 1999.

Composition : IGS-CP
Impression : CPI Bussière en mars 2016
Éditions Albin Michel
22, rue Huyghens, 75014 Paris
www.albin-michel.fr
ISBN : 978-2-226-32583-9
N° d'édition : 22133/01 – N° d'impression : 2020682
Dépôt légal : avril 2016
Imprimé en France